TRANSLATION SERIES:
OVERSEAS STUDIES ON CHINESE OPERA
海外中国戏曲研究译丛

主编
梁燕

中国的易卜生：
从易卜生到易卜生主义

【挪威】伊丽莎白·艾德 著

赵冬旭 译

团结出版社

CHINA'S IBSEN:
FROM IBSEN TO IBSENISM

图书在版编目（CIP）数据

中国的易卜生：从易卜生到易卜生主义 /（挪威）
伊丽莎白·艾德著；赵冬旭译 . 一北京：团结出版社，
2023.8

（海外中国戏曲研究译丛 / 梁燕主编）

ISBN 978-7-5126-8686-1

Ⅰ . ①中… Ⅱ . ①伊… ②赵… Ⅲ . ①易卜生（
Ibsen, Henrik Johan 1828-1906) – 戏剧文学 – 文学研究
Ⅳ . ① I533.073

中国版本图书馆 CIP 数据核字 (2021) 第 047110 号

出　版：团结出版社

　　　　（北京市东城区东皇城根南街 84 号　邮编：100006 ）

电　话：（010) 65228880　65244790

　　　　（010) 65238766　85113874　65133603 (发行部)

　　　　（010) 65133603 (邮购)

网　址：http: //www.tjpress.com

E-mail: zb65244790@vip.163.com

　　　　tjcbsfxb@163.com（发行部邮购）

经　销：全国新华书店

印　装：三河市东方印刷有限公司

开　本：160mm×230mm　　16 开

印　张：14

字　数：178 千字

版　次：2023 年 8 月　第 1 版

印　次：2023 年 8 月　第 1 次印刷

书　号：978-7-5126-8686-1

定　价：65.50 元

译丛编委会

北京外国语大学 2020 双一流重大标志性项目

项目名称：中国戏曲海外传播：文献、翻译、研究

项目号：2020SYLZDXM036

项目主持人：梁　燕

《海外中国戏曲研究译丛》（8 册）

语种：俄、日、德、英、意、法 6 种。

总　序

　　"海外中国戏曲研究译丛"是我主持的北京外国语大学 2020 双一流重大标志性项目"中国戏曲海外传播：文献、翻译、研究"的大部分成果，分别是《14—17 世纪中国古典戏剧：杂剧史纲》（姜明宇译）、《中国京剧和梅兰芳》（张西艳译）、《中国戏曲的德语阐释》（葛程迁译）、《中国的易卜生：从易卜生到易卜生主义》（赵冬旭译）、《讲述中国戏剧》（赵韵怡译）、《18、19 世纪英语世界的戏曲评论》（廖琳达译）、《中国戏曲在法国的研究》（李吉、李晓霞译）、《英语世界李渔戏曲研究论集》（赵婷译）8 册，包含俄、日、德、英、意、法 6 个语种。

　　我所在的北京外国语大学国际中国文化研究院是一个以研究中国文化在世界的传播与影响为主要领域的研究机构，多年来这支研究队伍除了在海外汉学／国际中国学方面取得卓越成果，还肩负着培养高层次研究型人才的任务。这套译丛就是我在同事们的协助下，通过青年学术人才培养的方式取得的一个颇具北外特色的翻译书系。

　　三年来，我以此研究项目汇聚了 11 位青年学者，在海外中国戏曲研究的方向上，深入挖掘海外学者的相关研究文献，经过多语种的翻译，呈现了中国戏曲自古代至当代在世界的传播与影响，并在其中增添了《中国戏曲翻译研究》（张利群著）、《20 世纪英语世界的中国京剧研究》（马旭苒著）两部论著。

　　我于 2010 年开始从事海外中国戏曲研究，当年秋天我被北京外国语大学引进到中国海外汉学研究中心（国际中国文化研究院的前身），作为一名长期在中国戏曲史论、中国京剧史论中耕耘的学者，我在北外一边做着中国戏曲的教学与普及工作，一边在汉学研究前辈的启发下开始了中国戏曲海外传播的文献整理和研究。同时从那时起我招收的博士研究生以及后来的博士后研究方向都是围绕着"海外中国戏剧研究""中国戏曲海外传播研究"来进行的。时至今日，这一项目的研究团队成员中有我指导的 5 名博士和 3 名博士后，她们成了项目的主力军。随着相关研究人才的增加，我率领研究团队于 2017 年、2018 年、2019 年、2022 年、2023 年举办了"中国戏曲在亚洲""中国戏曲在欧洲""中国戏曲在北美""中国戏曲在海外""跨文化视野下明清宫廷戏曲文献与古籍数字化研究"等全国性、国际性的学术研讨会，引起学界的广泛关注，新华社、中新社、《光明日报》、《人民日报》（海外版）、《中国艺术报》等新闻媒体都做了报道，产生了良好的社会反响。

学术研究的前提是文献的整理与翻译，这套译丛的内容有当代俄罗斯学者关于中国明杂剧的研究专著，有现代日本学者关于梅兰芳 1919 年访日演出的文字记述，有当代德国学者关于中国京剧理论家齐如山的系统研究，有当代挪威学者关于易卜生及其剧作在中国的影响与接受研究（该译著虽非戏曲专论，但以中西戏剧交流为题的精彩研究亦被收入译丛），有当代意大利学者关于中国戏曲历史的叙述，有 18、19 世纪英美文学与戏剧中关于中国戏曲的评论，有 19 世纪上半叶法国学者关于中国元杂剧作品的研究，有当代北美学者关于中国清代戏曲作家李渔的专论。不难看出，学术性和前沿性是此套丛书的一大特点。

我们的翻译团队基本上是以北外的博士和博士后为主体，多语种特色和戏曲研究的学术训练成为他们能够胜任这些译著的优势。对此我们还专门成立了译丛编委会，编委会由院内外俄、日、德、英、意、法 6 个语种出身的 10 位教授及副教授组成，他们分别为每册译著做了专业性把关。同事们对青年译者的悉心指导，为这套译丛提供了质量保证。

当然由于我们的水平有限，错误、讹误一定存在，还请方家多多批评指正。

感谢学校在"双一流"建设中给予的强有力支持，为教师科研成果的产出和高层次人才的培养创造了优质的学术环境。

感谢为此项目倾心付出的所有同仁和朋友们！

梁 燕

2023 年 5 月于北京

目　录

读者的能力决定了书的命运。

——特伦蒂亚努斯·莫鲁斯（Terentianus Maurus）

Pro captulectorishabentsua fata libelli.

致谢

首先我要感谢韩恒乐教授（Henry Henne）教会了我中文，已故的阿黛勒·楚迪教授（Aadel B. Tschudi）给予了我写作本书的灵感。感谢易家乐（Sören Egerod）、马悦然（Göran Malmqvist）与何莫邪（Christoph Harbsmeier）三位教授一直以来对我的帮助和启发。

西德尼·史密斯（Sydney Smith）曾说："富足的友谊使生命坚强，爱与被爱是生活中最大的幸福。"我的朋友约斯坦·伯恩斯（Jostein Börtnes）、伊爱莲（Irene Eber）、安玛（Annema H. Langballe）、刘白沙、杜博妮（Bonnie S. McDougall）、拉格希尔（Ragnhild Nessheim）、卜立德（David Pollard）和罗亚尔·泰勒（Royall Tyler）是我坚强的后盾，感谢他们如此慷慨地给予我时间和关心。

同时，能在奥斯陆皇家大学图书馆（The Royal University Library of Oslo）工作是我的幸运，慷慨体贴的同事们为我的项目提供了莫大的帮助。感谢挪威自然科学与人文科学研究理事会（Norwegian Council for Science and the Humanities）提供的基金，让本书得以顺利写作与出版。

译者序

一

　　《中国的易卜生：从易卜生到易卜生主义》（*China's Ibsen: From Ibsen to Ibsenism*）由英国伦敦柯曾出版社（Curzon Press）[①]于 1987 年付梓，是北欧亚洲研究所系列丛书（Scandinavian Institute of Asian Studies Monograph Series）之一。作者伊丽莎白·艾德（Elisabeth Aide）是挪威国家图书馆（即"奥斯陆皇家大学图书馆"——编者注）研究员，主要从事汉学以及图书馆学研究。从 20 世纪 70 年代起，她就尝试透过比较文学与跨文化的视野，来研究挪威剧作家亨利克·易卜生（Henrik Ibsen，1828—1906）及其作品在中国的接受与影响，为后来的中国话剧研究者提供了学术基础和新的方向。与此同时，她对 17 世纪至 20 世纪北欧文学中的中国元素与中国形象，也进行了系统的梳理和研究。不过，艾德对中国话剧研究以及中西交流史所做的贡献，在国内尚未获得足够的关注。

　　艾德师从挪威奥斯陆大学（University of Oslo，Norway）东亚研究系的开创者韩恒乐教授（Henry Henne，1918—2002）[②]。于 1973 年获得挪威奥斯陆大学（University of Oslo，Norway）硕士学位（Cand. philol.）[③]，实际上，她是挪威第一位主修中文专业的该学位获得者。

[①]　柯曾出版社（Curzon Press）以出版亚洲研究领域的学术著作而闻名。后被泰勒–弗朗西斯出版集团（Taylor & Francis）收购。

[②]　韩恒乐是瑞典汉学家高本汉的弟子，毕生致力于研究亚洲语言学。他是挪威第一位东亚语言文学教授，1966 年在奥斯陆大学建立了东亚研究系。

[③]　Cand. philol. 是挪威一种学制为 6 年的学位，近似于我国的本硕连读，但该种学位已于 2007 年取消。

1986 年，她获得奥斯陆大学博士学位；次年，博士论文《中国的易卜生：从易卜生到易卜生主义》成书出版。自 1973 年起，她担任奥斯陆皇家大学图书馆（The Royal University Library of Oslo）[①] 中文书籍部负责人。1989 年，该馆拆分为奥斯陆大学图书馆与挪威国家图书馆，艾德随后任挪威国家图书馆国家与特别馆藏部负责人，并于 2013 年退休。作为易卜生研究专家，她曾多次受邀参加欧洲和中国举办的易卜生学术研讨会。她精通多国语言并掌握大量史料，学术视野也因此较为开阔。

艾德自硕士论文就开始探究胡适对易卜生的接受与传播。至博士论文，即本书，她把研究主题扩大到了易卜生及其戏剧作品在民国时期的中国知识分子界的接受情况，以及易卜生对中国社会思想、女性主义萌芽和文学创作及批评所产生的深远影响。不过，本书仍然将胡适对易卜生的译介与阐释置于开篇，因为他对剧作里社会主题的偏重、对中西思想学说的融合，影响了中国多年。胡适虽然提出了掷地有声的"易卜生主义"，但根据艾德的研究，"易卜生主义"实际上是受到了宋明理学与易卜生思想的双重影响，甚至可以说是"儒家学说的延续"。这一论述即便在今天看来也并不过时。本书融汇了中国传统与现代学说，除易卜生外还加入了萧伯纳（George Bernard Shaw，1856—1950）、斯坦尼斯拉夫斯基（Konstantin Stanislavski，1863—1938）、斯特林堡（August Strindberg，1849—1912）等西方作家的观点，这种比较文学的视野拓宽了中国现代文学批评的广度和深度，亦有助于（西方）读者理解胡适等中国接受者的思想风貌。

20 世纪 70 至 90 年代，艾德在北欧主要汉学杂志与集刊上发表了多

---

① 1811 年，皇家大学图书馆与奥斯陆大学（当时名为皇家弗雷德里克大学）同时成立，它既是奥斯陆大学的图书馆，也是挪威国家图书馆，负责监督呈缴本制度、编制国家书目、借出研究资料等事务。1989 年，挪威国家图书馆开始成型，在拉纳设立分馆，主要负责呈缴本制度。1999 年，皇家大学图书馆一分为二：转移出国家与特别馆藏，建立了挪威国家图书馆奥斯陆分馆，主体则回归为奥斯陆大学图书馆。参见 David H. Stam ed., *International Dictionary of Library Histories*, Abindon & New York: Routledge, 2005, 541–542.

篇学术论文，出版了挪威语汉学著述 *Vårt Skjeve Blikk På Kineserne*（直译为《我们对中国的偏见》），主要涉及以下四个主题：一，易卜生戏剧在中国的接受与影响。其中较为重要的有《易卜生话剧在中国的演出》（*Huaju Performances of Ibsen in China*）、《亨利克·易卜生与中国戏剧改革》（*Henrik Ibsen and Reforms in Chinese Drama*）、《〈玩偶之家〉〈培尔·金特〉与中国现代话剧》（*Peer Gynt and A Doll's House：Or One Aspect of Modern Chinese Drama*）三篇文章，它们勾勒了从易卜生剧作最早于20世纪初通过日本新剧对中国戏剧家产生影响，到助推国内话剧发展，再到80年代被重新改编并重登舞台的一段历史。其中，《〈玩偶之家〉〈培尔·金特〉与中国现代话剧》一文发表于1995年在北京举办的一次"易卜生学术研讨会"上，已译成中文并收录在《易卜生研究论文集》中。二，易卜生对中国社会思潮的影响。如《易卜生在中国：作为社会改革家》（*Ibsen as Social Reformer in China*）一文就论述了易卜生被中国知识分子视为现实主义者（并不完全是戏剧艺术意义上的现实主义作家）和思想启蒙家，其笔下的人物则常常被当作现实社会中某类人群的代表。三，北欧文学中的中国形象和文化。如她的《斯堪的纳维亚文学中的道家思想（1890—1930）》（*Daoism in Scandinavian Literature, 1890—1930*）一文梳理了19世纪末至"二战"期间，道家思想对北欧现代作家所产生的影响，并指出北欧对道家等东方哲学的兴趣与同一时期德国哲学的流行密不可分。在《北欧文学中的中国形象》（*Nordic Literary Images of China*）中，艾德则继续追溯了从17世纪到20世纪70年代的北欧文学作品中，"中国"呈现出的多种形象——理性、浪漫、神秘、狂热等。1995年出版的集大成之作 *Vårt Skjeve Blikk På Kineserne*（直译为《我们对中国的偏见》），即追溯从17世纪到20世纪中叶这一时期，斯堪的纳维亚半岛国家对中国所持有的看法及态度，这都与本书的研究形成有趣的互文和对照。四，女性戏剧形象与女性主义。作为女性学者，艾德对中国文学中的女性形象十分关注。她的论文《易卜生的娜拉与中国对女性解放的诠释》（*Ibsen's Nora and Chinese Interpretations of Female Emancipation*）和《中国文学舞台上的乐观娜拉与失望娜拉，1919—1940》（*Optimistic and Disillusioned Noras on the Chinese Literary Scene，1919—1940*）从不同角度论述了"娜拉"这一角色在中国社会和文学界的接受情况，以及中国版娜拉形象的嬗变过程。除此之外，她还撰写了《潘金莲是受其自由意志还是社会的支配？这一问题荒诞吗？》（*Is the Question of Pan Jinlian Being Ruled by Her Own Free Will or by Society Absurd?*）一文，探讨女性人物潘金莲在中国现代戏剧，如欧阳予倩的话剧《潘金莲》（1928 年）、魏明伦的荒诞戏剧《潘金莲》（1986 年）中的呈现。以上议题与本书的各个部分其实一脉相承，它们都是艾德长期以来的关注重点。

1982 年至 1983 年，艾德来访中国，为博士论文的写作搜集资料。在通信中，她向我强调当年在各地受到了国人非常友好的款待。无论是国家图书馆和上海图书馆的工作人员，还是接受她访问的艺术家和学者，如王苹、萧乾等，无不倾力相助，对此她感激至今。然而，受到社会、政治等各方面因素的影响，自 20 世纪 80 年代末后，艾德的中国学研究进度有所放缓，其研究重点逐渐转移到了图书馆学与文献学上。这不啻是汉学界的一个遗憾！不过，她对中国历史和中国文化的兴趣却从未减少，2000 年前后仍然为不少欧洲出版的汉学新书撰写过书评。无论从学术意义还是中外交流意义上来看，艾德都做出了较为重要的贡献。

二

亨利克·易卜生是挪威著名剧作家、戏剧导演。19 世纪末至 20 世纪初，他的作品掀起了全世界范围内的现实主义戏剧热潮。20 世纪初，打开国门看世界的中国很难不注意到这股风潮。国内最重要也是最早的易卜生介绍人胡适与鲁迅，就分别在美国与日本接触到了易卜生剧作，并被其深深吸引。艾德在书中写道，对于挪威而言，易卜生就像是"一颗孤星"，甚至可以说是"前无古人，后无来者"的作家：他的文学光芒如此璀璨，不但遍洒欧美大陆，也照耀到了中国和日本。研究易卜生在中国的接受、传播与影响，不仅是易卜生研究和挪威文学研究的有机组成部分，而且是对接受主体——中国作家、批评家、演员等进行的重要研究，同时还是研究中国现代戏剧史的一个基础。

在详尽梳理了中文史料，并以挪威本土学者的视角对比了中西方的易卜生批评后，艾德发现民国时期的易卜生译介与研究都是以其他语言为底本或基础，几乎没有人使用挪威语的第一手材料。尽管如此，这都丝毫没有妨碍易卜生在中国的移植、扎根与重新生长。1918 年，在知识分子中具有相当影响力的杂志《新青年》就出版了"易卜生号"。胡适的批评《易卜生主义》显然是其中的重头戏，全文长达 16 页。其次有袁振英所撰的作家介绍《易卜生传》。译本或节译则有《娜拉》、《国民公敌》（现行通用译法为《人民公敌》——编者注）、《小爱友夫》（现行通用译法为《小艾友夫》——编者注）。"易卜生号"意义非凡，它是我国杂志第一次出版外国作家的专号，这足以说明当时的知识分子对易卜生的重视，而易卜生和娜拉能成为国内家喻户晓的名字也有其历史渊源。

之后，易卜生推动了个人主义思潮在中国知识界的兴起，又为中国话剧的发展提供了创作模板和创作理念。作为一位挪威作家，易卜生及其剧作能对中国产生如此巨大的影响、传播得如此广泛，恐怕同样也是"前无古人，后无来者"。一方面，这说明易卜生的剧作的确非常符合中国一直以来对文艺的要求，尤其是"文以载道"的评判传统，同时也满足了民国时期知识分子的需求，为他们提供了一种社会改造的新思路。另一方面，在缺乏第一手材料的情况下做翻译与研究，也带来了不少问题，如误译、误读的可能性增加，这使研究者难以窥其全貌，甚至容易出现以偏概全等问题。正如艾德所说，尽管易卜生的戏剧最初是因成功刻画了个人主义、女性解放等社会主题而受到了西方观众的极大欢迎，但对其戏剧技巧的研究和总结也很快受到了重视，并形成了理论体系。然而在中国，易卜生的"社会思想家/理论宣传家"身份似乎始终都重于其剧作家的身份。艾德还发现，因系统研究易卜生创作技巧而闻名的批评家威廉·阿契尔等人，当时在中国并没有什么影响，很少有中国学者引用其著述（实际上，阿契尔于1912年出版的《剧作法》一书直到20世纪60年代才有全译本，并对国内的戏剧创作理论产生了较大影响）。而对易卜生思想更有研究且文笔较为尖锐的格奥尔格·勃兰兑斯，反而更受到中国学者的青睐。

尽管社会改造和戏剧改革同为当时国内的两大重要任务，但易卜生戏剧的移植和本土化过程明显反映了知识分子对外来新思想的渴求比对艺术技巧更为迫切。艾德认为，直到20世纪20年代后期，著名刊物《新月》（1928年）发表了余上沅和张嘉铸的两篇文章《伊卜生的艺术》和《伊卜生的思想》，才标志着易卜生"被看作主要是一位艺术家"[1]。事实上，1923年在北京发生的一场由《娜拉》公演而引发的论战中，徐志摩、陈源（即陈西滢——编者注）等人就已经指出了时人在研究易卜生戏剧上的偏差：只见主义，却"不曾看见主义里实现的戏""不曾领会到艺术的妙处"[2]。不过这种声音始终属于少数且囿于知识精英群体之内，很难带来更广泛的影响。

正如艾德所说，本书主要研究了易卜生的作品在民国时期的接受情况，接受主体则是当时中国的知识分子。正因为他们有着迥异的教育背景，秉持各不相同的思想信念，才会将易卜生的剧作变成一场阐释的"盛宴"。

---

[1] 伊丽莎白·艾德：《〈玩偶之家〉〈培尔·金特〉与中国现代话剧》，孟胜德、阿斯特里德·萨瑟编《易卜生研究论文集》，北京：中国文学出版社，第81页。

[2] 徐志摩：《我们看戏看的是什么》，韩石山编《徐志摩全集（第一卷）》，天津：天津人民出版社，2005年，第272页。

"易卜生主义""娜拉主义""全或无"等理念也得以透过他们深深浅浅的笔墨，影响到中国的个性解放、女性解放、文学及文学批评等活动。书中第二章对"娜拉"这一人物形象在中国的嬗变进行了历时性的分析。艾德认为，《玩偶之家》中的娜拉本是一个复杂立体的、有心理发展的角色，但在中国却变成了一个口号式的原型人物，一个具有生命力的生成模型，作家可以按照自己的理想创造出不同版本的娜拉，社会上不同时期的进步女性也都可以成为"娜拉的变体"。现在看来，这仿佛就是永恒的艺术悖论。正因"娜拉"在传播过程中的扁平化，才能成为中国读者耳熟能详的一个戏剧人物。她作为一个简单的（却又是艺术的）概念能有效地激起读者的反应和反馈，由此便能不断生成、演化，而代价则是在很大程度上牺牲了作品的艺术性。无论是对于作家作品还是剧中人物而言，当它／他们被压缩为理念的化身后，文本／表演中的种种细节就会随之被一齐抹掉。五四时期，知识分子对舶来戏剧的积极汲取与"片面性"的诠释，有利于西方作品和思想在本土的移植和传播，但也阻碍了作品原貌的呈现，不利于戏剧内容与形式的均衡发展。

艾德的另一篇长文《亨利克·易卜生与中国戏剧改革》（*Henrik Ibsen and Reforms in Chinese Drama*）则专门探讨易卜生对中国话剧发展的巨大影响，收录于会议论文集《当代易卜生研究方法（第九卷）》（*Contemporary Approaches to Ibsen*, Vol. 9）中。尽管本书也论述了不少易卜生对中国话剧的影响，但在艾德看来，易卜生对中国社会层面的影响要更为深刻。

总之，本著作基于挪威本土女性学者的视野来审视易卜生及其剧作在中国的接受与影响，的确为我们研究易卜生在中国的传播、中国知识分子对西方思想的接受以及中国话剧初期的发展提供了开阔的思路。与此同时，作者还是北欧最早以中国现代文学为主要研究方向的汉学家之一，因此这部出版于1987年的著作还具有一定汉学史研究意义。

三

于我而言，无论是阅读还是翻译艾德的著作，都是一件颇为愉快的事。她的文笔简洁有力，论点突出，条理分明，没有太多晦涩难懂的学术语言。由于艾德对易卜生剧作的阐释独到透彻，本书不仅值得文学研究者参考，而且相信戏剧爱好者也能从中获得不少启发。

在翻译过程中，最棘手的问题恐怕就是还原史料。首先，本书完成于20世纪80年代，书中的中文史料均来源于纸质材料，这必然对作者的史料爬梳工作造成了不小的困难，所以难免会出现遗漏和错误。我在翻译这部分中文文献时，统一做了一次查漏补缺。为阅读感受起见，具体就不再于正文中做一一说明了。其次，翻译汉学著作必定会经历中文文本的再还原过程，这反而在一定程度上加大了翻译的难度，因为很多时候作者所引用的中文文本并不如想象中那么容易找到。不过，由于艾德在原文中对引用文献都加以汉语拼音说明，再加上民国史料的数字化已较为成熟，所以也为我搜索中文原文节省了不少时间和精力。再次，有不少词，尤其是外来语和术语，在民国时期的说法和当代不尽相同。例如，本书中的一个重要概念"egoism"被胡适译为"为我主义"，而现在通行的译法则是"利己主义"。再如，易卜生的名剧 A Doll's House 曾有《娜拉》《娃娃之家》《傀儡家庭》等多种译法，而现在最为普遍的译名则是《玩偶之家》。针对上述类似的情况，我最后采用了通行译法，并在文内或脚注中以附加说明的方式处理。

赵冬旭
2022 年 10 月 20 日于北京

绪论

虽然一部分中国知识分子逐渐熟稔并掌握了西方思想，并在 1898 年后深刻影响了中国的政治话语与文化生活，但西学东渐的风潮却要到五四时期（约 1915—1925 年），才终呈燎原之势。自此，西方思想被笼而统之地引入中国。1898 年戊戌变法失败后，越来越多的中国学生负笈海外：1900 年，义和团运动失败，美国利用庚子赔款，资助中国学生留美；1903 年，北京大学选派了 31 名学生留学日本，16 名学生留学西方国家；1906 年，中国共有 15000 名在日留学生；1914—1923 年间，留美学生从 847 人增至 2600 人。①

五四运动后期，"自由主义"与"左翼"两大思潮的对立逐渐凸显。大致上，自由主义者多留学于英美，而 20 世纪 20 年代初期的左翼人士多留学于日本，20 年代末至 30 年代则受苏联影响较大。

中国留学生试图宣扬西方新思想并寻求新的方法来传播理念。于是，他们迫切地介绍西方著名作家，宣传话剧等西方艺术形式，并用通俗易懂的白话文写作。在这股译介西方作家的浪潮中，语言简单平实的挪威戏剧家亨利克·易卜生（Henrik Ibsen，1828—1906）是一个突出的例子。本书意在勾勒易卜生在中国的接受情况，同时探讨其创作思想是如何经过一系列重要的意识形态论辩与社会舆论，对 20 世纪二三十年代的中国知识分子产生了巨大影响。尽管彼时的西方评论界已转向对易卜生

---

① 数据来自 Wang Yi-chi, *Chinese Intellectuals and the West 1872—1949*，第 147 页和附录。

戏剧进行艺术审美，而中国对其戏剧的诠释却演变成了一种无关美学意蕴、只关乎社会政治的理念，即"易卜生主义"。

从某种程度上说，易卜生在挪威就像是一颗孤星。他的声望过高以至于有时很难将其作品与名声区分开。"他是高悬在我国（指挪威——编者注）文学天空中的一颗孤星，前无古人，后无来者。"①关于易卜生的评价大都置于挪威国内的语境下。评论家通常透过易卜生的生平与挪威历史来阐释其作品中的细节，并把它们同挪威的社会政治问题联系起来。但自他享誉世界以后，便很少有人单从一个方面来讨论他的作品，因为对他的崇拜之情让人们只肯视作家及其作品为一个整体，而社会改革只是易卜生戏剧艺术的一个维度，既非全部，亦非根柢。知名评论家如弗朗西斯·布尔（Francis Bull，1887—1974）就在1923年出版的《挪威文学：从二月革命到第二次世界大战》（*Norges Litteratur fra Februarrevolutionen til Verdenskrigen*）一书中对易卜生作了全面的论述；而哈尔夫丹·科特（Halvdan Koht，1873—1965）则于1928年出版了两卷本的巨著《亨利克·易卜生》（*Henrik Ibsen*）。

中国评论家在研究易卜生的时候，均未采用挪威语著作为第一手资料，中国读者所能接触到的相关论述，都是译自其他更常见的欧洲语言。因此，在做中欧戏剧比较研究时，必须以被直接引用或翻译的欧语评述为基础。在某些方面，中国对易卜生的接受与挪威及欧洲其他国家大同小异。但易卜生在中国的首次亮相（1918年），却给人留下了"理论宣传家"的印象，直到20世纪二三十年代，才得以还原其本来面目。

五四运动时期，包括易卜生在内的众多西方优秀作家、批评家、思想家被引介至中国。1918年，胡适为当时颇具号召力的著名杂志《新青年》写了一篇关于易卜生的文章。胡适作为北京大学的哲学教授、白话

---

① Nils Kjaer. *Henrik Ibsen* . In Henrik Ibsen： *Festskrift ianledning af hans 70 de Fodselsdag. Udg. Af Samtiden*. Red, af Gerhard Gran. Oslo, 1898, p. 47.

文的倡导者，无疑是易卜生能风行中国的保证。

虽然易卜生对中国话剧的发展影响巨大，但这个题目不会在本书论及。同样，郭沫若、田汉及创造社诸君提出的"浪漫主义的易卜生"——主要和话剧相关——也不在本研究的范围之内。此外，本研究也不涉及 1976 年之后，中国对易卜生的重估。1976 年后，易卜生和胡适的作品得以解禁，人们对易卜生的创作有了更深入的理解。与此同时，胡适的教育理论以及其他阐述——如关于"个人"在社会改良中所起到的重要作用，物质文化对社会福祉的意义——也重回大众视野。虽然易卜生和胡适都已作古，但他们的某些理念，无论是在 1918 年还是现在，都被广泛接受。而与他们相关联的自由主义思想，却始终存在争议。

虽然五四运动早期所提出的"个人主义"（individualism）概念较为粗略，接近于"利己主义"（egoism，胡适译为"为我主义"），但当时很少有中国知识分子意识到个人的内在自由问题。在此期间，只有信奉"自由主义"的知识分子在塑造他们的政治纲领时，利用了易卜生对智识自由、内在良知与责任的阐释。至于作家如何呈现剧中人物的心理发展，则无人问津。

本书将考察易卜生作品于 1917 年至 1935 年在中国的接受情况，进而论证来自不同家庭及教育背景、持不同态度的传播者如欧洲思想家、自由派改革者或中国化的反传统主义者等是如何赋予易卜生各种不同形象的。本书还将花较多篇幅来说明，胡适与"易卜生主义"的关系：与其说他是在介绍易卜生戏剧，不如说是在言说自己对易卜生的阐释。其文章标题"易卜生主义"可能就取自爱尔兰剧作家萧伯纳（George Bernard Shaw，1856—1950）的评论集《易卜生主义的精华》（*The Quintessence of Ibsenism*）。由于易卜生的理念成了胡适自由主义哲学的一部分，"易卜生主义"一词也随即变成了一系列破旧立新的政治主张的代名词，包括女性解放、个性解放以及对当时社会礼教秩序的批判态度。

第一章呈现了胡适文章中的一些重要观点，由此可了解当时中国热议的社会问题，如传统儒家文化中女性和家庭的地位，个体在社会中的位置，如何培养有道德的新青年等。易卜生作品中所描绘的挪威似乎与当时的中国同样落后，这让中国批评家在谈论易卜生时能得到很大的安慰。在西方，作为理论家的易卜生一生跌宕起伏，这正符合五四的历史语境，契合中国评论家对"现代作家"的期待，同时凸显了文学作为反传统利器的强大功用。易卜生的理念或传奇的人生，在一定程度上影响了中国文人对"现代人"的描述。例如，易卜生将《人民公敌》中的斯多克芒医生（胡适译作斯铎曼）当作具有批判精神的进步个体，这正是胡适等中国知识分子意欲树立的典型。易卜生及其笔下的人物被诠释为"民意的受害者"，但他们正直不阿、独立坚定，所以仍能泰然处之。胡适认为这正是中国所缺少的风气，而他自己则是这股风气的领头人。

第二章主要阐述中国知识分子是如何利用"易卜生主义"来抨击中国传统家庭制度对女性的压迫。《玩偶之家》的女主人公娜拉成为了女性解放的象征，引得无数文章论争她出走后的命运。娜拉的影响之大，以至于"娜拉主义"一词，有时被文学评论家用来描述小说、戏剧中那些争取自由或努力过好自由生活的人物。

第三章则通过多篇评论易卜生作品的文章，再现中国现代文学批评的发展历程。这些评论的作者绝大部分视易卜生为"社会批评家"，这表明当时的中国从未对其创作进行过充分而全面的分析与评价。20 世纪 20 年代末，尽管关于易卜生艺术创作的文章零星出现，但中国评论界仍然更关注文学的社会功能而非美学价值。因此，我们需要对比中西对易卜生的不同诠释，发现其中的差异。像胡适这样的知识分子，是如何做到只移植易卜生的西方思想，又是如何将其变成了中国的易卜生？五四时期的中国接受了来自各方的影响，很难厘清它们的界限。因此，我尽量选择直接提及易卜生或其作品的文章、小说和戏剧。我希望说明的是，易卜生是该时期最重要的西方思想传播者之一，其影响持续至今。而他作为社会批评家的影响力最甚，并在当时的中国完成由传统儒家社会到现代社会转型的过程中起到很大作用。

虽然我把易卜生对中国话剧运动的影响也考虑在内，但他对中国的影响几乎都是社会层面的。易卜生在五四时期被当作"社会批评家"的典范，此后，这一形象便如影随形。同时，他被视为说教型作家，这也是对中国自古以来"文以载道"观念的完美诠释。

第一章

个人主义与自由主义

一、胡适与"易卜生主义"思想

1918 年 6 月，《新青年》杂志出版"易卜生号"，刊载了一篇易卜生的传记，一篇胡适所写的介绍及批评，剧作《娜拉》（*A Doll's House*，后文皆用现行翻译《玩偶之家》）全译本，剧作《国民公敌》（*An Enemy of the People*，后文皆用现行翻译《人民公敌》）与《小爱友夫》（*Little Eyolf*，后文皆用现行翻译《小艾友夫》）的节译本。当时，《新青年》已经赫赫有名，每期发行量约为 16000 册。[①]

1914 年，胡适曾在美国看过《群鬼》（*Ghosts*）的演出。自那时起，他便开始广泛研究易卜生的作品。他留美时就已发表了倡导白话文的文章，在国内名气大增。1918 年，胡适已是知名哲学教授，关于易卜生的介绍便由他来执笔。该文原是用英文写成的，为了《新青年》的这期专号又重新改写。[②]胡适在文中为自由主义打下了基础，这也成为他一生不懈追求的理念。

胡适的《易卜生主义》全文长达 17 页，分为 6 个部分：首先是序言，之后正文分 4 个部分来讨论易卜生戏剧所涉及的种种问题，最后是结论。

文章开篇引用《我们死人再生时》（*When We Dead Awaken*，1899）中的一段，揭橥易卜生是"现实主义艺术家"。胡适将剧中人——雕塑家鲁贝克——同戏剧家易卜生相提并论，认为鲁贝克即作者的传话筒。鲁贝克最初梦想用一位纯洁的少女来代表这个世界，后来才懂得，要想忠实地表现这个世界，则不得不把丑恶包含在内。易卜生早期创作历史剧，后来转而写作具有社会思想的现实主义戏剧。大多数人都像鲁贝克

---

① Jerome Grieder. *Intellectuals and the State in Modern China: A Narrative History*. New York, 1983, p.225.

② 《易卜生主义》全文参见附录一。本小节所引胡适言均源自此文，引用从略。（译者注：艾德在原书中翻译了全文。）

那样，想要的其实是所掩饰的真相，而胡适坚称，如要一个好的社会，则必须承认社会的黑暗面。鲁贝克转变了自己的艺术手法，易卜生亦从历史剧转向社会剧的创作；意欲改良社会的人，同样也应该承认现今社会的缺陷，并且每个人都和这困厄脱不了干系。

胡适称，在易卜生戏剧所触及的社会问题中，传统家庭的腐败本质是一大重要主题，并以《玩偶之家》与《群鬼》为例说明，尤其是前者。《玩偶之家》（1879）讲述的是一段看上去很美满的婚姻，实际上不过是一场幻觉而已。丈夫海尔茂视妻子娜拉为玩物，而妻子娜拉则习惯对父亲和丈夫言听计从，满足于做一个玩物。婚后，娜拉曾为筹一笔钱救丈夫之命，而伪造父亲的笔迹，在一张借据上签了名。等海尔茂在银行升官之后，借款人柯洛克斯泰——一位律师——试图敲诈娜拉，迫使她说服海尔茂在银行给他一个职位；倘若娜拉不答应，就要揭发她和她丈夫。娜拉并没有意识到自己做了违法的事，以为不用担心。她相信如果秘密被告发，海尔茂会为她承担责任，证明他作为丈夫对自己的爱。这种为爱互相奉献的想法，让她把自己的婚姻当作快乐的源泉。其实，娜拉无意让海尔茂承担责任，她甚至已经做好了牺牲自己性命的准备，以保全丈夫的名誉。然而，海尔茂不堪一击，让她大失所望；他所关心的只有自己的声誉。他不但没有感谢她的救命之恩，反而指责她断送了自己的幸福，声称她不配为人之母。当敲诈者收回威胁后，海尔茂立马"宽宏大量"地原谅了她。娜拉这才幡然醒悟，离开了她的丈夫和孩子。在她能再做妻子和母亲之前，她必须先弄明白自己是否能在这样一个道德准则与自己良心相悖的社会立足。

《群鬼》（1881）的主人公阿尔文太太则是一位婚姻不幸的寡妇。她活着就是为了儿子欧士华。此时，欧士华正要从国外归来，参加以其父亲命名的孤儿院的奠基仪式。阿尔文太太从未对欧士华或其他人透露过她丈夫一生放荡淫乱的真相。她很早就把儿子送到国外，以免他受到父亲的影响。然而，欧士华还在娘胎时就遗传了父亲的病，回家时已经到了晚期。阿尔文太太只能眼睁睁看着自己所有的努力都付诸东流，所有的牺牲都化作徒劳。

胡适认为家庭结构是四大恶德——自私自利、依赖性或奴隶性、假道德或装腔作势、懦怯或缺乏勇气——的根源。《玩偶之家》里的海尔茂就是家庭之恶的代表。他和娜拉结婚便是出于自私，他把妻子当作依附于他的奴隶，好让自己活得舒坦。在胡适眼里，娜拉和阿尔文太太的生活非常悲惨，因为她们都不敢丢了脸面；她们是没有胆量的懦夫，只好把虚幻的世界当作现实。阿尔文太太没有胆子、又要顾及面子，所以落得一无所有的下场，而娜拉则最终下定决心离开丈夫。胡适把她们的痛苦归咎于家庭之恶。

接着，胡适探讨了社会的三种大势力——法律、宗教、道德——及其影响。虽然法律在本质上是好的，但胡适从《玩偶之家》中发现了它所存在的问题，即违法者的动机从不在法律考虑范围之内。柯洛克斯泰犯罪完全是出于自私，而娜拉的动机却是高尚的，但法律将会给两人相同的惩罚，这是胡适所理解到的作家的潜台词。因此，他感叹世间没有完全公正的法律。

从《罗斯莫庄》（*Rosmersholm*，1886）一剧中，胡适又读出了易卜生的言外之意：宗教已经失去了可以感化人的力量，早已变成了仪节信条。《罗斯莫庄》的主人公是一位丧失信仰的牧师。他的信徒不让他背叛宗教，并且想利用他牧师身份带来的地位去谋得选票；换言之，被用于牟利的宗教已变成纯粹的虚伪之事。胡适指出，人们不再思考宗教的要义，而是听什么信什么。因而，如今的宗教没了精神信条，却有了物质价值。

道德与宗教的作用类似。根据胡适的"易卜生主义"，道德和陈腐旧习是一回事。为了引入中国的现实，胡适以传统媒妁的婚姻、包办婚姻为例。在封建时代的中国，这种传统尚有因可循，如今却成了无意义的风俗。年轻人想要打破陈规，却被老一辈斥为"不道德"。这种"不道德的道德"，就造出了一种诈伪的君子。接着，胡适又回到欧洲，声称易卜生最恨的就是这种人，并在《社会支柱》（*Pillars of Society*，1877）中找到了证据：支撑着摧枯拉朽的旧传统的社会栋梁，无一不是穷凶极恶之人。

胡适的第三个题目是易卜生对个人与社会关系的看法。他从易卜生戏剧中汲取的最重要的教训就是社会与个人互相损害。社会不择手段地摧折个人的自由意志。若是社会胜利了，个人的自由意志就没了，社会也就不会进步了。社会里总有许多老朽的思想和迷信会影响到个人。按照胡适对易卜生的理解，顺社会之人前途昌顺，而逆社会之人却遭到灭亡。他着重强调了易卜生关于社会与个人互相损害的观点。因此，想要挣脱旧迷信、旧道德的人，就会遭到家庭的责备、朋友的怨恨以及社会的侮辱、驱逐。而奉承社会意旨的人，却成了"人民的公仆"，甚至升官发财。社会就如同一个火炉，把所有人都熔成了一个模样。《野鸭》（*The Wild Duck*，1884，胡适译作《雁》）就体现了这样的势态。胡适认为，社会里的个人就像养在阁楼里的雁一般，被剪掉了翅膀。虽然雁原本在天空中逍遥自在，但久而久之也就忘记从前的自由生活了。社会里的个人也像被关住的雁一样渐渐地习惯、转变。胡适视易卜生为坚定的犬儒者；要想获得社会地位，人就必须先被社会同化。

易卜生认为多数派总是错的，这是胡适分析的重点。他表示，意欲维新、改革的人总是少数，被多数人压制。无论是少数人还是一个人所发起的改革，都会被社会打上"大逆不道"或"伤天害理"的标签。于是，不少少数派被迫无法开口或行动，甚至被击垮、囚禁。胡适称：

那些不懂事又不安本分的理想家，处处和社会的风俗习惯反对，是该受重罚的。执行这种重罚的机关，便是"舆论"，便是大多数的"公论"。世间有一种最通行的迷信，叫作"服从多数的迷信"。人都以为多数人的公论总是不错的。易卜生绝对不承认这种迷信。他说"多数党总在错的一边，少数党总在不错的一边"（《国民公敌》五幕——编者注：此处保持引文完整性，未用通行译法）。一切维新革命，都是少数人发起的，都是大多数人所极力反对的。大多数人总是守旧麻木不仁的；只有极少数人，有时只有一个人，不满意于社会的现状，要想维新，要想革命。这种理想家是社会所最忌的。大多数人都骂他是"捣乱分子"，都恨他"扰乱治安"，都说他"大逆不道"；所以他们用大多数的专制威权去压制那"捣乱"的理想志士，不许他开口，不许他行动自由；把他关在监牢里，把他赶出境去，把他杀了，把他钉在十字架上活活地钉死，把他捆在柴草上活活地烧死。过了几十年几百年，那少数人的主张渐渐变成多数人的主张了，于是社会的多数人又把他们从前杀死钉死烧死的那些"捣乱分子"一个一个地重新推崇起来，替他们修墓，替他们作传，替他们立庙，替他们铸铜像。却不知道从前那种"新"思想，到了这时候，又早已成了"陈腐的"迷信！当他们替从前那些特立独行的人修墓铸铜像的时候，社会里早已发生了几个新派少数人，又要受他们杀死钉死烧死的刑罚了！所以说"多数党总是错的，少数党总是不错的"。

为了强调其论点，胡适接着概括了《人民公敌》的故事来作进一步说明。

胡适的最后一个议题是关于易卜生的政治思想。通过易卜生的信件，胡适断定易卜生原本是一个主张无政府主义的人，因为他曾表示"国家限制了个人的创造力"。巴黎公社失败后，易卜生无政府社会的理想就彻底破灭了。可他还是不愿同一般的政党有任何瓜葛，因为政客关心的，都是不入流的事情，而真正要紧的是"人类心智的斗争"[1]："最重要的是人的精神革命"[2]。胡适对此欣然认可。他还发现，易卜生并不是狭隘的民族主义者。

胡适在结尾部分提出了他自己的社会理念，并大量引用了易卜生的剧本和通信。他首先给"易卜生主义"下了定义：

> 我开篇便说过易卜生的人生观只是一个写实主义。易卜生把家庭社会的实在情形都写了出来，叫人看了动心，叫人看了觉得我们的家庭社会原来是如此黑暗腐败，叫人看了晓得家庭社会真正不得不维新革命——这就是"易卜生主义"。表面上看去，像是破坏的，其实完全是建设的。譬如医生诊了病，开的一个脉案，把病状详细写出，这难道是消极的破坏的手续吗？但是易卜生虽开了许多脉案，却不肯轻易开药方。他知道人类社会是极复杂的组织，有种种绝不相同的境地，有种种绝不相同的情形。社会的病，种类绝繁，决不是什么"包医百病"的药方所能治得好的。因此他只好开个脉案，说出病情，让病人各人自己去寻医病的药方。
>
> 虽然如此，但是易卜生生平却也有一种完全积极的主张。他主张个人须要充分发达自己的天才性……

胡适的"易卜生主义"包含一个重要的元素，即造就"健全的个人"或"健全的个人主义"。1871 年，易卜生给格奥尔格·勃兰兑斯（Georg Brandes，1842—1927[3]）的信中写道："你要想有益于社会，最好的法

---

① 　Henrik Ibsen. *The Correspondence of Henrik Ibsen*, trans. and ed. by Mary Morison. London, 1905, p.350.

② 　*Ibid.*，p.204.

③ 　格奥尔格·勃兰兑斯：丹麦著名评论家、思想家。提倡现实主义与自然主义，对20世纪前后的北欧文学家产生了极大影响。——译者注

子莫若把你自己这块材料铸造成器。"①胡适将之与孟子的"穷则独善其身"相比。健全的自由主义包含利己之心，它让个人想要把自己从腐坏的世界里救出来，这是胡适从易卜生的著作里吸取的精华。除了要把自己铸造成器，胡适还指出，如果人接受了那雁的命运，那他就永远无法造福于社会，这对社会而言则无疑是灾难。

通过对比《野鸭》与《海上夫人》（*The Lady from the Sea*，1888），胡适提出没有自由与责任的野雁会变成家雁。而另一方面，《海上夫人》的女主人公艾梨达在被给予了自由的情况下，却选择要过负责任的人生。这样的社会不想给人以责任，只想要逆来顺受的奴隶。胡适把家庭与社会看作同一枚硬币的两面，一旦个人形成了奴隶心理，家庭与社会则两败俱伤。他将没有独立人格的社会比作少了酒曲的酒。没有《人民公敌》中斯多克芒这类的人物，社会就不可能进步。

胡适的"易卜生主义"还有一个很重要的特点，那就是没有指定任何一种救世的良方。易卜生只提供了方法——造就白细胞一般能抵御疾病的强健个人。胡适说："但使社会常有这种白血轮精神，社会决没有不改良进步的道理。"

综上所述，胡适的"易卜生主义"条理清晰，主要由三部分构成：

1. 抨击中国传统的家庭制度。显然，在胡适眼中，无数中国女性被妻子、母亲的角色所束缚，这与娜拉、阿尔文太太的命运相仿。与此同时，胡适也批判其他奴役了中国男性与女性的儒家习俗。他认为，直到1917年，中国人的命运也至多不过就像被圈养的雁。由于他迫切地想要在易卜生笔下的女主人公与受压迫的中国女性之间画上等号，以至于他忽略了娜拉在戏中所展示出的人格力量及勇气。易卜生赋予她充分的人格力量，才让她从"玩偶"到"人"的转变显得合情合理。

2. 为个人主义辩护。易卜生的戏剧在 19 世纪八九十年代很受西

---

① Ibsen, 1905, p. 217.

方关注，当时，西方世界的确遵循了他剧中所未言明的建议，即培养健全的个人主义。而胡适认为，这是西方能重获生机、社会兴旺的关键。于他而言，很多时候"西方"就等同于美国。诚然，彼时的美国并不像1918 年的中国那样滞后，但通过效法西方，中国也能很快地变成强大、健全的国家。胡适以斯多克芒医生为例来说明健全的个人主义的内涵。斯多克芒医生给人以独立自由、信念坚定的印象。胡适又借《海上夫人》的主人公艾梨达，阐释了她在承担起独立思考的责任后，便从无意义的家庭角色中解脱了出来，且有了参与建设美好社会的强烈意愿。易卜生的主张其实是矛盾的，他一面宣称国家与个人互相损害，一面强调社会需要强大的个人，对此胡适都全盘接受。而这样的矛盾，也贯穿了胡适作为政治家的一生。

3. 要求社会接纳受到迫害和排斥的少数人。这是中国欲实现繁荣发展的必要条件。这时作为替罪羊的斯多克芒医生被再次提及，因为"替罪羊"的概念至关重要。它不仅向年轻的反传统主义者解释他们为何会遭受巨大的阻挠，而且还向他们灌输了一种近乎救世主式的想法——他们对社会起着举足轻重的作用，因而，必须经历一个甘愿受难的阶段。

日后，胡适对易卜生的诠释会经过被接受、改变、改良，甚至排斥的过程。而对其"易卜生主义"的不同接受，既取决于它是否适用于中国当时的国情，也取决于其他传播者的性情与见解，以及传播者和胡适本人的关系。此外，胡适的"易卜生主义"也并非静止不变，而是经历了不同的发展阶段。

二、个人与社会：野鸭需要自由，女青年需要责任

在易卜生的名字进入中国之前，国内知识分子就已在尝试界定个人在社会中的作用。在某种程度上，胡适的《易卜生主义》与其说是介绍新思想，不如说是儒家学说的延续。相较于传统学说，1918 年的读者可能更容易被新鲜的易卜生思想吸引。但在西方评论家看来，胡适对易卜生的接受，不仅有西方文明的作用，也有中国环境的影响。

20 世纪初期，中国奉行自由主义的知识分子与儒学传统有一个共同之处，即对学术的献身。各种书面文字向来都是影响中国社会的要素。早在宋朝，理学家朱熹（1130—1200）就提出，学习就是"博学之，审问之，慎思之，明辨之，笃行之"的过程。在此过程中，还需要质疑的精神。宋代以后的学术研究，基本上避不开怀疑主义。胡适的文章，包括关于易卜生的文章，也都充满了怀疑精神。而正是这样一种怀疑精神，构成了胡适身边那群"自由主义者"的学术基础。

在宋、明两朝，关于"个人主义"和"个性"的论述比比皆是，但它们都是基于先秦时期的概念。20 世纪的知识分子则以西方零零散散的学说为出发点。有时候，这些西方思想对于现代人而言，就像先秦思想对于理学家一样模糊不清。举例来说，中国古代的井田制被认为是区分公私土地的有效途径，而这种制度从未真正地实施过，因此它只能隐于背后，作为一种理想化的、不明确的社会假说。20 年代初西方的民主与社会主义概念也同样如此存在于背景之中。这种模糊不清且理想化的学说，简化了知识分子们的讨论，他们不曾将论争置于严格的意识形态框架里，但这同时也为反对意见提供了开放的空间，因为这个共同纲领所涉及的范围实在过于庞杂。

本章的议题更偏重于"作为社会中的自我"的个人主义（individualism）概念，而非作为艺术创造推动力的个体性（individuality）。

胡适对"五四"个人主义的贡献之一，是他将中国传统的自我概念同西方个人价值融为一体。

（一）理学（Neo-Confucianism）先驱与胡适①

朱熹在《大学》集注中，强调"自新"是社会求新过程中必不可少的因素。他认为，个人（至少是贤能的人）具备重新发现"道"——圣君之道——的能力。"道"是世人为获得幸福而应遵循的道理；它将个人及政府囊括在一系列伦理规范之内，从而保证所有人的福祉。朱熹释"道"为：

> 道，犹路也。人物各循其性之自然，则其日用事物之间，莫不各有当行之路，是则所谓道也。②

这里的"道"，接近于自然法则的意思。

而胡适则认为，有识之士能够分辨出哪些西方思想是最适用于中国的。朱熹的"道"和胡适的"真理"，并非指一种超自然的现象。但由于道和真理对于朱熹和胡适而言似乎不止一种情况，因此它们呈现出了近乎超验的意味。道和真理本身可能并无宗教含义，当我们发现其他人的道或真理和自己的不一样时，就很容易产生误解。

虽然道和真理的表达方式不总是对应的，但两者在内容和哲学思想方面大同小异。胡适用"个性""个人""人格"等词汇来描述娜拉对身份的追寻；朱熹则谈论"为己之学""修身修己""正身正己"，进一步阐述了程颐的儒家学说：

---

① 此处关于理学（Neo-Confucianism）的论述均以狄培理（William. T. de Bary）的研究为基础，特别是他的《明代思想中的个人与社会》（*Self and Society in Ming Thought*, 1970）和《中国的自由传统》（*The Liberal Tradition in China*, 1983）两书。

② 转引自 David Pollard, *A Chinese Look at Literature: The Literary Values of Chou Tso-jen in Relation to Tradition*. London. 1973, p.13.

> "古之学者为己"，欲得之于己也，"今之学者为人"，欲见
> 之于人也。[1]

胡适认为，娜拉出走的动机不是为了地位上有所升迁，而是找到该如何修己以有益于社会的方法。因此，宋明理学思想家与胡适都认同"学习的目的并不是为了地位的上升"这一观点。

娜拉出走是为了学习做人。在幡然醒悟后，她想要弄明白自己的社会责任是什么。这是胡适个人主义理念的要素。胡适赋予娜拉很多社会意识，正如朱熹的为己之学一样。他们并非意在宣扬利己主义或不负责任的个人主义，而视个人为拥有自我实现的潜力、能发光发热的个体。"为我"一词被用来翻译与利己主义（Egoism）有关的概念，"个人"则被对应于个人主义（Individualism）之类的概念，但它们基本上都没有和自私自利（Egoistical）或自我放纵（Self-indulgent）搭上关系。胡适一定无法想象，娜拉想要找回自我的愿望其实可被解释成自私自利的行为。所以，从胡适对娜拉的诠释可以看出，其实他既是一位自由主义知识分子，又是儒家学者，他的"易卜生主义"是对中国传统底蕴与西方思想的兼收并蓄。

"克己"（Self-discipline）必然是属于自由主义的范畴，因为"自由"（Liberty）本就含有"由自己做主"或"通过发展得到解放自己的能力"的意思。朱熹的"己"则更进一步，同家庭以及君臣的关系相联。他在《小学》里写道：

---

[1] 朱熹：《近思录集注》，茅星来编，"四库善本丛书"（第一版），中国台北。译者注——原书中关于朱熹的引文都使用了狄培理《中国的自由传统》（1983）的翻译，以下不再一一说明。

　　道者何？父子也、君臣也、夫妇也、长幼也、朋友也，此天之

性也，人之道也。[①]

　　狄培理据此指出，像朱熹这样的理学家"对教育过程的见解是建构在一种避免把人和社会分化的人格观念之上"[②]的。

　　一般来说，晚辈不应质疑长辈的言论，且应孝顺父母。无论儒家社会的教育是构建于何种基础之上，有些要求总是在自我利益之上，并限制着个性的蓬勃发展。在社会与个人分化、冲突的情况下，前者总是占上风，因为个人应该服从他们的上级。易卜生则反对不加质询的服从。对于传统的儒学家而言，服从上级与自我放纵无关，不服从反而意味着自我放纵。朱熹指出：

　　古昔圣贤所以教人为学之意，莫非使之讲明义理，以修其身；

然后推以及人。[③]

　　胡适希望被解放的中国人能同时意识到自由与责任。他和朱熹一样，都不提倡自我放纵式的利己主义；他理想中的个人总是与社会紧密相连、休戚与共。他口中的利己主义所欲达到的最终目的也还是造福社会。他的"易卜生主义"也总是同社会相关，并且变成了易卜生及其作品的代名词。胡适频繁引用易卜生渴望一种"纯粹的为我主义"的话，同时把易卜生及其笔下的人物都当作现实世界里的公民。

　　除了"为我主义"一词外，胡适还常谈及"个人的个性""个人主义"和"个人的人格"。这些术语，尤其是"个"字，相较于理学家的

---

①　朱熹：《鲁斋全书》，"近世汉籍丛刊"（第二版），京都，1975 年。

②　狄培理：《中国的自由传统》，中国香港，1983 年，p. 31.

③　朱熹：《晦庵先生朱文公文集》（《朱子大全》）。

"自"，更加注重单独的个体。但中国人在探讨个人与家庭、个人与社会以及它们之间的责任与相互影响的时候，则混合了两种词汇。

胡适"自由主义"一词中的"自由"意味着因循自己的意向。狄培理指出，"自由"对于中国人而言，并不完全是一个外来的概念，后期的一些理学家所给予个人的发展空间，同约翰·密尔（John Mill，1806—1873）[1]、亚当·斯密（Adam Smith，1723—1790）[2]等西方早期自由主义者不相上下。不过在西方，保持与众不同或小众的态度与身份，一直都受到重视，而中国则向来强调和谐；人们应该尚"礼"，因为这是全人类的基础。中国思想家，特别是理学家，在强调社会的依存关系之时，也未曾否认个人和自我满足的重要性。或许，我们可以用王阳明（1472—1529）的一句话来说明理学思想中的个人概念与胡适的联系（及区别）。王阳明希望个体能获得由内而外的解放，他也并不想要和自己的儒家背景一刀两断。他对教育改革抱有坚定的信心，也同样认为学习的目的是为自得而非功利。他相信个人的自我发展能力，复振道统之学习是一项终其一生且不乏牺牲的孤独事业，人类的进步是终极目标。同时，救助他人属于自我发展的一个方面。正如他所言：

> 故夫揖让谈笑于溺人之旁而不知救，此惟行路之人，无亲戚骨肉之情者能之，然已谓之无恻隐之心，非人矣。[3]

胡适则引用了易卜生1871年写给勃兰兑斯的一段话[4]来阐发他自己的个人主义概念：

---

① 约翰·密尔，英国自由主义哲学家、政治经济学家，著有《论自由》——译者注。
② 亚当·斯密，英国哲学家、经济学家，著有《国富论》——译者注。
③ 王阳明：《传习录》（2/62）。英文翻译引自狄培理，《明代思想中的个人与社会》，p. 160.
④ Ibsen, 1905, p. 217.

有的时候我真觉得全世界都像海上撞沉了船，最要紧的还是救出自己。

同时保有社会意识和人情味，可能便意味着在既定情况下，人会让自己脱离与社会互相依赖的关系，努力将自己从坏社会的残害中拯救出来。如果社会无甚改变，那么，即便救出溺水之人也是于事无补。所以理学家王阳明和胡适均提倡个人主义与自我修养，因为它们有益于社会。他们也应该会认同自我修养能促进自我实现。不过，理学家会认为个人的自我实现只能发生在人与社会互相依存的框架里，而胡适则会认为它可能发生于社会之外，因为社会实际上无法促进个人的发展。因此，在强大（或与众不同）的个人可以改变社会之前，以及新的自我实现可以在社会内发生之前，相互依赖是不切实际的。胡适的个人主义在某种程度上代表了一种中间状态：它处于易卜生的个人主义与儒家的个人主义之间。前者毫不在意个人与社会的关系，而后者则总是心系社会。易卜生的个人主义远不止打破社会陈规而已，虽然胡适的"易卜生主义"也包含对社会习俗的转变，但其目的是让个人获得真正的自由。因此，他的"易卜生主义"意指个人与社会应该为了同一个目标而携手努力。

"自"的含义可以被译为英文的"-self"，它常与其他字合用，组成一些基本的词汇，如理学思想里的"自任"。"自己"一词在近代很常见。胡适与罗家伦所译的《玩偶之家》里，娜拉用"我对我自己的责任"来表达"自任"。在此情况下，用儒家的"自"来表达现代思想似乎不成问题。

宋明理学主张，如果人非常明白自己的方向，那他就有实现"圣人之道"的可能：

君子之学，必先明诸心，知所养，然后力行以求至。

　　娜拉虽没有达到圣人的高度，但她发现这个过程的第一步必须是找到自我，继而才能担负家庭责任并找到社会归属。20 世纪 20 年代的中国自由主义者相信个人有着广泛的机会和巨大的潜能，只待释放。这些自由主义者所设想的解决方案似乎可以与"道"相比，以至于对于有识之士而言，这是不证自明的。每个人都有找到"道"的潜力。当然，朱熹的读者是和他一样的精英阶层，他的观点里也没有任何平等主义的思想。胡适所设想的受众群体可能更加广泛，但他也主要是为知识分子发声。但是，受教于理学思想的有识之士愿意服务其君主，只要这位君主也了解他求道与正己的责任。而 20 世纪的中国自由主义改良派则表示，在他们考虑参政之前，教育必须有所改进，这正是由于他们看不到统治者的求道之心。统治者应该求知若渴并履行道义，这是儒家经典里的规范之一。由此，一个正直的官吏也不能参与君主的不当行为。自清代以来，很多人都认为不仅是清政府失去了天命，而且那些朝廷命官，甚至民国官员也都腐败不堪。为政府效力或和它沾上关系，就意味着对"道"的背离，用现代词语来表述，就是妨碍个人追求真理与自由。当然，古典意义上的"道"在绝大多数方面还是与"求真"这个现代概念不同，但在理学家的定义里，"道"的最终意图却与 20 世纪自由主义者对"真"的诠释如出一辙。胡适视易卜生为探求真理与自由的个体，不会与政客有丝毫瓜葛。由于易卜生自己有这样的认知，所以胡适把他的剧中人物当成作家的传声筒似乎也合情合理。

　　"仁""礼"等儒家学说的中心理念在五四时期的"反孔浪潮"中幸免于难。它们被用来指代克制、仁爱和正义——这在中西方都是积极的理念。但是，一些人同样对"礼"大加讨伐，认为它默许了对女性与儿童的奴役。吴虞主张只有法典、而非礼教才能解决妇女儿童的问题。①
胡适的《易卜生主义》一文虽然没有提到"礼",但也强调法律对于约
束人际关系极其重要,且应当入情入理。

(二)个人主义:欧洲的先驱

胡适曾于国内和美国求学,因而对中西哲学都十分熟稔。在接触
到的西方思想中,他最属意的是个人主义与自由主义,或许是因为它们
同胡适最青睐的一部分中国思想元素很接近。西方的个人主义思想不仅
以个人为重,而且认为个人就是目的本身。在西方人的观念中,没有
人是孤立的,且人人都有至高无上的价值。英国诗人约翰·邓恩(John
Donne,1572—1631)的诗句——"没有谁是一座孤岛"和"无论谁死
了,都是我的一部分在死去"——便很清楚地体现了这一西方思想。

荷兰哲学家斯宾诺莎(Baruch de Spinoza,1632—1677)是西方个
人主义最早的倡导者之一,他主张人的行为完全受私利的支配,这是自
然界的基本规律,同时也是人自我求生本能的高级体现。"自由的"
(liberal)思想经约翰·洛克(John Locke,1632—1704)②与亚当·斯
密之手,得到了进一步的发展。前者认为人拥有某些与生俱来的天然权
利,社会亦不可侵占;后者则提出了经济自由主义理论。在达尔文的"适
者生存"观点出现以前,"个人"的概念几乎类似于利己主义。为了制
衡这种极端的思想,后来的哲学家赋予了个人一定的义务,其中最重要
的一项就是为自己的行为负责。

不过在西方,个人有权形成自己的社会改革标准,也有权利保持与
社会相悖的独立性,保持"与众不同"。"理性"观念推定知识可以被
概括总结为简单自明的真理,并且人在获得知识之后,皆有支配和运用

---

① 吴虞:《礼论》,载《新青年》第 3 卷第 3 期(5 月),1917 年,第 10–17 页。
② 约翰·洛克,英国启蒙哲学家,有"自由主义之父"之称——译者注。

知识的能力。而个体可以保持"与众不同"的理论基础，即现象并不具有普遍性。世间可能有各种卓越的原理，而多样性本身或许就是其中精粹。每个人都是独一无二的，与他人不同本身就有价值与意义。

这种个人概念——不作为群体的一员或不从属于群体——演化成了一种经济和政治的自由主义学说。脱离了过去并且不用为他人承担任何义务的个人概念，是这种学说的起点，其重要一环便是个人有发展、开拓自己能力与创造力的自由。此外，自由主义哲学坚称国家权力应该保证个体权利不会被多数决定原则所压制。为此，阿历克西·德·托克维尔（Alexis de Tocqueville，1805—1859）[1]等人极力建议国家的政治权力应施行立法、行政、司法三权分立。胡适在负笈美国前就读过约翰·密尔《论自由》的中文版。密尔在书中详尽说明了这种基于个人自主性与完整性的自由主义政策。他将人类自由划分为三类：一是思考、感受和表达意见的自由；二是在不妨碍其他人的前提下，从事自己所热爱的职业的自由；三是在不伤害他人的前提下，团结联合的自由。简言之，密尔主张个人自由不可剥夺，政府在一定限度内有责任保护并促进个人自由。

胡适在美国求学时，原本想在康奈尔大学学习农学。不久后他转去了哲学系，后来因为想投于约翰·杜威（John Dewey，1859—1952）[2]的门下，又去了纽约。贾祖麟（Jerome Grieder）和欧里典（Lee Tjiek Oei）[3]已详细阐述过杜威对胡适的影响。杜威的实用主义和工具主义方法深深吸引了胡适。他强调，怀疑是科学探索真理的重要元素，这正同胡适赴美前所接触的赫胥黎和达尔文的思想不谋而合。杜威的哲学也可以被视为自由主义的延伸，因为它强调了个人追求真理的能力。人能够

---

① 阿历克西·德·托克维尔，法国思想家、政治家，著有《论美国的民主》一书——译者注。

② 约翰·杜威，美国哲学家、教育家，是实用主义哲学的代表人物——译者注。

③ Jerome Grieder. *Hu Shih and the Chinese Renaissance: Liberalism in Chinese Revolution 1919—1937*. Cambridge, Mass, 1970; Lee Tjiek Oei. *Hu Shih's Philosophy of Man as Influenced by John Dewey's Instrumentalism*. Ph. D: Thesis, New York, 1974.

通过自己的观察总结规律，并通过思考和运用规律对不同情况下的现象进行不同的分析。验证疑难是每个人都可使用的方法，因为环境总是在不断变化，且目标本身也具有可变性：

> 至于可变的生命史和深入其中的智识的洞见以及先见，选择标志着一种有意改变倾向的能力。[①]

由此，真理就等同于有效求证的结果，永恒的真理也并不存在。个体有选择和洞察真理的潜力，但从这些可能性中获得的自由必须有责任的制约；换言之，虽然个人具有内在价值，但他不能被看作孤立于社会或脱离于周遭群体的人。自由主义者所欲确立的民主精神会巩固求证的态度和对自由的寻求：

> 但是研究的自由，对不同观点的容忍，交流的自由，把发现的东西分配到每个人手里并把他当作智识的最后消费者，这些都既包含在民主方法之中，也包含在科学方法之中。[②]

一切观念和理想都是达到目标或证明假设的途径。在杜威的实用主义里，检验布丁的好坏，既需要做，又需要吃。

（三）易卜生与个人潜力的转化

易卜生将19世纪欧洲盛行的思想如自由主义、社会主义、虚无主义和功利主义哲学等都转变成了戏剧，但他不像杜威那样提供了工具主义的方法论。他为胡适提供了个人主义者兼艺术家的榜样。胡适和易卜生

[①]　John Dewey. *Philosophy of freedom*. In: Dewey, John: *John Dewey on Experience, Nature, and Freedom*, ed. by Richard J. Bernstein. New York, 1960, p. 266.

[②]　John Dewey, *Freedom and Culture*. New York, 1939, p. 102.

都相信个人有改造社会的潜力，因为他们有着同样的西方哲学背景。不过，胡适把它们移植到了中国的土壤里，注入了中国的灵魂。他从易卜生那里汲取了适用于中国社会的新思想，《易卜生主义》一文为他的知识改造和社会改革倡议奠定了基础。胡适不是唯一阐释这些自由主义观念的人，从1915年到1920年，《新青年》杂志介绍了许多自由主义的思想。但胡适博古通今、学贯中西的才智，在五四时期的自由主义知识分子中也属佼佼者。并且他个性大度，不像许多同时代的中国知识分子那样，急于否认自己的中国传统。当时，大部分中国青年都自觉或不自觉地承载着儒家教育背景与价值观的碎片，而这却是他们不想继承乃至强烈反对的遗产。胡适则能温和地接受他所无法逃避的文化背景，同时也能接受被引入国内的各派新思想。

胡适在美国求学的时候，就从舞台和书本上接触到了易卜生，并常常在日记里提及。在一则日记中，他表示了对西方生活观念的欣赏。他提到有一位女性询问，当她自己的见解与父母家人相左时，是应该容忍迁就，还是我行我素？胡适首先讲述了一个中国历史上的例子，并总结道，东方人一般会容忍迁就，以遂家人之愿。而西方人的态度则完全不同，他们会说：

> 凡百责任，以对一己之责任为最先。对一己不可不诚。吾所谓是，则是之，则笃信而力行之，不可为人屈。真理一而已，不容调护迁就，何可为他人之故而强信所不信，强行所不欲行乎？此"不容忍"之说也。其所根据，亦并非自私之心，实亦为人者也。盖人类进化，全赖个人之自芘。思想之进化，则有独立思想者之功也。政治之进化，则维新革命者之功也。若人人为他人之故而自遏其思想言行之独立自由，则人类万物进化之日矣。弥尔之《群己权界论》倡此说最力，

伊卜生之名剧《玩物之家》亦写此意也。[①]

胡适似乎想要从五花八门的学说里找到适用于中国且与他自己的想法相适宜的学说和解决办法。

个人主义成为解放新社会的机制。在此之前，旧社会必须受到批判，因为一切改良都始于承认旧社会的腐朽。

胡适的"易卜生主义"不仅包含对社会现状的批评，也有对社会改良的建议。作为一个"集体"的社会是无法自我改良的；改良的任务应由自由的个人来承担。必须从个人与家庭及社会的关系中来分析个体是否自由。自由的个体必须向父亲发起反抗，因为后者妄图继续保留受到现代观念所唾弃的家庭制度。更重要的是，自由的个体必须反抗社会，否则他只能眼睁睁看着社会和个人丧失动力，进而陷入崩溃。在胡适看来，易卜生戏剧无不透露出社会与个人相互残害的讯息：社会在本质上是专制强横的，想方设法地泯灭个性与个人主义，不允许真正独立的存在。在这个过程中，创造与创新的能力也被消灭殆尽，发展进步自然也无法实现。

在胡适看来，易卜生的《野鸭》完美地体现了这一观点。该剧描写了青年格瑞格斯·威利如何试图减轻父亲所犯下的罪行。其父曾把自己的情人许配了一位破产的朋友的儿子。后者是一名摄影师，对妻子的过去一无所知。夫妻生活美满、育有一女。摄影师认为自己总有一天会完成一项伟大的发明，并对这种以自我为中心的生活感到十分满意。当格瑞格斯告诉摄影师，他的宝贝女儿并非亲生，幸福生活瞬间变得支离破碎。格瑞格斯这么做，是因为他坚信摄影师的幻想必须被打破，只有真理能解放他，让他扫清妄想、东山再起，并把生活建立在真理之上。但揭露真相却致使摄影师女儿开枪自杀，而这把枪来自她的祖父，

---

① 胡适：《留学日记（卷二）》，中国台北，1973 年，第 442—443 页。

是后者用来维持自己还能打猎的幻想的媒介。祖父以为自己在野外打猎，实际上只不过是有野鸭和圣诞树的阁楼给他营造出了置身于森林的幻觉。胡适认为个人和野鸭一样，与生俱有创造的潜力。如果野鸭能培养自主权，发展潜力并维持独立，那么它就有望保持自由之身。然而，野鸭却被抓来圈养在了家里，渐渐它就忘记了自由为何物，失去了对自己命运所应负的责任。它不幸地发现融入社会其实更加容易，也更加有利可图，因为这样能确保自己有吃有住，甚至取得一定程度上的成功。如果一个人向社会势力缴械投降，他就会逐渐忘记天赋的自由；他甚至不会对自由的人生产生渴望，因为逆流而上比顺流而下要辛苦得多。诚然，与社会相抗衡的人会在这一过程中获得力量，但他始终属于"被迫害的少数"，永远无法像传统社会的卫道士那样，猎取大量的财富和显赫的地位。在胡适看来，"易卜生主义"既是对奉承者的反抗，也代表了一种信仰——相信社会里还有坚忍不拔的独行者会为了公利而牺牲私利。

"易卜生主义"还是个人意识的体现，与多数人的无意识相对。胡适似乎觉得易卜生在编写剧本时，脑海里想到的是彼时的中国社会。他会不时地比较中西方的困境。显然，易卜生笔下的西方社会问题也同样困扰着中国，而胡适乐观地认为中国的问题并非无可救药：半个世纪以前，欧洲也是非常落后的，在一批有识之士的帮助下，欧洲得以解决导致落后的部分问题；所以，半个世纪后的中国，也将重复欧洲的历史。因此，胡适的《易卜生主义》猛烈地抨击了当时中国的现状和儒家思想，因为后者认为个人应服从于优先级更高的、整齐划一的社会。

在讨论个人与社会的对立问题时，胡适引用了易卜生的戏剧和书信。儒家社会如铁板一块，胡适将易卜生视为儒家社会的反对者和多元社会的拥护者。他认为，个人自由比多党制更加重要。个人主义缺席下的民主很可能变成铁板一块。他的"易卜生主义"里还隐含了对这些政党的怀疑，因为它们会和社会一样，阻碍个人自由的发展。

倘若社会拒绝给予个人自由和责任，破坏了他的自由意志，那么社会就犯下了滔天大罪。所以胡适将《野鸭》视为《海上夫人》的对立面。《海上夫人》的女主人公艾梨达嫁给了一位住在海峡最深处的医生，她对大海怀揣莫名的憧憬，同时也眷恋着年轻时一位同自己有过婚约的海员。在失踪多年后，海员突然回来了，并要求艾梨达履行年轻时的诺言。她在对"未知力量"的渴望与对丈夫的忠诚之间犹疑不决。最后，当医生决定要解除与艾梨达的婚姻关系，让她自己做出选择并承担结果时，未知世界反而失去了那种对她在精神上的吸引力，于是她选择了留下。

这位年轻的妻子就像野鸭一样浑浑噩噩，把精力荒废于做梦之中，而没有承担起自己的那份家庭责任。从她被赋予自由与责任的那刻起，她便成为了富有潜力的个体，与《玩偶之家》里的娜拉如出一辙。而野鸭却永久失去了潜力，它变成了被囚禁的奴隶。并且，胡适还指出——它所感受到的幸福都是虚假不实的。在他看来，被家庭或者社会奴役是一回事，因为这两种情形下的个人都不是自由的。

在此后若干年内，个人与社会的矛盾仍然是胡适持续关注的问题。他进一步延伸了对个人主义的定义并扩大了社会责任的范畴。显然，在胡适所制定的政治纲领里，有一部分是以"易卜生主义"为中心的。后来，由胡适弟子主笔的个人主义文章也和《易卜生主义》有许多相似之处。1918 年的《易卜生主义》成为此后探讨"个人对立于社会"这一议题的奠基之作；同时，它也构成了胡适及其他同属自由主义阵营同人的意见基础。

（四）自由主义在中国的进一步发展

在胡适的定义里，"个人主义"一词与"利己主义"（胡适译作"为

我主义"）有着截然不同的含义。在《非个人主义的新生活》①（1920）
一文中，他明确表示个人主义不同于利己主义。他完全不用在利己主义
上大费口舌，因为这个概念极易被认定为是恶劣的，所以不构成任何威
胁。因此，文章的重点放在了"个人主义并不意味着避世"——宁愿耕
种自己的小花园而不管世事的态度——这一观点上。胡适用"个人主义"
来指涉"individualism"，而用假的个人主义，即"为我主义"来描述
"egoism"，以及"独善的个人主义"来指称逃避现实的、浪漫主义的
个人主义，这是他认为格外危险的一派。胡适将这种"独善的个人"视
为非社会的个人主义者。独善的个人主义者不满于社会，断言社会已经
无药可救，因而一心想要跳出社会去发展自己的个性。

他将"独善的个人"划分成四种：第一种是寻求宗教的极乐园，相
信只有在这样的净土中才会有好的社会；第二种是相信神仙的存在，而
具有超能力的神仙并不生活于人世间；第三种则是出世的山林隐士；第
四种则希望在荒野创建新社会。最后一种特指日本的新村主义运动。该
运动想在远离疯狂人群的地方修建新的居住地。他将新村主义运动看作
道家隐逸理想的延续，而实际上，道家隐逸理想曾吸引了许多儒家官僚
体制中的上层人士。诚然，个人可以通过吸纳社会中那些可取的元素，
进而岿然独立地发展自我，但如果他没有与社会形成互利共生的关系，
那么他将一无所获。胡适认为，这样的个人主义生活意味着个人与社会
的隔离，是最危险的个人主义误释。

接着，他列举了这种"非社会"的个人主义者的四大错误：

1. 他们的人生哲学旨在逃避社会，因而是一种避世的哲学而非奋斗
的哲学。

2. 他们的人生哲学是以古人"独善其身"的想法为基础的，但这一

---

① 胡适：《非个人主义的新生活》，载《新潮》第 2 卷第 3 期（2 月），1920 年。译
者注：这里的"非个人主义"实际上就是"反个人主义"（anti-individualism）。

想法是错误的，因为古人没有认识到个人所具备的实力。

3. 他们的人生哲学很不经济，因为每个人都要制造他们所需要的一切资料，而无法集中于自己的专业能力。

4. 从根本上来说，这种观念是错误的，因为它把个人与社会完全一分为二，而这是不可能的。

按照胡适的说法，这种避世主义具有普遍性，它既存在于西方的宗教信仰中，也在佛教等东方宗教里出现。同时，它又是非常危险的，因为它并没有规定个人与社会之间的关系。即便是新村主义运动，也承认人有着社会义务。

总之，独善的个人主义者就像是烘焙中的调味剂，一旦他脱离了社会环境，就完全无法起到酵母的作用。逃避社会，即便其动机是无比崇高的，也不过是一种过时的理想，不再适用于现代社会，因为后者要求个人与集体之间的互动交流。只有在社会里面，才会有法律法规和习惯。在胡适看来，发展出个人需求后的娜拉和艾梨达才得以成为社会的一员。也就是说，真正的个人生活只能从社会生活之中产生。

为了进一步论述他的健全个人主义观点，胡适驳斥了儒家及理学家的观念。他指出，在古代，大家不知道人是有内在潜能的，并且孟子采取的是一种失败者的态度，因为他认为只有在得君行道以后，人才有兼善天下的能力。此时，胡适对孟子的阐释已经与 1918 年的《易卜生主义》有所不同。彼时，他强调的是"穷则独善其身"，把它看作本土版的健全个人主义。到了 1920 年，他却告诫人们不要把它当作支持非社会的个人主义的依据。其实，孟子的这句话应该更接近于胡适之前对易卜生所做的阐释，即通过把自己铸造成器来造福社会。每个人，无论身处高位还是低位，都有发展自己的实力。虽然个人出于利己之心，会在输出精力之前先发展自己的潜力，但最终，这仍然是有益于社会的。

根据孟子这句话的上下文来看，它反映了利己的态度。但同时又表示，无论穷困还是显达，人都不应失去仁义与理想，这就十分符合胡适的"易卜生主义"，让他得以在东西哲学之中找到相通的元素。儒学乃至理学经典中，都能找到支持这种解释的证据。例如，朱熹曾经探讨过个人应对社会所尽的义务。虽然他写道，学习应为自己，但学习仍然发生于社会环境之中。他强调个人的心智发展，批评那些只是为了功名利禄而学习的人。显然，朱熹并不建议在与世隔绝的状态下积累知识：

> 盖闻古之学者为己，今之学者为人，古圣贤教人为学，非是使人缀缉言语、造作文辞，但为科名爵禄之计，须是格物、致知、诚意、正心、修身而推之以至于齐家、治国，可以平治天下，方是正当学问。[①]

然而，儒家学说确实对个人的发展有所束缚：人被放在一个等级秩序之内，因而他的一举一动只会直接影响到在其等级之上或之下的人，对社会整体的影响只是间接的。

胡适与孟子以及理学家的区别在于，他强调人人都有内在的力量，无论他处于何种地位和阶级。实际上，历史恰恰证伪了胡适关于古人不相信普通人也有潜力的论断，中国历史上，至少有两次改朝换代都是因普通人的努力斗争而引发。但胡适想要论述五四运动才是个人力量的有力证明，如果这样的个人能组织起来，就会汇聚更大的能量。

在胡适看来，个人与社会的相互融合至关重要，其宗旨有三条：

1. 个人是社会上无数势力造成的。
2. 改造社会须从改造这些造成社会，造成个人的种种势力做起。

---

① 朱熹：《晦庵先生朱文公文集》（《朱子大全》），转引自狄培理：《中国的自由传统》，1983, p.23.

3. 改造社会即是改造个人。①

这必然不是一朝一夕就能完成的事。胡适的非（反）个人主义理念蕴含着一种新的社会观，其出发点是社会基础。因此，他的个人主义论述最后必然会导致反个人主义的立场，因为个人改造的最终结果是为了社会而非个人。他这样解释这一社会进程：

1. 社会是种种势力造成的，改造社会须要改造这些势力。这种改造一定是一点一滴、一尺一步的。如果能改造社会的风俗、思想、家庭和学堂，那么，这个社会的其他势力也就会发生改变，因为它们都是互相牵制的。某一年发生在某个领域的改变，就必然会在以后影响到其他领域的变化。

2. 有志做社会改造事业的人必须有批判的研究方法。批判的方法、切实的调查、极大的勇气、开放的心胸、尊重事实并且爱提问题、不怕问题所带来的后果，这些都是批判的研究态度所应具备的要素。

3. 这种批判的态度和生活是欢迎挑战的，不像新村主义运动那样是想要逃避社会的。

由此，胡适站在非（反）个人主义的立场，想要使旧社会变成新社会，旧生活变为新生活。虽然他明白一个自由的个人很可能像野鸭那样轻易地就被腐化，变成社会里的奉承者，但他还是热切地相信人具有内在的潜力，敢于接受责任与自由的挑战，就像《海上夫人》里的艾梨达一样。

胡适关于个人与社会的看法并未止步于世俗的考量，而是涵盖了生死与不朽的问题。1919 年，在母亲逝世之际，他写下了《不朽——我的宗教》这篇文章。

他首先表示自己的母亲虽然从来没有获得过功名利禄，但这并不意

---

① 胡适：《非个人主义的新生活》，载《新潮》第 2 卷第 3 期，1920 年 2 月，第 473–474 页。

味着她的人生一无是处。在古代中国（胡适以《左传》为例），一个人可以通过"立德、立功、立言"来实现不朽。这三种不朽——德、功、言——只适用于那些有功业名声的人。如杜甫、莎士比亚、易卜生等因留下了著述而获得不朽与盛名。但许多发明家，比如发明水车的人，则默默无闻、姓名不传。对于没有功名著述的芸芸众生而言，连这"无闻的不朽"也无法实现。

儒家社会对于统治者和被统治者有着明确的划分。就此，胡适反对"灵魂不朽"的说法。但他又声称儒家的"三不朽说"要比基督教的"神不灭说"更合理、更实在，因为人的德、功、言的确可以流传。但这三条并没有顾及其反面，即恶的德、功、言又会怎样。并且，那些帮助别人立了不朽之功的人，也没有收获应有的名誉。

于是，胡适提出"社会的不朽论"来解决这个问题，指出社会是由个人的言行举止构成的。每个人都参与了社会的建造，留下了自己的施为与功德。个人的"小我"与社会的"大我"有着千丝万缕的联系。功德与罪恶都是不朽的，因为社会囊括了一切语言行事，无论善恶。为了创造一个良好的社会而行好事是小我的责任。"小我"是会死、会消亡的，而"大我"是永远不灭的。"小我"迫使每个人都关心"大我"的遗产，即便是最无足轻重的人也应该对"大我"负担责任，这样便能不朽：

> "小我"是有死的，"大我"是永远不死，永远不朽的。"小我"虽然会死，但是每一个"小我"的一切作为，一切功德罪恶，一切语言行事，无论大小，无论是非，无论善恶，一一都永远留存在那个"大我"之中。[①]

这一态度很大程度上影响了胡适的妇女解放观念。如果中国妇女不

---

① 胡适：《不朽——我的宗教》，载《新青年》第6卷第2期（2月），1919年，第102页。

被解放，那么她们作为"小我"，就几乎没有机会为"大我"——中国的富强——做出贡献。娜拉需要被解放，她需要寻找自己应负的责任，因为只有这样，她才能为社会做出真正的贡献。做出贡献并不意味着要成为改革的先锋，但至少能够有助于社会正向发展。

胡适在个人与社会理念上有一个关键之处，那就是痛恨一切约束个人意志的主义和理论。政党会像社会那样奴役个人。他指出，眼下（20世纪20年代——编者注）的政治腐败就是一个警示，而易卜生从来没有加入任何党派。在五四运动之前知识分子间形成的那股凝聚力，在1919年7月那场著名的"问题与主义"论战后渐渐瓦解。这场论战由胡适发起，他在《每周评论》上发表了一篇名为《多研究些问题，少谈些"主义"》的文章。文中所阐述的实用主义理念体现出易卜生对他的影响，与此同时，胡适的"易卜生主义"又明显受到杜威的影响。他承认抽象的理论比实际的解决方法来得容易，但抽象理论给中国带来了更大的危险，因为中国的社会问题很难被考察清楚。胡适指出：

1. 空谈"主义"是极容易的事，任谁都能做。

2. 空谈外来进口的"主义"，是没有什么用处的。每个问题都需要对症下药。在为具体问题寻找解决方法之前，不去实地研究，就好比医生单记得许多汤头歌诀，不去研究病人的症候。

3. 任何偏颇的"主义"都是危险的，因为"主义"最初都是应时势而起的具体主张。某个具体问题的解决方法并不一定适用于其他问题。

胡适强调每个问题都有它具体的解决办法，这就和易卜生主义有着明显的相似之处。在他看来，易卜生主义的吸引力正在于它没有预先给出解决方法。在这篇文章和《易卜生主义》里，他都采用了医生的比喻。之后，这个比喻还将再次出现。

胡适的这篇文章激起了包括李大钊在内的知识分子的强烈反响。李大钊是知名的马克思主义者，他虽然同意胡适关于实际研究问题重要性的观点，但却指出这并不妨碍对"主义"的讨论。胡适担心将复杂的问题简单化会迷惑大众；李大钊则主张为了使解决方法产生切实的效用，就需要有广大民众的支持，而为了赢得他们的支持，就必须给予他们理想和愿景。

这场论争体现了在偏重实用性的个人主义者与倾向于革命的浪漫主义者之间，似乎存在着本质差异。但是，胡适的态度中也有着浪漫主义精神的成分，我们将在下一节进一步讨论：是否可以通过抨击社会的具体问题，来解决中国的疑难杂症？当时的中国又是否需要一种整体的意识形态取向与革命？

（五）个人主义的其他代言人

正如前文所提到的，《新青年》早期受到过自由主义的强烈影响，但在五四运动后不久，它的思想倾向就发生了改变。其实，在五四运动以前，一些北大学生就已经感到需要创办一本学生刊物。于是，1919 年 1 月 1 日，《新潮》应运而生。该刊得到了多数北大教员的支持。胡适和其中一些学生的年纪相仿，对他们有着很大的影响。《新潮》的主要撰稿人包括：傅斯年，之后成为著名的历史学家；顾颉刚，后来也是杰出的历史学家、民俗学家；吴康，哲学家；罗家伦，思想家，近代教育家，此后任清华大学校长。顾颉刚与傅斯年同胡适的关系尤其密切，罗家伦则同胡适合译了《娜拉》（即《玩偶之家》），发表于《新青年》的"易卜生号"上。《新潮》所讨论的好几个题目都与个人以及个人在社会中所处的位置有关，而易卜生的《群鬼》作为西方名著译作也收录于杂志中。约翰·杜威于 1919—1920 年来华讲演的部分讲稿也见于该刊。

《新潮》第一期收录了傅斯年的《人生问题发端》[①]一文。傅斯年认为这个问题是再大没有的题目，因为只有当人们拥有清晰的人生观时，社会上的很多问题才能迎刃而解。思想革命是胡适"易卜生主义"的重

---

① 傅斯年：《人生问题发端》，载《新潮》第 1 卷第 1 期（1 月），1919 年，第 5—17 页。

要部分。傅斯年也注意到清醒的思想态度的重要性。他谈道，"思想"
与"人生观"是同一个问题的两面，因为一套怎样的思想就会产生怎样
的人生观，或者思想与人生观是融为一体的。

在傅斯年看来，西方的实用主义将普适的、古典的古代哲学与现代的
生物哲学相结合，由此建构出一种彻底以人为本的哲学。他声称同时期的
中国人却没有发展出可以和实用主义相并论的哲学思潮。他们要么过于功
利主义和物质主义，要么太冷漠或传统，这样的人生态度是毫不实际的。
因此，傅斯年称之为"左道"人生观念。由于他无法苟同"左道"的观
念，因此他提出了"以人生为出发点"的人生观。为了断定人生的真义，
就必须将人生的性质和效果当作基础。这当然不是容易的事，但如果我们
从生物学、心理学、社会学、将来的福利和生活永存五个方面来考虑此问
题，就会得到这样的人生观："为公众的福利自由发展个人。"①

他将个人与公众福利看作人生观的两面，原因在于个人的思想行动
没有一件不受社会的影响，并且社会是永远不灭的。迄今为止的历史表
明，个人的发展和社会的发展是不可分割的。所以，傅斯年和他的老师
胡适一样，强调人与社会之间的紧密关系。《易卜生主义》中关于个人
与社会的看法，在半年后又再次出现于傅斯年的文章里。

社会不仅是不灭的，还能像老瓶装新酒一般地焕发生机。在傅斯年
眼中，白话文就是这样的"新酒"。在之后的一篇文章里，他表示白话
是新思想的先决条件，而新思想又是建设全新中国的基本要素。他将胡
适的《易卜生主义》和周启孟（即周作人）的《人的文学》《文学革命
论》看作定义了新文学的教科书，将会成为全新中国成长过程的一部分。
胡适和周作人所提及的作家都用白话文写作，而胡适、周作人又用白话
来讨论他们。傅斯年以此作为"白话文比文言文能更好地表述、传达新
思想"的证明。换言之，倡导白话文不仅是人生观的一部分，同时也是

---

① 傅斯年（1919a），第 15 页。

传达思想革命的更好途径。对于当时的中国而言，易卜生的一大魅力或许在于他的语言十分简洁明了，广大读者能清楚地理解他的思想，并为之着迷。

在负笈英国之前，傅斯年在一篇短文里再次讨论了个人与社会之关系。[①]他相信《新潮》的未来依赖于个人的奋斗。他希望自己的同社诸君能在国内切实地求学，毕业后去国外继续读书，这样才能更好地服务于国家。对于傅斯年而言，社会具有普遍性，是个人所组成的人类的总括。但在服务人类之前，必须要培养一个强大的"真我"：

> 一团体和一个人一样，进步全靠着觉悟——觉悟以前如何如何的不好，以后该当如何如何，然后渐渐的到好的地界去……
>
> 我觉得我们同社很多个性主义和智慧主义的人。这样性情，自然也不免有很大的流弊，但是我总相信天地间没有一件好物事没有坏效果的，没有一件坏物事没有好效果的。凭我们性情的自然，切实发挥去，就是了……
>
> 我只承认大的方面有人类，小的方面有"我"是真实的。"我"和人类中间的一切阶级，若家族、地方、国家等等，都是偶像。我们要为人类的缘故，培成一个"真我"。[②]

显然，个人需要主动去找到自己的能力所在。但同样显而易见的是，在培养出强大的"真我"之后，个人应该要为社会的改进而奋斗。

傅斯年提倡个人的提高，并表示这是一种普遍的现象，这一思想很对当时青年知识分子的胃口，因为这样多少会显得中国没有那么滞后。

---

① 傅斯年：《〈新潮〉之回顾与前瞻》，载《新潮》第2卷第1期，1919年10月，第119–205页。
② 傅斯年（1919b），第205页。

通常而言，五四运动的先锋很了解世界上的主流思潮。但需要注意的是，他们批评的基质仍然是中国的政治传统与经历。罗家伦在讨论现代西方思想自由之发展时，不仅呼应了傅斯年的观念，而且还反映了他本土的知识底蕴。他认为，在真正进化的社会里，人人都应有自由发展的机会，自然人人都应有思想的自由：

> 我们生在世上，小则离不了个人，大则离不了社会，所以为个人的自由发展起见，不能不有思想自由；为社会的福利起见，更不能不有思想自由！①

吴康的人生观则异常接近于胡适，他在《新潮》发表了一系列文章，论述自己如何看待个人在社会上的位置这一问题。他认为传统伦理道德应被以利己之心为基础的个人主义所取代。因此，他想要发展个人的能力来完成利己之行。同时，他主张极端的自由思想，因为这样才能拥有积极的人生观和世界观。吴康还强调，个人无法通过自己的力量而实现这样的态度，因为人是无法离开社会而存在的。应该利用物质主义以创造人生为社会生活的目的，来发展个人的可能性。"（发展个人的可能性）至于无穷的境界。这是我对于人生根本的解决。这是我的人生观。"他引用了杜威的演讲，并告诫读者诸君不要变成脱离社会的书生。他也呼应了胡适的"易卜生主义"，强调个人对社会所应承担的责任。

关于思维方式和思想的重建问题，可以在此简要说明。1921年，吴康发表了《从思想改造到社会改造》一文，表示中国有三种有害的观念，阻碍了批判性思维的发展：一是心理的成见，人们戴着有色眼镜，把白马都看成黄马；二是因认识误区而造成的错误因果观念；三是因袭固有

---

① 罗家伦：《近代西洋思想自由的进化》，载《新潮》第2卷第1期，1919年11月，第231页。

的见解去推论新的事物。其中，最后一种是中国人最易犯的错误。

所以，中国现在必须廓清以上三种障碍，努力发展新的思考态度，为新的思维方式打下基础。吴康认为，新的态度应该包括：

1. 知识的诚实。无论儒家或者希腊哲学家都主张知识的诚实。这种态度以人为起点，然后运用逻辑得出结论。如果能将物理科学中的逻辑思考应用到日常生活上，那么知识的诚实或许就能实现。而不经审视地接受其他人或是是或非的见解，是社会改造的不良基础。

2. 系统的计划。精神正常的人与精神病者的不同，就在于精神正常的人的行为是有条理安排的。要得到真理就必须加以系统的思考。想要进行社会改造的人，就必须熟知各种社会学说，并能够比较与研究它们，找到最适合中国需求的理论。此外，还需要对根深蒂固的习惯和传统进行斟酌，再系统地决定哪些适用，哪些不合适。

3. 怀疑的勇气以及怀疑的态度。为此，逻辑的思维方式必不可少。想要创造新的思想，就必须先怀疑古法旧说。

而怀疑的精神正是胡适"易卜生主义"的一大要素，下一节将会进行详细论述。具体就"个人在社会中的位置"这一问题，胡适对吴康的影响尤其明显。后者认为思想改造必须要落实到社会改造上。因此，第一步是能灼见真是真非。如果他／她能将科学的方法应用到社会制度的分辨上，将会产出有益的结果；第二步是将系统的计划运用于实际改造，虽免不了试验与差错，但在此过程中，却能排除不适合的元素。不幸的是，现行的许多改革都没有系统的计划（或许需要说明的是，吴康所说的有益经济，并不完全是指物质方面）；第三步，怀疑的勇气是改造事业的根本，且必须先于改造。吴康把怀疑的权利视为目标，它是可以得到具体证明的。怀疑不是主观的，而是理性的。理性是社会改造的基础；实现理性的改造需要每个人的努力，且每个人也都对此负有责任。

自由主义在 20 世纪 20 年代的中国不断地发展，其基石就是自由的

个人应该具备批判性的态度，并对社会起到应有的作用。自 1918—1919
年这些文章发端以来，个人主义逐渐发展成为一种可为任何政治问题做
指导的学说。这将是下一节的讨论重点。

三、批评家与替罪羊：胡适与斯多克芒医生

胡适意欲鼓吹具有批判性精神的个人，而斯多克芒医生就是这类人
的典范。《人民公敌》的主人公斯多克芒医生发现自己所在的温泉城市
的浴场受到了污染。为了净化浴场，它必须停业一段时间，这个发现自
然不受市议会和生意人的欢迎。虽然专家已经验证了污染的真实性，但
无论是重金投资了浴场项目的资产阶级，还是能从蜂拥而至的游客那儿
牟利的中产阶级，都并不愿意为了科学真理而牺牲自身利益。所以，医
生必须独自作战，并且常常需要面对结实的多数派的反对。

现当代人可能并不认为《人民公敌》里的斯多克芒医生是个完全正
面的角色，虽然这主要是因为两性关系已经发生了变化，而不是易卜生刻
意对他有负面刻画。斯多克芒医生似乎很想同他势力强大、担任本市市长
的哥哥算账，他宁可牺牲房子、收入以及孩子未来的保障，也不愿放弃自
尊自重，他的所作所为似乎没有顾虑自己家人的情绪。虽然他在女儿面前
是一位开明的父亲，但在妻子面前，他又表现出传统的形象，宣称如果一
个人为了自由而战，被撕破了最好的裤子，那么总有妻子能给他补上。
1920 年前后的中西评论家都对斯多克芒医生性格中的这些方面不感兴趣。
而易卜生是否想要把医生塑造成积极的舞台形象，也很值得怀疑。

从易卜生那些提到《人民公敌》的书信和讲话中，可以大致看出该
剧的主题：

1. 尊重个人自由；

2. 多数派的专制（在剧中被称为"铁板一块、自由、该死的多数派"）；

3. 捍卫大写的"自由"；

4. 捍卫知识阶层的少数派，他们所开辟的新领域是多数派还未涉足的。①

20 世纪初的评论家和读者普遍将文学人物视为作家的传声筒，甚至是真实的人。不止胡适一人把斯多克芒医生所表达的看法当作易卜生本人的观点，或者是他观点的补充。胡适对易卜生的评价，很大程度上是以易卜生的信件为根据，有时胡适几乎完全把作家和他笔下的人物视为一体。虽然易卜生曾极力否定，并写道："我和斯多克芒医生相处得不错；我们有很多意见相一致；但他比我更糊涂……"②对于胡适来说，将作家与角色视为一体显然更合适。

在《易卜生主义》里，胡适认为斯多克芒医生代表了思想激进、反对专制权威的个人，他为了反抗迷信、旧习和腐朽，争取科学真理和自由的权利而奋战。在胡适看来，想要为新社会的建立而添砖加瓦的个人，就应具备斯多克芒医生那样的能力。一方面，胡适强调要有自我牺牲的勇气，敢于反对多数派，承受被惩罚的后果——被多数派所压制和忌讳的后果，甚至被驱逐、监禁和杀害的后果。另一方面，他又指出，完成了这项艰巨任务的人会得到后人的景仰。胡适自己可能并没有意识到，他其实把浪漫英雄身上的一些特点赋予了斯多克芒医生，由此也影响了斯多克芒在中国的接受，因为他有意或无意地为斯多克芒笼罩上了一层光环，而这或许是易卜生所欣赏的，甚至可能也是作家的本意。胡适眼中的斯多克芒是一名孤独的战士，为了真理和自由而失去了社会地位和

---

① Meyer, 1974, p. 521.
② *Ibid.*, p. 520.

声望。他从备受尊敬的浴场医生，到最后需要在劳苦大众中寻求病人，即便他们负担不起费用。但与为了信仰而奋斗的意义相比，这些都算不上什么。简言之，斯多克芒成了知识分子反对派的原型人物，他能让胡适产生强烈的共鸣。

（一）赋予斯多克芒医生的基本态度

1918 年，胡适详尽阐述了斯多克芒医生所拥有的基本特质：

1. 批判的态度；
2. 战斗的态度；
3. 负责任的态度，包括敢当群众的替罪羊。

意欲培养自己战斗与批判精神的人，同时也应愿意做大众的替罪羊，这是不可避免的，因为个人与多数派的行动从来都是参差不齐的。而社会进步需要强大的个人。可不幸的是，进步不能一蹴而就，而独立的个人又很少见。他们的成长周期很长，需要教育和适宜的养分。但是，胡适断言他们是一切社会的基本要素。考虑到胡适的政治意图，他所提出的"为了演进而非革命"的理念，是相当谨慎的。1919 年，胡适指出：

> 中国需要教育民众，解放妇女，改革学校，发展国内工业，改变家庭结构，淘汰腐朽陈旧的思想，把虚妄、有害的偶像赶下神坛，纠正数不清的社会、经济上的不公与错误。[①]

胡适想要在强大个人的助力下达成这些政治目标，而不借助于任何党派的力量。也就是说，他意在创造现代的新人，这和易卜生所说的思想之争的重要性完全吻合。

---

① Hu Shi. *Intellectuals in China 1919*. In: *The Chinese Social and Political Science Review*, 4 Dec., 1919, p. 351.

《人民公敌》里既有对政党的直接攻击，也有对专制的多数派的指责。剧中所传达的个人主义理念似乎表明，具有批判思想的个人有着崇高的地位，这是普通人永远也无法企及的。此外，剧作中政治团体或党派的领头人物都是满嘴陈词滥调的投机分子。如果党派领头人提出一个想法，他的部下就会点头称赞，而一旦他改变了主意，其他人也会举双手赞成。胡适反对党派，认同斯多克芒医生的主张，即一般真理的效期至多是十年到二十年。所以，多数人只会在深刻的真理已变为陈旧的惯例时，才会有所反应。当多数人终于理解了这个真理的时候，具有批判才智的人却早已在钻研新的真理了。党派只会为了既定的事实而斗争，而真理更替的过程总是漫长而痛苦的。如果具有批判精神的人也皈依了党派，那他的事业就会受到阻碍。因为在政党为了解决某个实际问题而建立之后，这个问题就会被转变为抽象的概念，让普通人难以理解。易卜生就从未加入任何政党，并多次对此表示过厌恶：

难道我不是常说，你们共和党人是最大的暴君？你们不尊重个人的自由。在共和这种政府形式中，个人的自由是最不受到尊重的。[1]

斯多克芒也说：

我决不能容忍那种领导人——他们那种人我已经看够了。他们好像闯进新农场的一批山羊，到处闯祸捣乱。[2]

那么，在 20 世纪 20 年代的中国，一名不愿意与政界同流合污的青年知识分子该如何对社会产生影响呢？胡适的一生及其著述便展示了具

---

[1] 转引自 Meyer, *Ibsen: A Biography*, 1974, p. 520.
[2] Meyer, 1974, p. 522.

有批判精神的人的作用力。他提倡具体问题具体解决，想要启蒙社会并极力避免政党和意识形态教条的隐患。他在五四运动后所写的文章中，反复提到斯多克芒是现代人的典范。这个角色所传达的正面信息是批判的思想和勇敢的抵抗，负面信息则是政党和教条的不可靠。

胡适的《易卜生主义》一文生动描绘了斯多克芒医生所受到的迫害。这显然表明作者自己已经做好了成为社会替罪羊的准备。五四时期的青年知识分子的确常常充当卫道士们的替罪羊。替罪羊的形象则被罩上了一层正义的浪漫光环。这样一个被误解的、浪漫的角色充满了吸引力，他的正确主张一定会获得最终的胜利。斯多克芒医生这个人物隐含了一种为了真理与自由而牺牲一切的意愿。胡适及其追随者或许也有同样的感觉：自己是当时中国这片尔虞我诈、乌烟瘴气之土地上唯一支持真理和自由的人。

（二）胡适对批判态度的进一步剖析

1918 年发表《易卜生主义》后，胡适继续苦心研究，他关于个人主义、个人与社会之关系、自由主义的政治见解也渐成体系。其中，批判的态度是要素之一。他表示，自己关于"个人"的目标是：

> 这种新的思考态度、直面事实的意愿、提出难题和麻烦的勇气，我认为，是去年新运动——也是最重要的事件之一——的最大贡献。进步与改良从来不是一蹴而就的，而是循序渐进的。正是具体问题的解决方案和具体思想、机构的转型，构成了进步。而富有批判精神和解决问题习惯的思维方式，才能引领这样循序渐进的进步，也是唯一可能实现的进步。[①]

---

① Hu（1919b），pp. 354–355.

斯多克芒所代表的以及胡适所意欲创造的，就是这种新的批判态度或者批判思维。因为胡适持此态度，所以他无法容忍任何运动把个人束缚在预设的解决方法内。具体问题的解决方法才是一种主义的基础，而非相反。他认为，建立包罗万象的学说容易，但它们无法保证适用于特定的社会。如前所述，在和李大钊的"问题与主义"论战中，胡适形成了实用主义的基本立场，而李大钊却并不认为具体问题的研究与主义的讨论这两者之间有任何根本矛盾。具有批判性思维的人不可避免地会同大众理论或教条对抗。《人民公敌》中的专制多数派就兴起了这样一种大众运动，因为一旦口号性的政策占了上风，个人的批判思想就会被迫悬置并停止运作。而当时中国所发生的类似情况，一定给胡适敲响了警钟。

胡适认为批判的态度能用来对抗一些政党的大众运动。在《新生活》①一文里，他详细阐述了这种批判性思维，表明这是他自己的理想。这种批判的态度，既不是意识形态，也不是政治纲领。它是能领导当时中国进步的思维方式。批判的态度就像革命：如果人们开始提出问题，特别是关于中国旧习俗、旧制度的问题，他们就会实现古代中国从来不敢做的梦。

在另一篇文章《新思潮的意义》②里，他对这种批判的态度做了进一步的说明。新思潮的根本意义就在于批判性的新态度，也就是一种重新辨别凡事好坏的能力。它要求：

1. 对于习俗相传下来的制度风俗，要问："这种制度现在还有存在的价值吗？"

2. 对于古代遗传下来的圣贤教训，要问："这句话在今日还是不错吗？"

---

① 胡适：《新生活》，载《新生活杂志》第 1 期，1919 年 8 月 24 日。
② 胡适：《新思潮的意义》，载《新青年》第 7 卷第 1 期，1919 年 12 月，第 5—12 页。

3. 对于社会上糊涂公认的行为与信仰，都要问："大家公认的，就不会错了吗？人家这样做，我也该这样做吗？难道没有别样做法比这个更好，更有理，更有益的吗？"

尼采说现今时代是一个"重新估定一切价值"的时代。"重新估定一切价值"八个字便是批判的态度的最好解释。①

胡适在求学期间读过尼采的作品，但并不认可他的哲学思想。不过，"重新估定一切价值"这个概念作为一种批判的态度，却引起了胡适的共鸣。尼采被中国读者所熟知，部分是因为中国作家读到了他作品的日语译本。例如，1907 年，鲁迅在一篇论述易卜生的文章里提到尼采，他应该就是看了尼采作品的日译本。②鲁迅对尼采的个人主义和偶像破坏主义印象很深。和易卜生一样，尼采也是在五四时期被推到了前沿。他的哲学思想并未在中国得到深入探究，可以说，人们对他的兴趣主要还是在于那句"重新估定一切价值"的口号上，这非常符合《新青年》一类刊物的办刊宗旨。约翰·杜威对尼采的哲学持否定态度，胡适亦然，他只是利用这句口号来达到自己的目的而已。若不是因为个人与社会的相互依赖关系是胡适思想中最为重要的一环，或许他也会把尼采的"生存意志""权力意志""超人"和"自我实现"等概念融入易卜生"至高无上的个人主义"的理念中。③

胡适指出，批判的态度意味着对社会、政治、宗教、文学等种种问题的讨论，例如关于儒学、文学改革、女性与家庭的问题。这些问题需要被探讨，因为社会已经发生了根本上的改变，之前被接受的解决办法

---

① 翻译引自 *China's Response to the West*（1967, p. 252）.

② 鲁迅：《摩罗诗力说》，收录于《鲁迅全集（第一卷）》，北京，1981 年，第 63–115 页；鲁迅：《文化偏至论》，收录于《鲁迅全集（第一卷）》，北京，1981 年，第 44–62 页。

③ 关于尼采在中国，详见 Marian Galik, *Nietzsche in China*（1918—1925）. In: *Nachrichten der Gesellschaft fur Natur und Volkerkunde Ostasiens*, Hmburg, vol. 110, 1971, pp. 5–48.

如今已不再适用。如果用批判的态度看待中国的旧有文化，以达到"整理国故""再造文明"的目标，那么，最可能的结果就是重估价值。重估与再造是个人，即现代人的责任。他很清楚，这不是一蹴而就的：

> 文明不是笼统造成的，是一点一滴的造成的进化，不是一晚上笼统进化的，是一点一滴的进化的。现今的人爱谈"解放与改造"，须知解放不是笼统解放，改造也不是笼统改造。解放是这个那个制度的解放，这种那种思想的解放，这个那个人的解放，是一点一滴的解放。改造是这个那个制度的改造，这种那种思想的改造，这个那个人的改造，是一点一滴的改造。①

同样，批判的态度也意味着要介绍新理论、新知识和新文学。把易卜生、杜威、马克思引进中国就是成果。有的人相信新思想，于是想要让它们被世人所知；有的人自己找不到具体问题的解决方法，但愿意把其他人的学说翻译介绍进来。研究问题的首要原因是：

> ……研究问题的人，势不能专就问题本身讨论，不能不从那问题的意义上着想；但是问题引申到意义上去，便不能不靠许多学理做参考比较的材料，故学理的输入往往可以帮助问题的研究。②

要解决问题并创造新态度，教育才是长远有效的方法。尽管教育本身需要长期的投入，但胡适可以利用自己的传统教育背景，理学学说关于教育益处的论点以及自己多年师从杜威的经验，来说明教育的意义。此外，斯多克芒医生在《人民公敌》结尾处也提出，要自己设立学校，

---

① 翻译引自 *China's Response to the West*（1967, p. 252）.
② *Ibid.*, p. 254.

招收街上那些顽皮无赖的小孩当学生。他想把他们培养成自由、快乐的人，和自己一样拥有大无畏的个人主义精神的人。

美国学者贾祖麟（Jerome Grieder）写道：

> 　　按胡适的想法，不能把批判的态度的价值仅作为反传统偏见的武器，虽然这很显而易见。恰当的用法是，它要防止对任何思想不问原因的无批判接受。无论人们尊奉的是传统的入学标准抑或某些新颖的外国教义的准则，"尊奉"和"盲从"均是理性上的罪孽。[①]

批判的态度既是胡适政治宗旨里一个始终不变的内容，也是塑造强有力的现代人的必要元素之一。到 1935 年，他还写了一篇关于个人自由的文章[②]，坦言一个解放了个人的政府可能会有许多流弊，但它也造就了社会所需的个人。想要接受并促进个人独立思考以及获取真理的权利，正是五四运动的真义所在。当时的北大校长蔡元培也将思想和言论自由作为大学的基石。

斯多克芒医生具有"理智的诚实"（intellectual honesty）。他对浴场污染所做的调查有条不紊、客观科学。并且，他敢于质疑并公开自己的质疑。简言之，他有科学家或学者所必备的批判态度。他还展现出自己浪漫的一面，因为他坚持要留在那个排挤他的社会里，不仅拒绝金钱的诱惑，也不因公众的反对而动摇。他就是当时中国信奉自由主义知识分子的理想榜样。

（三）批判态度的表现

批判态度表现在政治上是用自由主义的方法制定政策，表现在智识

---

① 贾祖麟，1970，p. 111.
② 胡适：《个人自由与社会进步》，载《独立评论》第150期，1935年5月12日，第1~4页。

上则是坚信在行动之前应做好充分的调查。劳伦斯·施耐德（Laurence A. Schneider）强调，这一批判的态度导致"'知识'与'行动'的分离"，无疑是以胡适为首的自由派团体的主要特点。胡适的学者朋友们聚集在他周围，因为他们都意气相投，且很可能是因为胡适对批判思维的热切宣扬，他们才成为了自由主义者。当然，自由派的支持者一般都是城市里那些专注于科学或人文研究的知识分子。这个团体的另一个重要特征是，他们具有社会意识，会公开发表自己的意见，但他们并非激进的活动家，而这或许是导致他们失败的原因之一。胡适所拥护的实用主义态度没有变成他们采取行动的手段，而仅仅是提出问题的手段。而在《人民公敌》的最后一幕，斯多克芒医生则愿意做一名为自己的事业而奋斗的活动家。

但是，自由派活跃于多个期刊杂志上，积极阐述他们的批判态度。最早是在《新青年》。早期的《新青年》倡导个人主义和自由主义。之后在 20 世纪 20 年代初期，自由派活跃于《努力周报》《新潮》。20 世纪 20 年代后期，则是《新月》和《现代评论》。最终则以 1932—1937 年出版的《独立评论》为自由主义阵营成就的高峰。《现代评论》的出版，始于一群常常不定期聚会的朋友之间的政治讨论。1937 年《现代评论》停刊后，在上海成立的新月社继续扛起了"自由主义"的大旗。据梁实秋回忆，新月社有一部分是《现代评论》的成员，有一部分则是新成员，组织较为松散。新月社的人，"除了共同愿意办一个刊物之外，并没有多少相同的地方，相反的，各有各的思想路数，各有各的研究范围，各有各的生活方式，各有各的职业技能。"[1] 但他们有着共同的信仰，即独立的思想和批判的态度。曾留学英国的诗人、评论家徐志摩，在《新月》创刊号总结了这个团体的治学和作文方法。[2] 他强调理智与道

① 梁实秋：《忆新月》，收录于《自选集》（第一卷），中国台北，1975 年，第 317 页。
② 徐志摩：《新月的态度》，载《新月》第 1 卷第 1 期，1928 年 3 月，第 3–10 页。

德培养的重要性，有了理智与道德，人才能应对这个变幻世界中的种种问题。人必须运用理性来制定决策，避免沦为简单理论的受害者。他罗列了一系列应当防范的主义，其中最末一个就是"主义派"。只要言论自由不伤害心智健康、不有损尊严，那它就是必不可少的。

以胡适为中心的团体，充其量只是组织松散的聚会，因一些共同的理想而维系在一起。他们对待社会问题的方法是个人主义的，很难获得大量的民众支持，即使他们的目标是要对政治产生影响。同时，他们对大众又有所戒备——这也是《人民公敌》所体现的原则之一，他们似乎很以为然。他们对大众和政界领导者的不信任，和他们想要影响政治的愿望，始终相互矛盾，不曾完全化解。《现代评论》的撰稿人之一陈源（陈西滢）是北大的英文教授。他在多篇文章里据理反对群众运动，同时极力主张理性是决策的唯一标准。他不仅不信任民众，而且怀疑民主。他似乎提倡开明专制或由专家来执政的政治形式。另一位成员、文史学家梁实秋也表达过自己对大众的不信任。[1] 他认为革命不应是群众的运动，而应由能轻易影响大众的天才来发起和领导。大众无法创造文学，因此大众文学并不存在。显然，这和《人民公敌》有着异曲同工之妙——在剧中，只有开明的个人才有统治的能力。

在 1935 年之前，自由主义群体对国民政府的批评常被忽略。基于批判态度的基本原则，他们就不可能接受任何未经过彻底调查的理论。胡适在影响深远的文章《我们走那条路》（1929）中，阐释了他们的政治诉求。这篇文章最初是为《新月》所撰的论稿。在文章中，胡适首先提出了想要铲除打倒的恶魔，以及建立新国家所亟需的东西。随后便问道，到底该走哪一条路，才可达到目的地？演进是其中一条可能的路，但这条路通常道阻且长，危险万分；另一条路则是革命之路，但必须是在有"自觉的努力"和有人才智力把关的前提下。可是，革命的问题就在于

---

① 梁实秋：《文学与革命》，载《新月》第 1 卷第 4 期，1928 年 6 月。

它往往都不是自觉的努力，最后会变成盲目的群众运动。因此，他支持第三条路，即由专家指导的自觉的改革：

> 怎么叫作自觉的改革呢？认清问题，认清问题里面的疑难所在……必须竭力排除我们的成见和私意，必须充分尊重事实和证据，必须充分虚怀采纳一切可供参考比较暗示的材料……①

《新月》的其他成员也倡议这种"专家治国"的方法，尤其是政治学家罗隆基。他的论点和斯多克芒医生大同小异，即群众很容易被牵着鼻子走。所以，至关重要的是要有开明的统治者，才能带领群众走在正确的道路上。

《独立评论》的发起人也是一群时不时见面讨论政治的朋友。他们的期望，正如创刊号的匿名引言所说："我们都希望永远保持一点独立的精神。"这群为杂志撰稿的人中，有些是自五四时期就坚定支持胡适的朋友。

1932 年，地质学家丁文江在《独立评论》上论述了群众的作用。他同样不信任群众，但他主要关心的问题是，在中日对峙的形势下知识分子所应承担的责任。虽然丁文江已经意识到中国的命运并不由知识分子所决定，但他相信知识分子必须承担起他们对未来的那份责任。社会各界必须团结一致，争取实现拯救中国的共同目标。可是，群众的教育水平毕竟还太低，因此要求他们努力是非常困难的。中国知识分子频繁地宣传以西方经验为基础的变革，而这种变革在当时的中国并不可能实现。因此，知识分子就必须竭尽所能成为现代人，建立一个具备理性与批判精神的强大的中央政府。

---

① 引自胡适，*China's Own Critics: A Selection of Essays*, by Hu Shi, Lin Yutang, etc.. New York.1969, p. 21.

随着日本的侵略，要求建立强大政府的呼声越来越高。相比批判的态度，统一的战线愈加吸引人，因为它意味着一个强有力的政府。甚至在那些坚定的自由主义者的心中，批判思维等自由主义理念也被想要国家富强的愿望所取代。一个专制却强大的国家似乎总比亡国要好。但胡适仍然忠于自己的理念，即要创造现代的、敢于担当的、具有批判性思维的人。他反对不加审视地跟从民众观点和情绪，正如斯多克芒医生在《人民公敌》第四幕里所做的那样。胡适也像好医生一样，获得了美誉。

（四）胡适与斯多克芒医生：群众的替罪羊

胡适常常在相对立或相矛盾的观点之间折中，但在批判的态度上，他决不接受妥协。他对"妥协"的攻击和斯多克芒医生一样有力。在与政治改革相关的方面，他并不排除妥协，并且也承认在逐步改进时，确实需要妥协。他拒绝在批判态度上的妥协，并不意味着他认为每个问题都只有唯一的解决方法。

虽然在其他问题上愿意妥协，但矛盾的是，胡适又像斯多克芒医生一样执拗，这引起了很多人的愤怒。他对待"民族主义"这一棘手问题的态度，就是很好的例子。在 20 世纪，中国的燃眉之急就是国家的救亡图存以及保持领土的完整。虽然西方帝国主义霸权从 19 世纪中期就开始侵扰中国，但到 20 世纪，日本才是最大的威胁。日本的军国主义恶行屡屡激起中国的强烈民族主义情绪。而胡适则属于始终在试图缓解这种激烈情绪的极少数人之一。他同其他人一样渴望国家强盛，但他会不时地呼吁人们保持头脑冷静，而此时人们更希望看到的却是一种惊天动地的姿态。

胡适像斯多克芒医生一样立场鲜明，但他并没有期望每个人都和自己一样，尽管他坚称努力改善社会是每个人的义务。于他而言，没有社会改进的国家是不可接受的，从长远来看，在帝国主义霸权下的社会改进也是不可取的。由于他感到在被迫同西方接触的形势下，中国从某种程度来说是有所获益的，因此他的反帝情绪并不是最为强烈的。虽然他因对帝国主义的模糊态度招致指责，但他的最终目标仍然是中国的强盛与社会的进步。为此，他必须留在这个不安的国度，同草率之风以及侵害个人权利的行为不断作战。在《人民公敌》的最后一幕，斯多克芒医生被出席听证会的多数派所否定。他原本想要去美国，最后却决定留在自己的国家和家乡，为了改革而奋斗。20世纪30年代，胡适在国内不断地公开批评国民党政府，同时也驳斥大众希望对日本采取直接行动的舆论，而没有选择去美国过田园牧歌式的生活。

在积极行动和主动下决心战斗方面，胡适和斯多克芒医生就没有那么一致了。不像斯多克芒医生在某些时候几乎要和对手动起手来，胡适个人并不倾向于积极的行动，并常常劝告他人不要冲动。这体现在胡适与其同学频繁发生的论争之中。早在1915年日本提出"二十一条"不平等条约的时候，胡适就在国家主义问题上和他的同学起了冲突。这些条约事实上是要把中国变为日本的附庸国，在美留学生知道后反应极其激烈。有些学生想直接退学，坐最早一班船回国，赤手空拳地与侵略者作战。胡适对此十分反对，他认为学生只有在完成学业后才能更好地服务于国家。倘若中断学业，他们就一事无成，而拳头在军队力量面前根本不堪一击。在他看来，坚持完成学习任务，认真考试，精通自己的专业才能为中国作长远的贡献。

他这种融合了世界主义与和平主义的态度，并没有受到其他同学的欢迎，他反而被视作"有战败情绪的懦夫"。危机虽然在1915年暂时平息，却又在1925年死灰复燃。那时，"国家主义"成了一个更加敏感的话题，但关于中国贫弱的问题，得到的解决方法却始终过于简单化。

1925年5月30日，上海的工人和学生联合抗议日本人对中国工人所施的暴行。英国警察局向学生开枪，导致数人死亡。全国各地的学生都奋起抗议这一暴行，违抗禁止游行的命令并举行大罢工。由于此前北京的学生被禁止举行纪念五四运动的集会，他们的愤怒已经上升到了极点。他们不顾禁令和学校停课，展开示威游行。这股风潮很快席卷全国。胡适充分理解并大力支持最初的怒潮。当形势已激怒了上至六十岁的老翁、下至年轻热血的学生，人们将愤怒的情绪以游行示威的形式发泄出来是完全可以理解的。但在这之后的几个月内，当这样的示威反复出现时，胡适就不得不提醒学生，光靠揭帖和民族热情是救不了中国的。这是再诚恳不过的建议了，因为人在宣泄愤怒后，会引起其他反应，需要经过休息和进食来缓和。在任何国家，自然爆发的群众愤怒和运动都是合情合理的，但"持续性的自发行为"则无济于事。

无疑，胡适同意学生通过民众情绪来迫使政府采取行动。有能力的政府也会有效利用民众情绪。但是，如果政府不能妥善加以利用，那么民众所做的牺牲，往往就会被白白地糟蹋：

> 救国是一项大的事业……救国的事业须要有各色各样的人才；真正的救国的预备在于把自己造成一个有用的人才。易卜生说得好："真正的个人主义在于把你自己这块材料铸造成个东西。"他又说："有时候我觉得这个世界就好像大海上翻了船，最要紧的是救出我自己。"在这个高唱国家主义的时期，我们要很诚恳地指出：易卜生说的"真正的个人主义"正是到国家主义的唯一大路。救国须从救出你自己下手！①

胡适或许道出了真相——呐喊和走上街头是救不了中国的，但他的主张显然并没有受到广泛的认可。相反，他成了学生怒气的替罪羊，正

---

① 胡适：《爱国运动与求学》，收录于《胡适文存》（第三卷），中国台北，1971年，第723页。

如他之前充当了儒家卫道士的替罪羊那样。他强调教育在扰攘纷乱时期的重要性，但这对于热血青年来说，才不是什么良方。尽管如此，胡适还是保持了像斯多克芒医生一样的坚定立场，抵御公众对他的揶揄嘲讽。他以西方哲学家歌德（Johann Goethe，1749—1832）和费希特（Johann Fichte，1762—1814）为例，讲述他们不受外界扰乱，专注于研究的故事：

> 在一个扰攘纷乱的时期里跟着人家乱跑乱喊，不能就算是尽了爱国的责任，此外还有更难更可贵的任务：在纷乱的喊声里，能立定脚跟，打定主意，救出你自己，努力把你这块材料铸造成个有用的东西！①

面对日本的侵犯，国民政府只进行了象征性的抵抗，却把更多的精力放在了"安内"上。他们对资源的如此分配，招致知识分子越来越强烈的反对；而胡适仍然主张"和平主义"的理念，在大众的抗日呼声下的，显得愈加势单力薄。他从未宣称要向日本人屈服，但表示在有希望和日本霸权殊死一搏之前，中国应该增强自己的内在实力。他没有意识到失败主义的立场会带来怎样的心理效应。

1931 年"九一八"事变后，许多学生都投身于爱国主义游行中，受到了国民政府管制措施的残酷打压。1935 年 12 月 9 日和 16 日，学生又组织了抗日救国的示威游行。尽管当时政府也企图阻止这些示威活动，但这一次，学生的怒火已经无法控制。时任北大文学院院长的胡适，完全容忍了这次的示威游行，同意特殊情况要有特殊的办法。但是，他又一次像斯多克芒医生那样公开抨击民众的情绪，反对在示威游行后继续罢工。而学生则投票要求罢课，下到农村去鼓舞民族主义情绪，反抗日

---

① 胡适：《爱国运动与求学》。英文翻译均转引自 Jerome Grieder, *Hu Shih and the Chinese Renaissance: Liberalism in Chinese Revolution 1919—1937*. Cambridge, Mass., 1970, p. 215.

本侵略。他们觉得中国必须坚决反抗日本，废除绥靖政策，建立统一战线。但政府并不会受学生的牵制，反而用严厉的手段压制他们。

胡适在《独立评论》中的几篇文章中坚称，学生所应采取的最佳办法是学习。[①] 唯有为今后的事业学习和做准备，才是报效国家的上策。振兴国家是一点一滴渐进的过程，而"国家的力量也靠这个那个人的力量"[②]。易社强（John Israel）指出，胡适的一系列文章"引发了关于学校政治运动作用的一次大讨论，且是 1927—1929 年国民党大论争后最为透彻的一次"[③]。胡适细致区分了"支持游行"和"反对无限期示威"这两种情况，但并没有得到大家的理解，许多学生完全拒绝接受他的观点。

现在看来，胡适提出"与日本和平解决争端"的意见，是因为他以为日本会受到理性舆论的影响，而实际上并非如此。此外，当时所有迹象都表明，中国必须独自奋战。20 世纪 30 年代，无人能预见日本在亚洲的侵略会发展到与美国直接交战的地步。倘若中国真的被迫单枪匹马与日本交战，其后果可能不堪设想。胡适希望侵略者方面能有所节制，固然有些天真，但这样的态度是有据可依的，它基于胡适对暴力冲突的真正担心以及对当时中国贫弱的深刻把握。

学生对胡适的否定，可能还源于中国的儒家传统，即社会的权利普遍高于个人的权利。虽然"个人自由"的概念风行于 20 世纪 20 年代，但随着局势的恶化，人们又重新投身于解决社会、政治上的当务之急。学生们发现学术论争和实际情况的差异过大，因而不再认同胡适关于长远解决方法的主张。

---

① 胡适：《个人自由与社会进步》，载《独立评论》第 150 期，1935 年 5 月 12 日；胡适：《为学生运动进一言》，《独立评论》第 182 期，1935 年 12 月 22 日；胡适：《再论学生运动》，《独立评论》第 183 期，1935 年 12 月 29 日。

② 胡适：《为学生运动进一言》，第 7 页。

③ Israel John. *Student Nationalism in China 1927—1937*. Stanford, 1966, p. 133.

（五）胡适与萧伯纳：易卜生与斯多克芒

萧伯纳所写的关于易卜生的书，题为《易卜生主义的精华》（*The Quintessence of Ibsenism*），而胡适的《易卜生主义》用了几乎一模一样的名字。不过，他们的分析方法大相径庭。诚然，两者都将易卜生看作社会批评家，但他们所关注的是艺术中的不同层面。萧伯纳最多只是一位具有争议的易卜生鼓吹者，许多人认为，他所吸取的"精华"与其说是源自易卜生，不如说是他自己。他将《玩偶之家》《群鬼》《人民公敌》《野鸭》《海上夫人》等剧作归为"客观的反个人主义戏剧"。大致上，他并不认为这些是阐释个人作用的社会剧。他在剧情梗概里，把《玩偶之家》和《群鬼》描述为有关婚姻的戏剧，而不是女性解放。他注意到了娜拉和阿尔文太太性格中的缺陷，指出阿尔文太太的婚姻毫无快乐，而这是胡适从未提到过的。在开始单独讨论每部戏之前，萧伯纳写了题为"具有女性气质的女人"的一章。他首先分析了女性解放：

> ……除非女性否定她的女性气质，否定对丈夫、孩子、社会、法律以及除自己以外的所有人的义务，否则她无法解放自己。

但接下来，他又回到了西方的传统：个人即是神圣的。而胡适却从娜拉身上体会到，在她发现自我以后，才有可能成为社会的一员。（萧伯纳的下一句话是："但她对自己的义务完全不叫真正的义务，因为当债务人即是债权人的时候，债务也就随之取消了。"）萧伯纳并没有否定"女性不应该仅仅是妻子"的观点。对于艾梨达的转变，他说道，一旦她成为自由而有责任感的女人，那她就不只是一个人而已。不过，相对于建构新的现代男性或女性，他更关心的是易卜生在揭露旧社会时所释放的偶像破坏力。在萧伯纳眼中，易卜生主要关注的是那些行为不端的人。他把自己对"顽劣"的喜爱，强加给了易卜生。

萧伯纳在分析《野鸭》的时候，完全没有对"野鸭"在剧中的象征意义做任何猜测。他忙着界定"易卜生主义"——忙着抨击好心办坏事的人。大体上，他认为易卜生戏剧并不是以个人的作用为主心骨，而是抨击那些想要通过揭露真相而拯救世界，实际上却帮了倒忙的人。胡适心目中英雄般的受害人或替罪羊，在萧伯纳那里，却成了好心办坏事的人。

萧伯纳和胡适的分歧，在对《人民公敌》的论述上最为凸显。在前者的分析里，斯多克芒医生几乎没有出现。他更关心的是如何定义易卜生笔下的开明的少数派。由此他想要阐释"易卜生虽然表面上像是反民主主义者，实际上却是真正的民主主义者"的观点。而斯多克芒作为主人公、真理的传话人和多数派撒气的对象，并没有得到任何着墨。

热衷于反传统、反偶像崇拜的萧伯纳，曾声称在一千人里面，有七百人是庸俗之辈（即仅通过表面判断并接受现状的人），两百九十九人是理想主义者（即想要改变现状却没有胆量的人），只有一人是现实主义者——他既能认识到现状需要改变，又敢于去做出改变。同时，他也乐于承认此人为现实主义者，赋予了"现实主义者"新的定义。但这些是萧伯纳对易卜生所作的思考，而非对他笔下的人物如斯多克芒医生，所作的思考。易卜生的先锋精神至关重要，因为在萧伯纳眼中，易卜生是一位想要通过思想和体制的更新换代，来实现社会进步的作家，正如他自己所做的那样。因此，胡适将易卜生和斯多克芒画上等号，视他们为英勇的受害者；而萧伯纳则着重于易卜生的社会批评家角色。

或许在萧伯纳所处的时代，并不适宜将斯多克芒医生演绎成如此具有革命性的人物。该剧于 1905 年在圣彼得堡的一次演出，得到了俄国演员、导演兼制作人斯坦尼斯拉夫斯基（Konstantin Stanislavski，1863—1938）的极高评价。相较之下，萧伯纳对此剧的评价可谓异常冷静。或许，该剧的接受程度和观众的政治态度很有关系。梅耶尔认为：

　　《人民公敌》是最受革命人士所喜爱的剧，即便斯多克芒蔑视结实的多数派，而相信那些他能托付生活之道的个人。但是，斯多克芒大声抗议、敢于说真话，这对革命人士来说就已足够。①

　　当时俄国观众对此剧的反响，和它在中国的接受很类似，可能是因为在引进它的时候，两个国家都处于纷乱的时期。虽然无论在东西方，易卜生都被视为反叛者，但在俄国，易卜生绝不仅仅是一位社会批评家，因为在 19 世纪，社会批判已成为俄国文学不可缺少的一部分。②

　　由于中国知识分子需要把所有文艺作品或言论都放进教化的体系里，因此，易卜生就充当了揭露旧社会的工具，以及转达新世界秩序的传声筒。斯多克芒就成了易卜生和胡适的双重代言人。或许斯多克芒吸引胡适的地方就在于他体现了理性的价值，并能时刻控制自己的情感。诚然，他对大众的讲话饱含真情实意，但也有事先做过研究的积淀。在允许情感流露之前，斯多克芒已经查清了他所需要的事实。最重要的是，他敢于独自一人站在大众的对立面。

　　胡适正像斯多克芒医生那样，既有批判和奋斗的态度，也甘愿做群众的替罪羊。英勇的替罪羊，或人民的公敌，因其孤独和执着而富于浪漫气质。虽然易卜生剧作中的好几个人物都被胡适看作楷模，但斯多克芒医生有着特殊的意义，他帮助胡适认清了自己所处的社会位置。不过，胡适忽略了斯多克芒可能正因自己的固执而显得可笑的事实。20 世纪 30 年代中期，这样的命运几乎就要将胡适压倒。直至 1937 年，抗日战争全面爆发，胡适及其追随者也亲身参与了救亡图存的实际工作。有关"个人"的问题，如批判的态度和个人独立的探讨，便就此暂时搁置。

---

① Meyer, 1974, p. 529.
② Nilsson, Nils Aake. *Ibsen in Russland*. Stockholm, 1958, pp.7–8.

本章小结

20 世纪 30 年代的中国批评家普遍认为易卜生主义是胡适人生哲学的重要部分。例如，郭湛波在整理至 1930 年的五十年来中国思想史时表示，胡适用他的"易卜生主义"抨击了以家庭为核心而忽视个人重要性的古代礼法、宗教和封建制度。在郭湛波看来，胡适将"自由"和"个人主义"视为易卜生主义的中心思想，而这也同样是他自己的人生哲学。因此，胡适对易卜生的阐释实际上变成了他用来创造"有才能的个人"的基础，和解决个人与社会冲突的方法。①

胡适的"易卜生主义"有一个基本前提，即易卜生将个人与社会的对立推向了极端的地步。胡适认为，易卜生赋予了社会恶意，虽然社会或许不是有意为之，但却无法避免。他声称如果没有健全强壮的个人作为酵母，社会将无法进步。在他看来，个人似乎难免要受到社会的反对，因此必须奋力克服阻挠。易卜生对于中国的价值到底为何？胡适阐释如下：

1. 在《群鬼》《野鸭》等戏剧中，他揭露了社会中的恶势力。他把旧社会里那些行将就木的东西置于一个在艺术上可被接受的框架里，因而使得他的揭露和抗议十分有力；

2. 他所塑造的强大的个人，是浊溪中的一股清流，也是社会公愤的替罪羊；

3. 他开的药方虽然宽泛，但也适用于中国的情况。

胡适对《玩偶之家》和《群鬼》的阐释，很大程度上与多数西方评论家保持了一致。而他将《野鸭》和《海上夫人》诠释为易卜生的政治哲学，就更多地体现了他自己的想法，更多地以中国高台教化的传统为基础，而非当时的西方文学批评。易卜生主义，从始至终都是胡适自由

---

① 郭湛波：《近五十年中国思想史》，北京，1936，第 128–130 页。

主义哲学的一部分，而自由主义哲学又是他努力想在中国推广的理念方法。虽然五四一代的知识分子很快就忘记了易卜生作为理论家的重要性，但易卜生主义的众多元素已经融入胡适及其同人的思想体系。虽然没有明确证据表明，于五四时期勃兴的自由主义自觉地接纳了易卜生主义并将其作为基本元素，但可以肯定的是，胡适的"易卜生主义"元素已经在中国所诉求的自由主义政策中生根发芽。对于大多数自由派的知识分子而言，易卜生慢慢演化成了一位纯粹的文学巨匠，写了精彩的戏剧，但对胡适而言，易卜生主义的影响伴随了他一生。

中国版的自由主义与西方的自由主义在部分内容上，有着相通之处。经济方面的自由主义似乎并没有受到青年知识分子的欢迎。除此以外，包括文化多元主义，自由选择权利的重要性，坚信批判态度的权威性，重视教育对于普通民众的解放作用等内在的自由主义原则，都出现在针对如何为全新中国的建立打下基础的大讨论中。从本质上看，这些改革的倡导者似乎都信奉自由主义；也就是说他们偏向于改良和折中，限制暴力的动乱，反对盲目、未经审视的简单解决办法。胡适身边的弟子都拥护批判的态度和渐进式的改革。自由主义的传播者和实践者都来自同样的背景：他们都是当时北大的学生或老师，且都关注科学研究。虽然他们表面上更愿意从事和学术相关而非政治相关的研究，但他们仍然认为有义务和同侪一起参与到知识性的讨论之中。他们努力呈现出自律克己、自我修养的特征，这不仅是宋明理学的核心，也是易卜生主义的核心。他们支持健全的个人主义，提醒人们注意易卜生关于"从沉船上先救出自己"的号召。在此，他们脱离了正统的儒家学说，因为后者完全不可能将国家置于其哲学之外。他们对政府的不信任明显与20世纪的恶劣形势，包括军阀混战和腐败的官僚制度有关。而正统儒学的国家观念则承载了明确的文化和道德内涵。

胡适关于"个人与国家互相损害"的理论有一大缺陷，那就是个人并不是存在于真空之中。一些西方国家已经试图通过客观、公平的法律来解决这一问题，利用宪法约束政府的权力。相较于建设性的解决方案，胡适似乎更关心个人和国家之间的实际冲突，虽然他反复表达了自己对人权的担忧。教育是他老一套的回答，这似乎表明通识教育是他心目中的重中之重。这也证明胡适其实认可了自己受到的传统文化影响：在中国传统文化里，相较于教育那至高无上的地位，独立的司法系统根本无足轻重。胡适用他深厚的中国历史知识来解决一个棘手的问题："如何与传统妥协，如何定义历史与现状的关系，特别是一个亟需现代化的现状。"[①] 他尝试用中国的传统来阐明现代思想。例如，他断言清代李汝珍的小说《镜花缘》是中国最早提出女性权利的书。[②] 他逐渐意识到在过去与现在之间保持逻辑连续，是十分重要的。他评估中国的过去，同时想要中国在某些方面上效仿当代西方文明，这都是因为他希望中国变得现代而强大。易卜生也被视作西方文明中能促进当时中国"现代化"的一个方面。

1918 年，胡适的"易卜生主义"强调个人主义，而非自由主义。在随后数年中，他把重心逐渐转移至制定自由主义方针上。在我看来，胡适的自由主义方针很有创见。20 世纪 30 年代，当时存在的部分意识形态本质上其实殊途同归。儒学导致了教条式的思维方式，并且为政权的存在提供了意识形态上层建筑。它隐含了一种对上级的完全服从——或者说，至少服从于这种决定了人在体制中的地位的意识形态。费正清曾对比了儒学与宗教，或许可以用来说明这种情况：

> 儒教……曾是政府官方的治国之法。接受儒学教育的士大夫，

[①] Eber, Irene. *Hu Shih and Chinese History: The Problem of Cheng-li kuo-ku.* In: *Monumenta Serica* XXVII, 1968, p. 198.

[②] Hu Shi. *A Chinese Declaration of the Rights of Women.* In: *The Chinese Social and Political Science Review*, 1924, Vol. 8, No. 2.

学会从抽象原则的权威性来演绎思考。在某种程度上，国家的意识形态几乎集合于儒教之中，它掌握了人们情感上的依附，和西方宗教相似。相对而言，这种政权对个人及其思想的控制力更为强大。①

胡适则坚持自由主义、实用主义和个人主义，以反抗中国封建时代以来的专制独裁之风。在我看来，他的思想转变比许多所谓的革命家要更加彻底。这些革命家在短暂的反抗后，便迅速回归"专制独裁"的信仰。这样，他们才能为问题找到简单化的解决方法，并在上层建筑里寻求庇护。

斯多克芒的发言提到没有永恒不变的真理，杜威关于用实用主义的方法探寻真理的观点其实和易卜生是一样的。杜威认为真理是随着环境改变的，而胡适是他最忠实的追随者之一。胡适不接受任何未经"批判的态度"审视后的真理。在他看来，真理只能由试验和经验决定。如果意识形态体制限制了个人发展的机会，那么在其约束之下是不可能发现真理的。后来发生的对胡适的"大清算"，批判的重点正是他观念的"败坏"——给予个人充分自由让他做自己的研究、得出自己的结论。或许，批判的态度就像 1949 年后的马克思主义那样，在高校知识分子圈内得到了青睐。

易卜生是既叛逆又有条不紊的人，胡适亦然。但他在接受易卜生的时候，却忽略了易卜生的缄默以及不愿卷入争端的态度。易卜生总是徘徊于社会生活的边缘。相较于外部的活动，他更喜欢内在的创造力。易卜生似乎比胡适更深刻地理解知识与现实之间的差距。胡适选择斯多克芒作为反抗的模范典型和自由主义的倡导者，这让他很难适应当年中国正在改变的国情。当国家面临的压力越来越大时，自由主义就意味着软

---

① Fairbank, John K. *East Asian News of Modern History*. In: *American Historical Review*, 1957, Vol. 62, No. 3（April）, p. 532.

弱无力，因为它在古老中国既没有历史的根基，又无法提供明确的解决办法。虽然胡适可以奚落自己的对手而寄希望于独裁者，但他自己也只能提供易卜生关于培养"开明个人"的长远解决方法，来作为独裁者的代替品。他指出，只是以拳头作为武器，并不足以抵抗日本的侵略。但在大多数人看来，胡适以"开明的个人"作为武器，同样也不合时宜。

尽管如此，从《群鬼》《野鸭》两个反面例子和《玩偶之家》《海上夫人》几部戏剧里，胡适提炼出了他自己心目中的"易卜生主义"精华，即具有批判态度的个人。《人民公敌》则完美体现了这样的态度。

1930 年，胡适在介绍自己的新书时，首先阐述了赫胥黎和杜威对他的影响。然后便提到了易卜生以及易卜生对自己哲学思想所起到的重要作用。关于娜拉和全面的利己主义，他总结道：

> 这便是最健全的个人主义。救出自己的唯一法子便是把你自己这块材料铸造成器。
>
> 把自己铸造成器，方才可以希望有益于社会。真实的为我，便是最有益的为人。把自己铸造成了自由独立的人格，你自然会不知足，不满意于现状，敢说老实话，敢攻击社会上的腐败情形，做一个"贫贱不能移，富贵不能淫，威武不能屈"的斯铎曼医生。斯铎曼医生为了说老实话，为了揭穿本地社会的黑幕，遂被全社会的人喊作"国民公敌"。但他不肯避"国民公敌"的恶名，他还要说老实话，他大胆地宣言：世上最强有力的人就是那最孤立的人！
>
> 这也是健全的个人主义的真精神。这个个人主义的人生观一面教我们学娜拉，要努力把自己铸造成个人；一面教我们学斯铎曼医生，要特立独行，敢说老实话，敢向恶势力作战。……
>
> 现在有人对你们说："牺牲你们个人的自由，去求国家的自由！"我对你们说："争你们个人的自由，便是为国家争自由；争

你们自己的人格，便是为国家争人格！平等的国家不是一群奴才建造得起来的！"①

　　胡适和斯多克芒一样能言善辩，但少了后者的行动力和积极性。《人民公敌》里的斯多克芒既能高谈雄辩，又雷厉风行。而胡适明显和他所处的时代步调不尽一致。在与恶势力的长久斗争中，他似乎并不认为 1935 年的形势和 1919 年有什么不同。在 1919 年，语言上的战斗显示出了无穷的魅力，但到了 1935 年，同样的言辞却只能得到负面的效果。

---

① 胡适：《介绍我自己的思想》，收录于《胡适文存（第四卷）》，中国台北，1971年，第 612–613 页。

第二章

女性主义

一、娜拉和阿尔文太太：对贤妻良母的抨击

1916 年，担任《新青年》编辑的陈独秀在一篇文章中质疑了儒家思想与中国现代社会的相关性。他认为儒家思想是中国走向现代化和富强道路上的绊脚石，因为它的理论基础缺乏人人平等的概念。而在他看来，平等是建立全新国家的必要条件。创刊于 1915 年的《新青年》是五四时期反传统潮流的主要阵地，刊名被翻译为 *La Jeunesse*，本身就代表了对儒学的挑战，因为在儒家等级体系中，青年总是处于从属地位。儒家学说隐含着一种不公平的人际关系，青年与妇女都属于等级制度的底层。儒学将每一个人都缠在一张规章制度的网中，青年和妇女则必须服从于上级权威。获得权威的唯一办法就是变老。不过，即便是上了年纪的妇女一般也还是需要服从男性权威，即便这位男性是她的儿子。

五四以前，关于儒学的探讨主要集中于怎样使它适应变化中的世界秩序。渐渐地，大家不再提"适应"，而是觉得儒家思想已经过时，完全无助于强国的建立。自 1915 年起，传统价值观念的支持者越来越难找到听众。虽然儒家卫道士仍然大权在握，有金钱和权力为他们提供保障，但年轻一辈不断的猛烈抨击，也让这些社会上层难以招架。

20 世纪初，局部和地域性的斗争慢慢增多。在军阀混战的过渡时期，身居高位的人试图利用他们的财富为自己获取军权，官僚机构则渐渐衰落。1912 年，清王朝寿终正寝，争夺个人和党派权力的斗争不断升级。政界臭名昭著，导致"反对党派政治"变成了早期"反孔"运动的必要部分。青年知识分子对狭义上的政治感到幻灭，觉得政界支柱已腐朽溃烂，就如易卜生的《社会支柱》所描绘的那样。青年知识分子日后既不该成为政客，也不该涉足党派政治；他应该专心致力于中国思想的转变。在政治改革之前，中国必须拥有新的精神面貌。学生自命的任务是帮助国家废除传统儒家价值观，并打下西化的基础。学生认为自己是

正确的、道义的，因为他们抨击儒学是为了振兴国家。同时，日本现代化的成功，更让中国的失败格外触目惊心。

儒家的行为规范从上到下都受到了正面攻击，批评者将火力集中于他们各自最为反感的部分。这个时期内，儒家最受诟病的地方包括男女不平等、子女孝顺以及对女性忠贞的要求。胡适在一篇文章的结尾处，引用了陈独秀的呐喊"打倒孔家店！"，代指所有阻挡在中国现代化之路上的恶行劣根。另一位五四时期的著名作家鲁迅后来也提出了他的口号："与其崇拜关羽还不如崇拜达尔文易卜生。"[①] 本章则着重于知识分子对性别不平等的抨击。

中国古代的"阴阳"符号，体现了两性概念。其中，"阴"代表幽暗、被动、温和的女性特征，而"阳"代表明亮、坚韧、主动的男性之力。从"裹小脚"这一陋习中，便能明显看到男性对女性的桎梏。它确保了女性只能是"内人"（屋内之人），因为裹脚的女性很难走出家门（也有人认为裹脚能提升女性对男性的性吸引力）。而女性自己也坚持裹脚，充分说明她们对儒家男性权威的内化已经达到了相当高的程度。

女性处于儒家等级体系中的底层。作为个体，她们所拥有的权利极少，被视为男性的附庸。嫁人之后，她们离开娘家到夫家生活，只有在生了男孩之后才能得到一点点并不稳固的立足之地。除了个别情况，她们不能继承财产。如果家中无子嗣，就要收养男孩作为财产和权威的继承人，因为女性无法继承。五四时期，女性仍然不能做一家之主。女孩的教育问题尚未得到解决，女性的选举权则更是几乎无人问津的事情。

贞操是至上的美德。除了女性在出嫁前必须保持处子之身外，在丈夫死后，女性还不得改嫁。如果从严要求的话，一旦未婚夫身亡，还未

---

① 鲁迅：《随感录》，载《新青年》第6卷第2期，1919年2月，第213页。

过门的女子，也需要守寡——就算是小女孩也一样。因为古代婚约一般在双方年纪尚幼时就已经订下。再婚的女子会被看作失去了贞操。

中国女性有一种对抗命运的方法，那就是自杀。在中国，女性自尽的传统由来已久，甚至到现在（作者写作时间，约20世纪70年代——编者注）也并非罕见。中国女性的自杀率要高于很多国家。[①] 受到性虐待或者名声受到些许玷污的女性，可能就会发现"自杀"是她们唯一的出路。此外，没有子嗣的寡妇在婆家的地位极低，自杀或许也是具有吸引力的选择，因为这样就会得到"节妇"的表彰。女性还会以自杀的方式抗议丈夫或公婆的虐待，因为把女性逼上如此绝路是对这个家庭的羞辱。[②] 到了五四时期，贞操观与自杀就成了关键问题，出现在关于女性解放的论争中，因为它们被视为古老的传统社会压迫女性的邪恶手段。

效仿榜样，无论是在艺术上还是行为上，仿佛是中国社会的重要环节（最近的一个例子是八大样板戏。在"文化大革命"期间，它们主导了中国的表演艺术）。传统的女性模范，如孝女和贤妻良母会被记载于著作中。这些书籍大力颂扬女性顺从、牺牲等美德，制定了严苛的礼教。现代女性很难在中国历史上找到可效仿的模范，汉朝的女性历史学家班昭也有些过时。传统等级制度的捍卫者把清朝太后慈禧当作女性"解放"的反面教材。他们声称，慈禧的工于心计和盲目偏执，就是强有力的提醒：女性一旦有了社会权力将会带来怎样的恶果。中国历史和传说中也能找到花木兰这样和男性一样会冲锋陷阵的女勇士，但她们被描写成近乎中性的女人，就像"文化大革命"时期中比比皆是的女游击队员那样：她们眼眸闪烁、拳头紧握。在中国传统文学中，找不到女性"离开家庭、

[①] Margery Wolf. *Women and Suicide in China.* In: *Women in Chinese Society*, ed.by M Wolf and R. Witke. Stanford, 1975, p. 117, p. 121.

[②] 关于此点，《中国的一日》中有不少真实案例。

寻找自身身份"这样宏大主题的踪迹。直到五四时期，"娜拉"这样的女性形象才横空出世。

五四时期，妇女解放成为公共议题。中国女性努力效仿的对象之一是秋瑾。她活跃于晚清（1904 年左右），具有中国现代女性所渴望的一些特质。她离开了丈夫和子女，东渡日本留学。之后从事推翻清廷的革命活动，迫切希望能帮助重建一个全新的中国。她也意识到，女性必须参与到全新中国的重建工作中。1906 年，她在上海写道：

> 女子必当有学问，求自立，不当事事仰给男子。今新少年动日："革命，革命"，吾谓革命当自家庭始，所谓男女平权是也。①

没有明确的证据表明秋瑾听说过《玩偶之家》，虽然该戏在日本众所周知。她的思考反映了自己作为女性却抛弃家庭、留学海外并投身于政治的经历。在父母的帮助下，秋瑾能独立地生活，但并没能实现自己的政治目标。最后她因起义失败，被清廷抓捕斩首。由于秋瑾在世时还缺少"娜拉"这一母题，因此她只能在"娜拉"进入中国知识分子视野之后才成为了"中国的娜拉"。

清朝末年，俄国无政府主义者、虚无主义者索菲娅·佩罗夫斯卡娅（Sophia Perovskaya，1853—1881）或许是城市女性的榜样。秋瑾和佩罗夫斯卡娅可能对中国后来的女性作家，如丁玲等有所鼓舞，并同娜拉一起成为榜样。其他出现在清朝末年的女性解放先行者基本上都是组建了女子军团和反对裹脚团体的人，还有极少数倡议女性选举权和现代教育的人。维特克指出："时值世纪之交，女性解放的观念就已经在转变

---

① 吴芝瑛：《纪秋女士遗事》，转引自 Jonathan D. Spence, *The Gate of Heavenly Peace: The Chinese and Their Revolution 1895—1980*. Harmondsworth, 1982, p. 89.

为小型运动。"①

中国的女性解放运动有一大特点，即人们觉得女性的解放既关乎女性，也关乎男性。男女性都受到家庭的桎梏，因为他们需要严格服从于家庭的规定。因此，女性解放的鼓吹者中有很大一部分是男性，甚至其中男学生的比例大大高于女学生。并且，单从数量上看，男性其实主导了关于女性解放的讨论，原因之一是女性解放除了能让女性获得真正的独立，还被当作摧毁现行社会的利器。"解放"被当作对抗传统的激进思想或推动力，和男性女性都有关。若不将个人意志从家庭或社会的集体意志里解放出来，不发展个人人格，中国将仍然是那个灵魂懦弱的国家，没有独立行动的能力。

这都为 1918 年娜拉进入人们的视野并成为五四女性的楷模奠定了基础。或许正因为有了这些准备工作，她才能产生如此之大的影响。青年知识分子显然认为女性承担着和男性相似的责任。人们对女性抱有很大的期望，正如《新青年》的一个宣言所示：

> 我们相信尊重女子的人格和权利，已经是现在社会生活进步的实际需要；并且希望他们个人自己对于社会责任有彻底的觉悟。②

（一）胡适与女性解放

胡适从《玩偶之家》和《群鬼》里找到了妇女解放的有力论据。在他看来，阿尔文太太代表了旧社会典型的奴性心态，而娜拉的反抗行为则为新女性精神指明了道路。当娜拉发现自己的虚幻乐园只是一座监狱时，她义无反顾打破了牢笼；而阿尔文太太却懦弱地抓住表象不放，是

---

① Roxane Witke. *Transformation of Attitudes towards Women during the May Fourth Era of Modern China*. Ph. D. Thesis, Univ. of California. Berkeley, 1970, p. 77.

② 陈独秀：《〈新青年〉宣言》，转引自 Spence, 1982, p. 160.

注定要失败的心态。阿尔文太太沦为社会和丈夫的玩偶，而娜拉认识到如果自己不冲破牢笼，将永远是丈夫眼中的玩偶。娜拉和阿尔文太太都曾深陷男权至上的婚姻之中：娜拉由父亲手上的玩物变为丈夫的玩物，而阿尔文太太则屈从于社会的双重标准，即女性必须忠贞不渝，男性却可以肆意妄为。后者缺乏勇气，因而酿成个人的悲剧。并且，胡适认为如果这样的心态成为常态，那么也会造成社会的悲剧。缺乏勇气只会导致奴性心理，对进步毫无裨益。

胡适认为宗教是社会压迫女性（和男性）的一大势力。宗教已经从历史需求转变为现在空洞的礼教，它常常违背人类的本性。胡适以阿尔文太太的命运为例：阿尔文太太曾想逃出婚姻的束缚，却被牧师以宗教的名义逼回到丈夫身边。显然，宗教是阿尔文太太回归家庭的背后动力。在胡适看来，这证明了西方也普遍要求女性恪守妇道。无论是在中国还是在西方国家，宗教已经退化为毫无意义的习俗。与此同时，包办婚姻也在中国受到了越来越多的抨击。

胡适的结论是，像娜拉和阿尔文太太那样的婚姻是不道德的，因为它们不允许妇女有独立的人格。男人压迫女人是错误的，因为这相当于50% 的人在压迫另外 50% 的人。如果一半的人都没有解放的权利，那么中国永远都无法成为现代、强大的国家。

胡适以折中的、有选择性的方式展示易卜生的戏剧，并以此构建了他自己的实证哲学。他将易卜生笔下的人物模式化，以此作为新社会的典型。因此，娜拉和阿尔文太太必须舍弃戏剧的复杂性，变成具有意识形态特征的抽象形象。娜拉从被动的受害者转变为积极主动的人，体现了一种新的心态，而中国传统女性正需要这样的转变。

因此，胡适对这两部戏的阐释不仅是对妇女解放的极力辩护，同时也为健全的个人主义提供了有力论据。在他看来，妇女解放并不是最终目标，因为解放和个人主义都是为了达到"建立完备的全新中国"这一政治目的。胡适指出，传统社会压迫妇女的方式主要有要求贞操、包办婚姻和教育欠缺。这使得妇女地位低下，且无法培养出独立的意志。由于缺乏自由意志，妇女几乎不可能发展她们的人格，而教育则为她们指明了道路。

（二）女子贞操与自杀

胡适的"易卜生主义"有项重要内容，即习俗是社会上的一大压迫势力。其中，最为邪恶的习俗之一就是对女性贞操的要求。1918—1919年间，胡适撰写了两篇文章，尽全力抨击这种迷信的风俗。[①] 胡适表示，这个问题在西方也有讨论，例如易卜生的《群鬼》和英国作家托马斯·哈代（Thomas Hardy，1840—1928）的《德伯家的苔丝》。由此，在西方产生了一种新的态度，和中国鄙陋的双重标准形成鲜明的对比。在中国，只有女子需要守贞守节，男子则不用。甚至在胡适撰文之时，还有报纸文章大为褒扬节妇烈女之事。而他认为让妻子在丈夫死后守节可谓毫无道理。如果个人有了自由意志，那么贞操问题就应该由个人自己决定，而不是由社会来主张。因为阿尔文太太将自己卖给了不幸福的婚姻，所以她完全无必要敬畏她的丈夫或者和他有关的回忆。无论是寡妇还是鳏夫，都不应该受到社会的压力；要不要再嫁或再娶，应依据婚姻是否有真情实意，是否为自由婚姻来决定。真正的婚姻是以相爱或自由恋爱为基础的。胡适等众多五四人士所说的"自由恋爱"，基本上是指自己选择婚姻另一半的权利。自由恋爱——或真正的爱情——意味着尊重彼此的人格。在中国包办婚姻制度下，夫妻双方有可能在结婚前都从未见过彼此，因而自由选择和相爱就很成问题。婚姻是灵魂的契合，而非以外在形式和物质考虑为基础的一纸婚约，这一理念本身就让青年人茅塞顿开。

为了改良中国的婚姻状况，胡适建议取缔单方面的贞操观，社会必

---

① 两篇文章均重印于《胡适文存》，1971。

须停止对女性贞操的褒扬。对贞操的态度应该逐渐改变，这样人们才能明白它和个人的自由选择相悖，宣扬贞操等同于故意杀人。由于贞操观念只限用于女性群体，那这种思想就对女性极不公平。更不公平的是，男性在经济条件允许的情况下，还可以三妻四妾，而女性就必须从一而终。此外，纳妾也是胡适想要根除的习俗，它不仅不公平，且与现代世界格格不入。

胡适反对贞操道德观的原因有五点，与他用阿尔文太太和娜拉分别作反例和正例时的论点相似。贞操本来是个人问题，却在传统古老的中国被大加宣扬，尤其是有的人为了自己的事业，对这些礼制空口唱高调。他指出，在文明国度里，贞操道德都被看作是野蛮的。只有在自由订婚的前提下，婚姻之内和婚姻结束之后的行为规定才有意义可言。因此，自由恋爱和行使自由选择权有关。

女子在丈夫或未婚夫死后守节，意味着她被动屈服于社会的迷信势力。另外，如果女子自杀，在某种程度上，是她对家庭和社会压力的主动抗议。但这也意味着，她丧失了今后为独立而斗争的可能性。在五四青年知识分子眼里，贞操和自杀是儒家体系所带来的恶果。

这个问题不仅在北京的重要期刊上得到广泛了讨论，青年时期的毛泽东也在他的出生地湖南开始关注关于贞操和自杀的问题。这一时期，他在全国范围内的影响力仍有限，但他在湖南积极地宣传一种启蒙的新社会思想。毛泽东是《新青年》的热心读者，后来他告诉美国记者埃德加·斯诺（Edgar Snow，1905—1972），自己在青年时期受到陈独秀的很大影响。[①] 罗克珊·维特克（Roxane Witke）认为毛泽东所写的关于"自杀"的一系列文章，尤其是其中关于易卜生的文章，受到了胡适的影响。他论及社会的恶势力，并表示不合理的贞操要求、妨碍自由恋爱的父母和包办的婚姻，都束缚了个人的发展。特别是有几篇关于赵五贞

---

① Snow, Edgar. *Red China Today: The Other Side of the River*. Harmondsworth, 1970, p. 148.

女士自杀的文章，明显体现了这些思想。

> 一个人的自杀，完全是由环境所决定的。赵女士的本意，是求死的么？不是，是求生的。赵女士而竟求死了，是环境逼着他求死的。……昨日的事件，是一个很大的事件。这事件背后，是婚姻制度的腐败，社会制度的黑暗，意想的不能独立，恋爱不能自由。[①]

赵女士无从选择自己的婚姻。她不愿意嫁给一个她反感的男人，因此在去夫家的花轿上，割喉自杀。此前她试图劝说父母毁掉婚约但无果，因而无计可施的她只有自杀。毛泽东认为在当时的环境下，这是赵女士唯一的解决办法。反对父母和社会的女子，是没有其他出路的。如果她试图逃跑，就一定会被抓回去经过一番羞辱和毒打，然后被迫完成婚约。如果此时毛泽东想到了胡适的《易卜生主义》，他一定会震惊于赵女士和阿尔文太太命运的相似性。胡适认为是社会对阿尔文太太施压，导致了她的屈服。赵女士虽然比阿尔文太太更有勇气，但她还是选择了自杀，即便她是有意求生的。在当时中国那样的社会里，她是没有办法像娜拉那样离开家庭的。

胡适和毛泽东都认为当时的社会妨碍了个人的进步，并且他们二位很可能都会认同赵女士的自杀是由社会造成的。针对赵女士自杀的事件，毛泽东一共写了九篇文章。在最后一篇文章《非自杀》中，他写道："与自杀而死，宁奋斗被杀而亡。"[②] 对此文章简言之，他倾向于将死视为积极的反抗行为，而非被动的撤退。

胡适则似乎更重视如何解决传统的专制统治问题。他的《李超传》

---

① 泽东（原文如此，应是笔名之类，但完整应为"毛泽东"著——译者注）：《对于赵女士自杀的批评》，载《大公报》，1919 年 11 月 16 日。

② 泽东（原文如此，应为"毛泽东"著——译者注）：《非自杀》，载《大公报》，1919 年 11 月 23 日。

是为一位和赵女士遭遇相似的年轻女性而写。[①] 他指明是哪些势力造成了她的死，又该如何改变这样的环境。最后，他提出了实际的建议，例如修改承袭财产的法律、废除媒妁制度、为女子提供教育等。可以肯定的是，他将自杀视为反社会的行为，和阿尔文太太屈服于社会意志、无法发展自己的独立意志一样。

（三）关于女性潜力的论争

关于女性解放的争论，还牵涉到女性人格的讨论，甚至可以说，牵涉女性是否为人的讨论。女性是否真正拥有能够在后天得以培养起来的人格？有些愿意保持现状的人声称，女性只能做贤妻良母，无他美德。因此，她们缺乏其他方面的潜力，也没什么可培养发展的。而反传统青年则认为，女性当然也有和男性一样的与生俱来的潜力。而她们无法展示潜力的唯一原因，就在于男性和社会否定了女性有发展个性的权利。

1918 年，胡适和罗家伦率先将《玩偶之家》译为中文，他们所采用的一些词语，成为之后讨论女性内在潜力时的基础词汇。胡适在译本和《易卜生主义》一文中，都将娜拉关于找到自我的话译为"我得努力做一个人"，在之后的文章中又谈到"个人须要充分发达自己的天才性……自己的个性"。胡适笔下的娜拉似乎能够像男性一样顺利地找到自己的个性。他用了"个人""人格""个性"等词汇来讨论娜拉。他强调这些术语并不是指向利己主义；也不是指个人可以对社会做出不负责任的行为。人格、个人和个性被看作只有通过自我实现才能释放的潜在力量。娜拉提到她对自己的责任时称："我对我自己的责任。"胡适将其阐释为在找到对自己的责任后，她才能做好准备承担起社会责任。胡适迫切地想要将"自利的利己主义"（egoism）和娜拉这样"益于社会的利己主义"区分开。他所定义的利己主义将"社会"纳入了考虑范

---

① 胡适：《李超传》，载《新潮》第 2 卷第 2 期，1919 年 12 月，第 266–275 页。

围。其他用到的术语包括：个人的个性（individual character）、个人主义（individualism）和个人的人格（each person's spirit）。

1919 年 2 月，小说家、散文家叶圣陶接受了胡适的词汇，并试图定义"人格"一词的内涵。[①]他声称那些反对改变的人常用一句老话："自古如是，当然如是。"他知道很多人会以此来回答女子人格的问题，但他对这样的回答并不满意。于是他为这个较为模糊的词语下了自己的定义："人格是个人在大群里头应具的一种精神"，换句话说，这是个人区分于大群的一个元素。

他在文中表示，女子在此前是被忽视的，这是因为她们至今都没有机会突出自己的价值。她们太依赖于他人、被束缚在家庭的高墙之内，完全没有脱颖而出的机会。但是叶圣陶认为，若被给予机会，她们也会和男子一样能发展特殊的品格——或说人格。换句话说，她们可能和娜拉的境遇相同，后者认为对自己的责任比对丈夫、孩子的责任更为神圣。

叶圣陶还指出女性被压制的社会原因。但和胡适不同的是，他明确地将责任归咎于男性。胡适倾向于谴责社会内的客观势力（是被人所利用的势力），叶圣陶则认为男性本身就是这股势力。在儒家纲常的支持下，男性能够压制女性。他们给女性灌输"三从四德"，让她们相信自己最重要的责任就是做好贤妻良母。因此，女性被认为是依附于男性的，只能做某某之妻或某某之母。叶圣陶因此反问道，如果反其道而行之，男性会作何感想？男性对女性的压制还包含着势利眼与权力欲的因素——让别人依赖他们，他们的自我就会膨胀。例如，贞操问题就只针对女性。叶圣陶和胡适一样，都认为贞操的意义只关乎当事双方，而和社会无关。

叶圣陶想要帮助女性发展她们的人格并理解自身的价值。首先就要

---

① 叶圣陶：《女子人格问题》，载《新潮》第 1 卷第 2 期，1919 年 2 月，第 107–114 页。

帮助她们获得自信，其次要改变腐旧的习俗和迷信的观念。对于社会而言，女性获得自信是一件极有意义之事，而男性女性都必须努力成为独立的人，并做社会里的"人"应当做的事。

（四）女性解放的方案

胡适的《易卜生主义》发表于 1918 年 6 月。此前不久，他还发表了一篇题为《美国的妇人》的文章。在后文中，他从实际的角度概述了解放后的娜拉应该以何为目标。两篇文章都受到了他在美国经历的启发。在康奈尔大学学习时，他第一次接触了易卜生的戏剧。他后来在思考女性与解放问题时，一定想到了易卜生和美国女权运动。在《美国的妇人》一文中，他声称中国和欧洲的女性首先想做贤妻良母，而美国女性的首要考虑是发展她们的才性并为自己负责。[①] 美国女性，无论已婚未婚、在外旅行或在家主内的，都重视自立且具有独立精神。许多女性将结婚视为人生目标，而美国女性的首先目标却是自立。他因此力荐中国女性效仿美国的女性。

只有发展自己的个人才能，才可以不依赖他人而独自生活，这便构成了胡适的自立观。美国人之所以认为男女都是平等的人类，这全靠教育的养成。美国男女都接受教育，并且都要接受提高自治能力的训练。胡适有一个很重要的论点，即有的美国人会自愿选择不婚不嫁，这对于中国读者而言一定是十分奇怪的事情。在中国，父母的职责之一便是为子女安排婚姻，而子女的职责就是结婚并生育子嗣，所以不结婚的人很少。美国人的婚姻建立在自由、相爱、相敬的基础上，如果没有找到适合的伴侣，他们宁愿保持单身。现代美国妇女想要精神契合的婚姻关系。在最理想的婚姻里，夫妻二人首先要发展自己并获得独立。独立是相爱的关键。

---

① 胡适：《美国的妇人》，载《新青年》第 5 卷第 3 期，1918 年 9 月，第 223–224 页。

在胡适看来，现代女性既不相信宗教，也不相信古代风俗，但她却有高尚的道德。他总结道：

> 如今所讲美国妇女特别精神，只在他们的自立心，只在他们那种"超于良妻贤母人生观"。这种观念是我们中国妇女所最缺乏的观念。我们中国的姊妹们若能把这种"自立"的精神来补助我们的"倚赖"性质，若能把那种"超于良妻贤母人生观"来补助我们的"良妻贤母"观念，定可使中国女界有一点"新鲜空气"，定可使中国产出一些真能"自立"的女子。这种"自立"的精神，带有一种传染的性质。女子"自立"的精神，格外带有传染的性质。[①]

在这篇文章中，胡适重申了娜拉要先对自己负责的宣言，这超越了当贤妻良母的责任。美国妇女能独立地行动，胡适认为，这是当前中国还没有的。想要中国妇女也有同样的意识，她们必须接受教育。因此，娜拉出走之后该如何，答案就在于教育。适宜的教育就是自立的基础；这不仅适用于女性，也同样适用于男性。胡适认为，教育和社会进步也息息相关。美国女性已经具备了独立的精神，而娜拉在离家出走之时，也已经有了独立的潜力。她能发挥潜力的原因是还没有被传统社会所侵蚀。中国妇女也具有这样的潜力。她们只是需要从陈腐的风俗习惯中解放出来，开始为自己考虑，接受教育并培养独立的精神。

胡适发表《易卜生主义》之后的一年半，他的学生罗家伦写了一篇更为全面的有关妇女解放的文章。[②] 罗家伦此前和胡适合译了《娜拉》（《玩偶之家》）。而《妇女解放》一文很好地说明了易卜生主义是如何在师生之间传播的，同时也展示了西式知识分子之间的思想交流，他

---

① 胡适：《美国的妇人》，载《新青年》第 5 卷第 3 期，1918 年 9 月，第 223–224 页。
② 罗家伦：《妇女解放》，载《新潮》第 2 卷第 1 期，1919 年 10 月，第 1–21 页。

们所处的环境，以及他们如何将原来的思想加以深化，并将这些思想转变为更具有凝聚力和实质内容的方案或计划。

胡适在他的文章中处理了很多问题，而罗家伦单单选了"妇女解放"这个问题，并提出了具体的建议。他在文中总结了西方妇女解放运动的发展，并在最后给出了一些具体的解决方案。

罗家伦将"解放"定义为挣脱束缚。束缚可以由别人打开，或者由自己打开。这意味着，妇女应该做好"自己解放自己"的准备。西方的妇女解放运动已经发展很久了，可惜的是，中国却还没有类似的运动产生。他想要说明无论是中国或是外国的男女，都有他们自己的人格、自己的意志、自己的权利。为了成为"人"，妇女必须有组织自己观点的能力，否则她们就只能重复别人的观点，就像离开海尔茂之前的娜拉那样。无论是从逻辑、人道主义还是心理方面来看，女性都必须解放，因为没有解放就没有进步。从生理学来说，也没有压制妇女的任何理由；从社会方面来说，如果中国没有妇女解放，那将会是非常不幸的事。因为健全的社会由健全的个人组成，每个社会都是以个人为基础的。没有自由意志的发展，就不会有进步，而没有自由个人的社会永远都不会发展成健全的社会。自由的个人涵盖男人和女人。罗家伦认为，女子没有理由不接受教育，不出去工作，不为建设一个更加健全的社会做出贡献。即便是在战争时期，妇女也做出了她们的那份贡献，这证明解放妇女是有助于经济的。

然而当时的中国女性仍然被奴隶般地对待，因为古代的中国社会助长了压迫，而且至今（编者注：民国初期）也没有任何改善。罗家伦指出，如果中国坚持认为女性的唯一职业就是贤妻良母，那么中国的男性也应该只能做贤夫良父。中国所能吸取的教训就是，女性被视作奴隶会给社会带来惨重的后果。

罗家伦给出的第一个建议是用以人的发展为重心的教育代替贤妻良母的教条。因此，学校也应施行男女共同的教育。第二个建议是妇女应有自己的职业。接受了教育并且有职业的妇女，是不会想要待在家里的。在罗家伦看来，中国也能达到胡适在《美国的妇人》一文中所描述的水平。

罗家伦提出，欲实现这种转变，首先就要打破对贞操的迷信。中国妇女没有职业的原因之一就是贞操迷信。贞操的迷信，在世世代代以后，已经成了中国妇女的"宗教"了。通过习惯和迷信，男子把女子关在家里，而女子也在某种程度上觉得在家里舒服。罗家伦和胡适一样，都强调贞操仅仅事关个人，而社会必须适应人的天然需求。显然，他觉得贞操观并不适合他所期待的那个社会。

紧接着，罗家伦给出了解决问题的实际建议。其中最重要的是，妇女应该全面参与到社会当中，并参与到一切职业当中。为此，需建立幼儿园。为了防止职业歧视，政府还需建立职业介绍所，以保证妇女也有和男子同样的就业机会。

一些和女性解放相关的女性组织也提出并讨论了女性权利应如何实现的问题。其中包括和男子平等的遗产继承权、选举权、参政权、教育权、工作权以及自主婚姻权。然而，娜拉的形象似乎和这些实际的倡议相去甚远。或许，实际的考虑会使得"娜拉"作为催化剂和楷模的效果不再那么强大。

二、娜拉和她的前途

随着妇女解放论争的深入发展，胡适的相关文章慢慢淡出人们的视野。人们更加关注娜拉的命运，而不是她作为"人"的潜力。"娜拉"逐渐变成女性解放的代名词，而不代表任何具体的女性权利。在五四初期，人们还并不确定妇女解放应该发生在社会变革之前还是之后，抑或是同时发生。而到了 20 世纪二十年代末三十年代初，革命者显然想让妇女解放从属于"社会彻底变革"这一整体目标。他们声称，在革命的社会中，有关妇女解放的问题会通过革命迎刃而解。但自由派知识分子则对娜拉及其未来有着更为实际的看法。

此后，很少有文章将胡适的"易卜生主义"作为它们的理论基础。相较于胡适，鲁迅其实和易卜生的文本保持了一定的距离，因而他能够对娜拉有所质疑，并提出了中国知识分子关心的问题。1907 年，鲁迅就已经提到易卜生是欧洲的进步作家之一。[①]1923 年 12 月，他撰文提醒中国女性，离家出走的行为会带来极其严重的后果。鲁迅或许可被称为"悲观版娜拉"的主要倡导者，而当他以绝望沮丧的心情写作时，他的智慧与讽刺才最为熠熠夺目。不少女性尝试效仿娜拉但最终以失败告终，这可能也让鲁迅不再抱有幻想。她们中有些人个性不够坚韧，无法长期应对逆境；有些人则无法解决独立生活时所遇到的实际问题。或许用"清醒的悲观主义者"来形容鲁迅，是最恰当不过的。他当然也提倡妇女解放等社会变革，但他更关注变革之路上的重重困难，而非乐观的结果。鲁迅的《娜拉走后怎样》原本是在北京女子高等师范学校的一场演讲。[②] 在这篇文章里，鲁迅预言出走的女性不会有好

① 鲁迅：《摩罗诗力说》，收录于《鲁迅全集》（第一卷），北京，1981 年，第 63-115 页；鲁迅：《文化偏至论》，收录于《鲁迅全集》（第一卷），北京，1981 年，第 44-62 页。
② 鲁迅：《娜拉走后怎样》，收录于《鲁迅全集》（第一卷），北京，1981 年，第158-165 页。

结果。女性在不能自力更生之前便考虑出走，完全是徒劳。此外，他谈到：

> 然而娜拉既然醒了，是很不容易回到梦境的，因此只得走；可是走了以后，有时却也免不掉堕落或回来。否则，就得问：她除了觉醒的心以外，还带了什么去？……所以为娜拉计，钱，——高雅的说罢，就是经济，是最要紧的了。自由固不是钱所能买到的，但能够为钱而卖掉。[①]

鲁迅认为，一个女子出走，或许还不至于感到困难，因为这人物很特别、很新鲜，能得到人们的帮助。然而，倘若许多女子出走，那结果将是非常惨淡的。

（一）1928年一个关于娜拉的观点

1928年，时值易卜生诞辰一百周年，许多人对易卜生进行了重新评价，其中一位勤奋多产的撰稿人是无政府主义者袁振英。袁振英在《易卜生底女性主义》[②]一文中表示，易卜生无疑是支持女性解放的。他觉得《野鸭》很好地展示了在一个剥夺了个人发展权利的腐败社会里，将会发生什么。他把易卜生笔下的女性划分为"傀儡女子"和"革命女子"。傀儡女子大多对周围环境和社会没有清楚的意识，就如易卜生的历史剧中的那些女子或是《海达·高布乐》（1890）中的海达。娜拉则代表了觉醒的女子，她尚未被社会侵蚀，因此有机会发展自己。袁振英与胡适正相反，前者把阿尔文太太和《罗斯莫庄》里的吕贝克视为革命女子，后者则将阿尔文太太视为娜拉的反面。在袁振英看来，这些女子的革命

[①] 鲁迅：《娜拉走后怎样》, *What happens after Nora Leaves Home*. In: *Lu Xun: Selected Stories*, trans. by Gladys Yang and Yang Hsien-yi. Peking.

[②] 袁振英：《易卜生底女性主义》，载《泰东月刊》第2卷第3期，1928年11月。

性来自她们能够反对社会传统，塑造自己的人生，但她们的革命态度并未给她们带来幸福。袁振英还写了一本专著讨论易卜生的社会哲学，本书在第三章将有详细分析。该书也涉及女性问题，作者明确表示社会变革和女性解放是密不可分的。[①]虽然易卜生的早期历史剧也刻画了一些坚强的女性形象，但她们仍然会屈服于社会势力。娜拉则属于过渡阶段的女性形象，她代表并预示了良知的萌芽；《罗斯莫庄》中的吕贝克则是易卜生笔下女主人公的最终面貌。在剧末，她摧毁了自己内在的一切恶劣因素，与社会达成谅解。虽然她自己的个性已经遭到破坏，无法成为真正的社会支柱，但她理解"个人必须牺牲自己狭隘的私利来服务于社会"这一规则。因此，袁振英指出女性必须首先发展自己的个人意识以获得解放。不过，她得以解放的原因，必须是她想要成为社会的真正支柱。袁振英同样希望通过教育来提高女性意识。

在袁振英看来，易卜生没有哪出戏的女主人公取得了全面的胜利，这是因为易卜生是一位现实主义作家，他知道社会里什么事可能会发生而什么事不可能发生。尽管人们常说独裁专政可以拯救世界，但袁振英认为独裁专政不会有益于女性的进步与解放。没有民主自由，女性无法如其所愿、所需地获得解放。因此，他希望能改变社会和女性意识，并引用了易卜生的观点来作证其论述：

> 易卜生是一个女性主义者，他要创造纯洁和伟大的女子，在这个腐败的社会当中，没有她们的位置。女子要有一种铜城铁壁伦理和智能的堡垒，不容易受人家攻破的。[②]

袁振英似乎既不相信有取巧之路，也不信任像共产主义这样"包治

---

① 袁振英：《易卜生社会哲学》，上海：泰东图书局，1927年。
② 袁振英：《易卜生底女性主义》，第19–20页。

百病"的解决方法。就此而言，他与易卜生（将娜拉的命运赋予未知）、胡适的观点一致。袁振英和胡适都认为娜拉不只是要成为"人"，还必须有所作为。不过，在前者的分析中，似乎更弥漫着一种悲观（或现实？）的情绪。他清楚地认识到任何的社会改变都需要时间，在女性能撇开礼教、自己做主以前，社会内必须发生一定的变化。他踯躅地表达了鲁迅的焦虑，即女性解放无法在社会真空内完成。但袁振英的不同之处在于，他是在易卜生著作的文本语境内讨论娜拉，而非将娜拉笼统化。另外，很有意思的一点是他将吕贝克视为新女性的榜样。在易卜生的笔下，吕贝克最终以牺牲自己的生命为代价，向罗斯莫证明了自己恣意的欲望已被他温和的理想主义所征服。她曾不择手段地追求自己的目标，却渐渐在罗斯莫的梦想——创造幸福的人——和无力的影响下而变得脆弱。她的坚决无情或许值得效仿，但该剧所表现的主题却是坚决无情被温柔敦厚所击败。总体而言，我们很难说吕贝克可以作为任何人的榜样，除非是极度自由、人情练达且想要探讨伦理深义之人。一方面，袁振英对人物的选择十分敏锐，其论述在中国也并很不常见；但另一方面，他"重于说教"的特点也符合中国的学术传统。

（二）1935 年："娜拉年"

1935 年常被剧作家田汉、文艺批评家阿英、小说家茅盾称为"娜拉年"。《玩偶之家》在南京和上海的演出大获成功，重新开启了对女性解放的讨论。讨论的出发点正是鲁迅在 1923 年所提出的问题："娜拉走后怎样？"这场论争的主题涉及女性解放的目的、女性解放的途径、女性在男性主导社会里所遇到的限制等。

实际上论争从 1934 年就已经开始了，当时《玩偶之家》也在上海演出。大概 1935 年的《玩偶之家》演出在艺术上获得了更大的成功，从而引起了更大的反响。但是，"娜拉年"只指 1935 年。不过，钅冒冰于

1934 年 3 月发表在《国闻周报》上的《挪拉走后究竟怎样》一文，就已拉开了论战的序幕。作者明确指出娜拉应该待在家里，即便她出走了，也该回家。[①] 作者以鲁迅 1923 年的文章为出发点，考虑了两个方面的问题：一、妇女解放问题是否必须由社会解决？二、女性取得了经济独立，就能更解放吗？

在錭冰看来，社会中的每个人都想要获得更大的幸福，不仅仅是女性才追求幸福。然而，幸福却并非有产者所必有的，有产家庭所遭受的精神之苦实际上比无产家庭所遭受的物质之苦更加严重。妇女解放问题亦是同理。经济上独立自主的女子并不就一定会得到幸福。当男女都在追求经济独立自由的时候，最主要的问题其实是男女之间的关系。

作者希望读者注意，妇女解放无非是西方的"舶来品"。在接受舶来品之前，必须先考量它是否和中国的古代传统相适宜。作者断言，尽管在古代，幸福的婚姻可能不超过一半，但现代的新式家庭十分之九都在苦闷。这是因为新的道德并不能替代旧的道德。由西方引进的新道德还不能站稳脚跟，因此无论是社会还是道德都缺乏内在凝聚力。夫妻间的相爱是以新道德为基础的，而这一要求对于中国来说太难达到，甚至还不如旧道德。旧传统禁止寡妇再婚，这当然是一种功利主义的婚姻形式。但买卖中仍有道德责任，例如从一而终。如果离婚成为惯例且婚姻并没有爱情，那么现代婚姻只会比守节的寡妇更加不幸。

接着，錭冰感到自己有必要指出追求快乐和追求真正的幸福有何区别。娜拉，或者那些想要效仿娜拉的中国女性，应该放弃对"快乐"的追求，回到家中，为真正的幸福打下基础。錭冰还希望大家知道，娜拉的真实原型并未离家而去，甚至还宣称易卜生晚年也后悔写下这部

---

① 錭冰：《挪拉走后究竟怎样》（编者注："挪拉"即"娜拉"），《国闻周报》第 11 卷第 11 期，1934 年 3 月 19 日，第 1—6 页。

戏剧。这证明相较于追求快乐的婚姻，易卜生更珍视以道德为基石的婚姻。①

　　从某种程度上看，鋗冰的观点呼应了中国自 19 世纪 90 年代以来提出的口号："中学为体，西学为用。"在这里，娜拉象征着追求享乐的西方世界，而传统的中国家庭则以更为优越的道德为基础，才能实现真正的幸福。鋗冰是典型的儒家传统秩序捍卫者。在道德正统的家庭里，只要家人遵循古老的秩序，就会和睦美满。过去的社会是和谐的，如果个人能谨慎平衡自身及自己对社会上下级的责任，未来也会盛行和睦之风。但随着西方观念的输入，这种和谐被打破。鋗冰在没有仔细评判这些观念的情况下，就事先认定它们不适合中国。鋗冰宣称易卜生后悔写下《玩偶之家》，似乎想要借此让娜拉的故事失信于人，而让自己登上中国批评传统的舞台。易卜生并不能和他在中国传播的作品脱离关系。由于他的戏剧已经进入中国，消灭危险的最好办法就是让作家对自己的作品感到后悔。鋗冰对"相爱"这个概念的怀疑，贯穿于妇女解放的辩论中。他怀疑爱情在中国并不常见，而且中式婚姻没有西式婚姻那么痛苦。因此，他及其对手——爱情的拥护者——其实都认为爱情存在于儒家道德传统之外。

　　此后几期的《国闻周报》就鋗冰的文章发起了后续讨论。多数参与者都重申了鲁迅关于娜拉的观点，并将他所提出的问题作为论述出发点。这些作者很少考虑剧作者或剧作本身。对易卜生的提及，仅仅就像是学术学者爱好广引名人那样，而不是把他当成"娜拉"这一人物和这出戏的创造者。从易卜生戏剧文本中抽离出来的"中国版娜拉"，沦为单调平面的形象。另一方面，人们不断地提到娜拉，也证明了她在中国的地

---

　　①　鋗冰可能对易卜生为了不让别人扭曲他的戏剧，曾经想过把《玩偶之家》写成大团圆的结局之事有所耳闻。虽然易卜生自己形容这是对此剧的"野蛮暴行"（a barbaric outrage），但他为了《玩偶之家》能在德国顺利上演还是做了这样的改动。不过，大团圆的版本在演出时从来未获得成功。

位——娜拉已经变成了妇女解放的代名词。

銷冰和刊物编辑的观点正好相左，后者附上了自己的评论，并指出传统社会对女性的要求要高于男性。因此，现在就需要男性牺牲多一些来改善中国的婚姻制度。

銷冰的论点之一，即贞操是传统婚姻的共同特质，受到了其他人的质疑。他们反问銷冰是否认为贞操应既适用于女子，也适用于男子。传统上来讲，贞操是女性的义务，如果它只是女性的义务，那这样的"特权"理应受到女子的质疑。就此点而言，无论男性或女性撰稿人，都不会支持銷冰。令人不解的是，没有人提到娜拉宁愿寻死也不愿让丈夫海尔茂承担责罚这件事。她宁愿自己死，其实几乎甘愿守节，或愿意忠于自己和丈夫间那所谓的爱情。而这种牺牲自我的爱显然没有激发人们的兴趣。娜拉这样的行为本可能受到銷冰这样的男性的欢迎。然而他及这场论战的其他参与者都对娜拉的"妇德"毫不关心，这说明论战的引导者应该只是听说过娜拉，却没有细读过剧本。

另一个值得注意的地方是男女撰稿人之间的差别。女性撰稿人通常更关注妇女解放的实践问题，而非伦理原则。男性撰稿人则倾向于讨论女性与社会的伦理、女性的理想地位、革命优先还是解放优先等问题。男性普遍认为"社会"是女性受到压制的源头和改革的起点。最重要的是，当下中国社会决定了"娜拉出走后到底会怎样"。社会可以把娜拉塑造成值得中国女性去效仿的成功榜样，也可以证实"回家"是最不济的解决方法。就现在来说，离婚甚至是中国女性的一个较优选择，因为这能迫使社会严肃对待女性解放的问题。在社会表现出要关心妇女解放的愿望之前，什么都还无法解决。所以男性撰稿人发现，讨论"娜拉为何出走"其实更加有利。娜拉出走或许是因为她受到了丈夫的虐待，或是为了反抗传统的家庭模式，或是为了追求自己的幸福。对于男性撰稿人而言，显然男子和女子一样，都是社会的受害者。海尔茂的行为需要社会法则的认可，这和娜拉并无二致，因此他同样受到了压制。由于他们都是传统社会的受害者，因此他们都应该立即采取行动。当然，如果出走只是为了自我实现，这种自私的追求可能就会危害"改造社会"这一终极目标。正如其中一位男性撰稿人所言：

> 最后我希望——
>
> 尚在梦境的娜拉，快些健全自己，充实自己，预作万不得已时的护身之符！
>
> 计划离开傀儡家庭的娜拉，请考虑，衡量，反问，不要有什么缺憾再发生！
>
> 已经出走的娜拉，不要后悔，珍重前程！ ①

　　女性写的文章则强调实际的解决办法。女性显然更渴望加快社会的改革。在社会改变对待女性的态度之前，她们仍然是受害者。但即便态度有了变化，也不一定就能带来革命。要改变对待女性的态度，教育是解决方法之一。如果社会能培养出一批优秀的女子作为下一代的楷模，那么解放就指日可待。接受教育的女性会更接近真正的幸福，而真正的幸福和"相爱"这一理念又息息相关。在女性撰稿者看来，相爱意味着两性的平等并默认双方人格价值上的对等。例如，海尔茂就一直把娜拉当作傀儡，尽管娜拉已经展现出了自己处理家庭危机的能力。她对待家庭的态度完全是无私的，相反，自私的是海尔茂。当娜拉想要离开家的时候，海尔茂竟然还谴责她自私！因此，海尔茂根本就没有把娜拉当作平等的人，两人的婚姻也不存在相爱的因素。男性撰稿者也不认同海尔茂对娜拉的谴责，即她的离家是出于自私享乐的目的。传统男性要求女性必须谦卑行事，以至于丈夫死后还要守节，这在男性撰稿人看来正是

---

① 高磊：《关于娜拉出走》，载《国闻周报》第 11 卷第 18 期，1934 年 5 月 7 日，第 2 页。

男性想要压迫女性的证据。唯一值得争取的是一个人的人格，虽然这需要付出很大的代价，且必须要经过牺牲和争取才能够获得。即便娜拉认为待在傀儡家庭里更好，她也还是应该出走，因为她还承担着对下一代的责任。

而在女性撰稿人看来，娜拉出走是因为她想要为自己的事业而奋斗。为了提高自己的斗争地位，她必须有经济来源——正如鲁迅所说，她必须谋份工作。有工作、地位和资金的娜拉，就会被社会接受，并拥有自己的人格。读者乐于相信谋工作并非一件难事。娜拉离开家后，她的丈夫将会找到新的"傀儡"。然而，有越多的傀儡出走，男子就越难找到"娜拉"的替身。所以，这就迫使他去购买保育、家政、制衣等服务，他的这些需求就保证了将来会有更多的工作机会。如果女性真的宁愿保持单身，社会也该对此表示尊重，但一般而言，大多数人大概还是希望能组建自己的家庭。一旦妇女有了职业和经济保障，那她们就有无限的可能性。然后，他们就能作为真正的"人"，参与到社会事务中。如果男性拒绝承认他们的这一权利，那唯一的解决方法就是继续斗争。

但是，女性作者于立忱指出，社会变革是女性解放的前提，在社会改变之前，娜拉什么也实现不了。[1] 作者想要为普通的女子而非理想中的娜拉找寻在社会里的机会。在她眼中，显然整个妇女问题都必须得到解决，娜拉必须成为"人"。但在现今社会，"出走的娜拉"只会发现树立人格的道路上满是荆棘，她必须与经济的压迫、社会的各种制度作斗争，因为这些导致了她所处的从属地位。现在的社会建立在男性沙文主义的伦理之上，完全无视女性的人格。社会中的多数职业都是为了男性利益而设置的。如果男女共同工作，则会产生新的问题，公众很可

---

① 于立忱：《娜拉脱离家庭的原因与走后怎样的问题》，载《国闻周报》第11卷第16期，1934年4月23日。

能会认为这是不道德的。因此，男女共事不但对女性解放无益，反而有害。于立忱认为，在以男性为中心的社会里，女子的人格不但被剥夺，女子的感情也被否认，所有和女性解放有关的问题都与性道德扯上了关系。

于立忱没有把娜拉局限在易卜生所创作的框架中。她相信聪明的娜拉会了解，目前的傀儡地位是社会造成的，因此她需要集中力量争取人的权利（如经济独立、男女平等），牺牲一切也在所不惜。而不那么聪明的娜拉，可能在离开傀儡家庭后，不能领悟奋斗的必要性，因而陷入僵局，无法改善自己的处境。于立忱劝告她们，最好找一个比以前的傀儡家庭更为幸福的容身之所。而最坏的情况，便是在挣扎奋斗了一段时间后，回到原来的家庭。她写道：

> 娜拉的脱离家庭，虽在目前的中国，我们也不能强留。但希望她们把人格上应享的权利看重；物质上非分的权利看轻，这样妇女解放运动便能很快的走上康庄大道了。否则她们岂不是自居于妇女争取人格的障碍地位，而待他人的推倒？
>
> 至于现社会一般男女婚姻关系的紊乱，男子实也应负一部分非分的权利思想的责任。[①]

女性评论者还注意到，有的评论谴责娜拉出走是不道德的、自私的，但道德标准由时代决定，由时代创造，同时也随着社会变化而改变。她们热忱地捍卫追求自己发展之路的权利，这也表明在传统道德观念下，她们受到了不公的评价。她们竭力主张女性首先必须自立，而后才能报效社会。可以看出，她们明显受到了指责，认为她们以损害社会道德为代价来追求个人目标。自私是儒家道德和现代道德都不能容忍的。于立

---

① 于立忱：《娜拉脱离家庭的原因与走后怎样的问题》，第 6 页。

忧在文中提到，男女共事会招致不道德的流言蜚语，这一定是 1935 年的中国职业女性遇到的实际问题之一。

最后登场的是一名男性作家杨振声。于是，这场关于"娜拉走后怎样"的辩论以坚定维持现状的观点开场，以相似的论述结束。杨振声在文章伊始对娜拉和罗斯莫（《罗斯莫庄》男主人公）做了冗长的比较。[①] 接着，他又为任劳任怨做贤内助的妇人作了辩护。他认为，不幸的是，迄今为止男子还没有对女子治家理财的职业给予足够的尊重。如果男女都能在自己的婚姻职务上获得对方的尊重，那将是极佳的解决办法。但现在，只有少数夫妻能做到互相尊重，而互相尊重是每个人都应该努力去争取的。

杨振声写道，随着女子从少女长成母亲，男子也应在成为父亲后，将其原先追逐女孩的劲头，用在专注于自身的教育上。同时，教育也应该更多地培养女子的职业技能。如果女子有可能找到工作，她就可以离开混蛋的丈夫。而且，男子同样也有离开妻子的权利。现在，丈夫离开妻子需要付赡养费，这对女子而言不啻为侮辱，因为这让她依赖前夫，无法获得自由；如果女子已经受过职业教育，有能力工作，那么她们就能获得社会的尊重。现在一些女子在寻求职业的时候受到侮辱，值得大家的同情和支援。没有专门技能的女子应当接受相应的教育，从而逐渐获得社会的尊重。在杨振声看来，妇女解放的关键在于改变社会对待女性的心理，而这需要一定的时间。

可以看到，虽然《国闻周报》的论战问题是娜拉出走后会怎样，但实际上已经完全偏离了易卜生原剧的内容。诚然，有些文章所提到的相互的爱与尊重，呼应了娜拉在《玩偶之家》里所说的话，但很大程度上，这些理念都被置于儒家伦理道德的背景之中。而在传统道德规范下，爱

---

① 杨振声：《娜拉与洛斯墨》（编者注："洛斯墨"即"罗斯莫"），《国闻周报》第 11 卷第 20 期，1934 年 5 月，第 1—4 页。

情是不可想象的。在一些撰稿人看来，爱情或互相尊重是相当轻率无用的事。那些撰文支持娜拉离家出走，并认为在妇女解放之前必须先有社会变革的作者，也不是完全以教条主义为其出发点。在论争中，女性解放在实践方面的问题似乎显得异常棘手，这或许和已经出走的女性在职场中的遭遇息息相关。她们肯定受到了很多侮辱，并自觉没有男性那样开阔的空间去施展才能。1935 年，南京上演了《玩偶之家》，随之引发的一场讨论就很好地印证了这一点。

1935 年 1 月 1 号至 3 号，南京的一个业余剧团磨风艺社将《玩偶之家》搬上了舞台。第一天的演出并没有满座，因此他们决定在报纸上做宣传和广告以招徕观众。第二天的上座率很高，但到了第三天，国民党当局叫停了他们的演出。娜拉的扮演者王苹（原名王光珍）是一位教师，但她并没有把自己的演出事宜告知父母和校长。直到演出的第二天，有观众认出了她并告诉了她的校长。第三天，校长来到剧院并立即通知了地方当局，后者随即查封了剧院。之后王苹因行为不当而被解聘。校长召开了全体教师大会，全员接受了王苹被辞退的决定。但王苹自己则称其中一些教师被施以重压，不得不通过这个决议，而私底下有不少老师和学生都是支持她的。

一个月后，这件事在南京闹得满城风雨。当地的《新民报》刊登了一系列题为"娜拉事件"的文章。随后的论争有助于说明普通女性及女教师群体的处境。亟待解决的问题是女子是否可以在公共场合演出，以及即便一般的女子可以在业余剧团表演，女性教师的言行举止是否应该更加谨慎？报馆收到的稿件大多是支持王苹的，有的则模棱两可，而校长连续两次跑去报馆为自己辞退王苹辩护。在整场论争中，校长都声称王苹被辞退是因为她教学成绩不佳，而王苹则认为自己的失业是由于在公共场合饰演了"娜拉"这一大胆的角色。解聘一事隐含了对王苹的指责——当众与男性合演戏剧是不道德的行为。此外，她饰演的角色又抛夫弃子，这更加剧了人们对她的非议。一位不尊重公共道德的女教师只会成为学生的反面典型。最后，校长不仅坚持解聘王苹的决定，而且毫发无损。而王苹的父母则同她断绝了关系，以至于她不得不向几位共产党友人寻求庇护与帮助。①

马克思主义为娜拉和妇女解放的讨论提供了新的理论。现在，仅是解放女性已不足够，女性还需要明确在赢得自由后想要做什么。尽管马克思主义者比自由主义知识分子更清楚地强调这一点，但从之前的讨论中可以明显感到，大多数中国人都将个人和社会相关联。独立和献身社会相辅相成，而其他次要的因素如个人幸福，尤其是和妇女解放相关的问题，在马克思主义者看来有些无聊。这样，中国的马克思主义者和传统儒家学者几乎是同心协力的。当然，一般认为独立的人生就是幸福的人生，但对于一些中国人来说，幸福只不过是锦上添花的东西。人最要紧的责任还是社会责任。1938 年，左翼资深作家茅盾在香港写道："五四运动之后的女性运动可被称为'娜拉主义'。"②娜拉对中国妇女解放运动的影响巨大，因而出现了许多"娜拉型"（即娜拉典型）的女性。茅盾所谓的"娜拉型"，明显和古代为守节不再嫁的寡妇所立的"贞节牌坊"（chastity-arches）形成了鲜明对比。娜拉觉悟自己除了是丈夫的妻子、儿女的母亲之外，还是一个堂堂的人，还有做人的责任——在茅盾看来，这责任就是前进的思想。接着，他说虽然五四运动后的十多年里，妇女运动发生了许多悲剧，但仍然不乏长足的进步。女性现在不仅想要做堂堂的人，还要知道自己前进的方向，也要知道自己想做什么。在茅盾看来，这才是至关重要的。

---

① 更多关于此次南京的演出及王苹的后续事件，参见 Elisabeth Eide. *Huaju Performances of Ibsen in China*. In: *Acta Orientalia*, Vol. 44, 1983, pp.95–112. 部分故事来自 1982 年笔者在北京对王苹的采访。

② 茅盾：《从〈娜拉〉说起》，载《珠江日报》1938 年 4 月 29 日。引自：茅盾《文艺论文集》，1942 年，第 71–73 页。

　　著名的女作家丁玲就是"娜拉典型"，其作品里也随处可见"娜拉出走"的故事。不过，在出走之后，丁玲发现除了自由，她还需要可以为之奋斗的事业。

　　作为作家和个人，丁玲都曾明确表达过自己需要独立。她的写作与个人经历密不可分。她先后在母亲和学校的教导下意识到了解放与自立的意义。还在长沙时，她的一位老师就常用《新青年》里的文章来阐释独立、现代的中国应该是何种模样。丁玲很早就意识到女性需要独立的权利和发展为真正个体的权利。她自己则很成功地从传统社会中解放了出来。她反抗包办婚姻，独自一人游学，最后找到了爱人并拥有自己的事业。过着独立生活的同时，她还与母亲保持着密切的联系，后者为她提供了经济上和生活上的援助。有了孩子之后，丁玲发现自己的独立受到了妨碍，于是将孩子交给了母亲照看。由于她之后被逮捕且丈夫去世，这似乎也是一个实际的解决办法。在三十岁出头时，丁玲就开始意识到个人需要为社会服务来获得满足感，而她的写作也逐渐与主流所要求的无产阶级现实主义同步，可她无法完全否认自己的独立精神。1942 年在延安时，这股精神又在她身体里重生了，这可能是因为她一生都在追求一种非传统的事业，一生都是自己在为自己的人生做决定。

　　1942 年国际妇女节（3 月 8 日）那天，她写了一篇文章。文中表示虽然延安的女性获得了一定的自由，但她们仍然受到了压迫，因为她们是女人。[①] 即便在延安，女性也面临着各种选择，无论她们选择什么，都有可能受到责难。如果她们决定要追寻事业而不结婚，那么她们就缺乏女性气质，不会使人满意；如果她们选择待在家里、照料家庭，那么她们还会被讥讽为"回到家庭了的娜拉"。如果她们把家庭交给别人照料，

---

① 丁玲：《三八节有感》，载《解放日报》，1942 年。

那么又会被批评为不称职的母亲和妻子。在由此引发的争论中，郭沫若写道："秋瑾为中国的娜拉们提供了出走后会怎样的答案：她离开了丈夫孩子为自己的理想奋斗，这便是娜拉这出戏的最好结局。"[①] 其他人则认为丁玲误解了延安的情况，或者更糟糕的是，将延安的情况个人化了。史景迁（Jonathan Spence，1936—2021）后来指出："至少在延安，娜拉要承认自己对群众的责任是实现自己真正个性的必要前提。"[②] 在延安，胡适在《易卜生主义》里所提出的次序被颠倒，也就是说，必须先为社会工作，而后才能实现个性。同时具有现代和保守思想的中国人会将娜拉置于社会的背景中，但只有在延安的共产主义者认为她必须让自己的个性服从于共产主义事业。虽然他们的娜拉同易卜生笔下的女性人物已经相去甚远，"娜拉"这个名字所传达的形象却已经人尽皆知。至1942 年，丁玲和郭沫若都用"娜拉"代指"解放的女性"，而不需要任何详细的阐述。和女性解放相关的讨论也仍旧和"娜拉"的概念紧密相连。自 20 世纪 20 年代后期，中国的共产主义作家就已经把易卜生视为小资产阶级作家，认定其所在的社会没有工人阶级。因此，易卜生及其作品都没能展现出这个世界的真正问题。娜拉本有潜力成为革命性的人物，但她却没能发展自己的潜力，因为易卜生不知道如何发展她的潜力。即便 1978—1979 年中国再次出现易卜生热潮之时，众多讨论娜拉的文章仍然将这一论点作为它们反复强调的结论。

（三）娜拉和普通女性

自《玩偶之家》首次被译为中文并发表于《新青年》以来，该剧作

---

① 郭沫若：《"娜拉"的答案》，收录于《沫若文集》，北京，第 12 卷，1959 年，第 202—224 页。该文于 1942 年见刊——译者注。

② Spence, Jonathan D. *The Gate of Heavenly Peace: The Chinese and Their Revolution 1895—1980*. Harmondsworth, 1982, p. 294.

已经被重印和重译了无数次，是中国被翻译和演出最多的戏剧。[①] 不过，公演和学校演出所能涵盖的观众不如书本和杂志的读者广泛，因此，该剧主要还是作为出版物发挥着它的影响。即便是没有看过演出或读过剧本的人，也很可能从 20 世纪 20 年代至 30 年代的各种论争中认识娜拉。由于所有参与讨论的撰稿人都将《玩偶之家》置于中国说教式的批评传统之下，即便是有非凡才智的人也很难打破或脱离这一传统。因此，娜拉的影响总是停留在意识形态的框架和知识阶级的范围内。当然，妇女解放的观念也渗透到了农村，但在城镇中心之外，妇女解放几乎不可能再和"娜拉"的形象联系在一起。1936 年，茅盾所发起的一个项目就是最好的证明。他和其他几位作家同仁决定要编纂一本汇集了中国日常印记的书，这些印记是发生在某一天的文字记录，由编委会挑选出来。茅盾限定的一个条件是供稿者不能是业已成名的作家，而得是来自各行各业的人。

反响是强烈的：编委会收到了三千多封稿件，从中选取编辑成册的有 450 封。茅盾通过地域来划分投稿者。近来，有西方编辑将这本书的一部分译成了英文，但是按照稿件的主题来划分的，其中便包括"女性"这一主题。该标题下还细分为囿于家庭的女性、未受过教育的工作女性、受过教育的工作女性。从这些文章中可以看到，虽然被束缚于家庭的妇女普遍比较消沉，但那些未受过教育的工作女性似乎也并没有表现出想要打破困境、争取新生活的愿望。她们面对不知该如何逃离的社会制度，只能大声呐喊自己的愤怒，向命运低头，或选择自尽这种最为激烈的报复方式。但是，受过教育的女性则持有不同的态度。其中一位女性像娜拉那样，表示了自己要成为一个"真正的人"的想法，但其他一些必须离开家人、出来工作谋生的女性，则对自己的选择表示了怀疑；另一位女性在表达自己想要成为真正的人的愿望时，显得心猿意马，她似乎并

---

① 可参见 Eide（1983）。

不明白自己真正想要的是什么。那些必须离开家庭的妇女，通常都为自己要和孩子分离而感到痛苦，对丈夫则并没有表示出同样的懊丧。如果妇女必须在"贤妻"和"良母"这两个角色中选择一个，显然她们更难放弃的是后者，母亲的角色比妻子包含更多的自我牺牲。这些稿件所表达的情感，正如丁玲、凌叔华等女性作家所生动刻画的那样沮丧和盲目。在此，我们引用书中一位女教师的文字：

> 不过，仔细想起来，这四年当中，我是怎样做这个母亲，连自己也糊涂得说不出来。为了要躬自抚养她，我本应该伏居家庭，担负做母亲的任务；可是为了自己的独立，为了生活的鞭策，我又不得不每天踏向家庭以外的职业场所去。①

书中有篇文章记录了一个去影院看电影《新女性》的夜晚。影片中有一位为自己争取权利的女性角色，似乎借鉴了娜拉身上的某些特质。电影比戏剧的观众更为广泛，但它也多是城市人的娱乐。在抗日战争全面爆发时期（1937—1945），《玩偶之家》都还在上演，此时又恰逢现代戏剧走进了农村。但搬演话剧的人，主要还是城市里的知识阶层。而现代话剧通常也是在城镇的舞台上演出，而很少走上农村的街头，即便这样能吸引更多的人群。对于知识分子来说，"娜拉"照样意味着解放，正如1942年国际妇女节那天，"娜拉"的名字随着论战又再次出现。但这次论战基本上仍是由知识分子所引领的。如果关于"娜拉"的讨论在中国社会真的具有代表性，那么，也仅有城市的工作女性能代表"娜拉"往下层传播后的形象。

① [Zhongguo de yiri] *One day in China: May 21, 1936.* Trans. ed. and introd. by Sherman Cochran and Anare C.K. Hsieh… New Haven, 1983, p. 61.（Trans. from the Chinese Zhongguo de yiri, ed. by Mao Dun, Shanghai 1936.）

看来，获得独立与工作并不能解决中国妇女的所有问题。不过在当时，女性解放只是这个国家所面临的问题之一，内斗、腐败、资源匮乏等都让中国麻烦缠身。所谓高处不胜寒，那些偏离了传统生活方式的女性也很容易落得"局外人"的命运。

本章小结

胡适和鲁迅对易卜生的评价，并非都立足于美学的角度。易卜生一直被视为意识形态作家，其笔下的角色可以被定型为正派或反派。这些角色的复杂性被脸谱化为公式般的、理想化的刻板形象，从而为中国社会提供生成模型（generative models）。"娜拉"这个人物形象是复杂的，她来自挪威，结了婚，属于中产阶级，且婚姻出现了问题。娜拉作为美学上的代表角色，即便赋予她众多的积极元素，也无法承担作为中国女性解放之象征的任务。但是，被简化为一种具有意识形态作用的普世原型后，她就能变为生成模型，有助于对 1918 年以前的中国女性进行重估，并为现代的中国女性带来灵感。1918 年以前，像秋瑾这样的女性可能会被视作极不端正的女性，但当"娜拉"登上了中国思想的舞台后，秋瑾就变成了众多理想中的"娜拉变体"之一。而娜拉本身所具备的个性，都在这个过程中丧失殆尽了。娜拉必须超越剧中的人物形象，才能在中国获得新身份，即作为一种理念存在。甚至可以说，易卜生在中国变得颇为"多产"，因为他激励了人们为女性赋予各种特征。他的思想被传播到中国的同时，也产生了"娜拉"的各种嬗变。

如前所述，中国传统信奉"文以载道"的道理，以前的女性都按照"女四书"等典籍里的楷模来教养。而从某种程度上来说，胡适的《易卜生主义》也在 1918 年后的一段时间内，成为了新女性心目中的经典之作。在那些期盼解放的女性心中，胡适文章所塑造的娜拉，就是完美的典范。但到了 1924 年，鲁迅提出了他的讽刺性问题，即剧终后又发生了什么，这便带来了微妙的变化。显然，胡适的娜拉已经成为女性的象征，但鲁迅的演讲完全把娜拉从易卜生的剧本中抽离了出来，无异于一张扁平的剪纸画。鲁迅所提出的问题，后来受到评论家们的极大关注。相较之下，之后关于娜拉作为女性解放楷模的讨论中，胡适的介绍文章反而很少被提起，文本背景由此被反问所取代。

虽然，中国的评论家几乎一致认为易卜生是现实主义作家，但同时他们又让娜拉的形象充盈着浪漫派的个人主义，充盈着想要塑造自己命运的意志。或许，鲁迅对此有着最为清醒的认识，因为他警告中国女性不要立即跟随娜拉的脚步。出走的决定看起来很浪漫，可一旦出走，就要面对现实以及种种实际问题。但鲁迅对易卜生很不公平。他的娜拉两袖清风地出走，除了——他讽刺地说道——一条紫红色的围巾，即使宽到二尺或三尺，也完全是不保暖的，而这成了中国人所接受的事实。但实际上，易卜生让他的女主人公带上了小提包，里面装着过夜要用的必需品，还给她提供了过夜的住处（同林丹太太一起）以及下一步的计划（娜拉说她想要回到儿时的家乡，在那儿谋个工作。因为她有工作经验，所以找个工作也不会太难）。鲁迅和胡适（以及其他几位男性评论家）都提倡把教育当作妇女解放的重要途径。然而，在关于娜拉的讨论中，没有一位男性作者考虑到女性的双重角色：在外做工的同时也要照顾家庭。相较于他们所宣扬的高尚的娜拉形象，这些实际考虑似乎过于庸俗。"娜拉"越来越模式化，正如李欧梵所说：

> 外表是新娜拉蓝本中很重要的一部分：年轻的女学生在新文化的影响下——特别是胡适引进的《新青年》一派的易卜生主义——逃离了传统的家庭背景，迁移到城市。作为中学教师或大学生，怀着写作的热望，她们会主动大胆地拜访年轻的文人，并且与他们交朋友。1920 年代的文学，充斥着这样的故事：一位独立的娜拉如何与一个苍白忧郁的年轻人在咖啡店里相遇和调情。或者一群热爱自然的女学生如何在杭州西湖碰上一位英俊的正在画风景写生的艺术系学生。①

---

① Leo Ou-fan Lee, 1973, p. 34.

　　换言之，娜拉和她的出走在中国已经完全象征化了。"娜拉"成了传统女性思想的对立面。崇拜娜拉的人是在反抗正统儒家学说的女德思想。尽管她们大多知道自己在反叛什么，但她们并不清楚自己的目标是什么。反叛本身，或者"反叛"这个浪漫的姿态，就是娜拉对她们的意义所在：

　　　　三十不到的中国人很容易为了抽象的原则、家庭的纠纷、考试的失败、文化的不适应等而离家出走。在这世纪中，可能没有一本书比易卜生的《玩偶之家》所给予一般受过教育的中国人的影响更大。如同对其他从西方学回来的东西一样，中国人对这剧本中娜拉的美丽而苍凉的手势所得的印象，较之它所包含的思想，更有兴趣。[①]

　　"娜拉"就是这样一种来自西方的风潮，一些中国人不经批判地接受她，并没有思考其姿态下所蕴含的深义。她又代表了中国人想要从一个极端跳到另一个极端的想法，而不考虑逐步发展演变的必要性。原文本对娜拉的中国阐释几乎没有做出任何贡献，它甚至也没有被当作参考。中国评论家不断从他人对剧作的分析中提炼出一些口号，再加工阐释为适合评论家自身目的的话语。

　　中国对娜拉的"改头换面"，几乎可以和意大利传统的"即兴喜剧"（Commedia dell' arte）相比——或者和在20世纪初风靡于上海的文明戏相比。对于这两种戏剧而言，没有事先写好的剧本，但演员大概知道自己的动作情节。在幕表的框架下，演员需要即兴表演，无论用何种手法，也要博取观众的喜爱。剧情当然是演出的出发点，但没有人会思考剧情的立意，而为了配合时事，剧情本身也可以被改写。同样地，"娜

---

① Chang, Eileen. *On the Screen*. In: *The XXth Century*, Vol. 4, Oct., 1943, p. 278.

拉"也随时可能被改造成宣传者想要的模样，以配合他／她的目的。如果评论者想要给娜拉的离婚生活加一个幸福的结局，那他可以加速历史进程，给予女性比实际更多的自由，在此情况下，娜拉并不构成任何问题。而性情消极的评论家可能会对娜拉的未来感到更为悲观。就像即兴喜剧里的演员可以掌握自己的节奏，只要不脱离"娜拉"所承载的那些大杂烩似的口号，便可随意地即兴表演。

女性评论家辉群就是一个很好的例子。在一本关于女性本质和女性文学的著作《女性与文学》中，她断言"娜拉"是现代文学中必不可少的人物。她写道："我们虽不敢说，易卜生是提倡问题，来写这个剧本，但是，这剧本，其实为妇女觉醒运动的烽火。"① 然后，她重述了关于女性所受到的压迫，女性该自定何种目标等老生常谈的观点。她在书中把易卜生定义为"新运动的先锋"，以便通过艺术来定位并阐释其论述的问题。

对于没有特别意图的评论者，娜拉只是一位敢于冲破一切传统藩篱的人，想要知道她对自己到底应负什么样的责任。她希望建立自己的人格，成为一个人——一个和她丈夫平等的人。关上了门，她就永远离开了那些束缚其于家庭、限制其社会角色的桎梏。她离开了那个"未嫁从父、既嫁从夫、夫死从子却不从自己"的封建社会。她挣脱了裹脚、纳妾、包办婚姻、"失节事大"的奴役，只为找到自己和自己的身份。在中国，她被视为头顶着浪漫的甚至超自然的光环的女性，这并不足为奇。一位如此不屈不挠的人，一定会在这个世界上立足。即使失败了，那是因为她的决裂过于彻底。如果说，《玩偶之家》在中国的接受并未增进中国对易卜生艺术的了解，那它至少有助于中国积极地将"易卜生的宗旨"（Ibsen's message）融入中国社会。

---

① 辉群：《女性与文学》，上海，1934年，第24页。

第三章

文学与批评

一、以"娜拉主义"的形式出现在文学中的易卜生主义

在五四时期进入中国的文艺理论中，现实主义是最受欢迎的。文学评论家觉得现实主义表现了"真实的经验"，因而能引起读者的共鸣。文学的主题应该包含对生活丑恶面的描写，强调自然环境，并展现人物的个性变化与心理发展，这样才能迫使读者去反思自己所处的这个世界。通过让读者去思考当下社会的弊病，现实主义作家会把自己的作品变成社会批评。在谈到自然主义的时候，一位文学评论家称："传达理想和感情的利器，社会改造底发动者除了自然主义底文学还有什么呢？"①

这种观念所带来的结果是，中国的创造性写作艺术变成了纯粹的说教文学。一些细节上的现实主义艺术手法，如背景和对话要与主题紧密相关等，就很少受到注意；而文坛所关心的宏观问题，是凌驾一切的重点。现实主义作为一种文学风格，风行于小说与戏剧。而在一定程度上，促进白话文的普及与推行现实主义联系了起来。

欧洲的浪漫主义也吸引了一些中国的反传统人士，因为它涉及对大自然的耕作、个人英雄主义的书写以及狂风暴雨般的情感表达。这和中国道家、佛教等背离正统的思想价值观有遥相呼应之处。易卜生作品中的浪漫元素引起了五四时期"浪漫派"作家，如郭沫若、田汉等人的热烈反响。他们将《海上夫人》诠释为浪漫戏剧，有着通过艾梨达对海的向往和空虚之感来表现大自然的神秘奥义。②郭沫若和田汉曾一度主张文学具有内在价值，而这和教化的价值同样重要。文学有其

---

① 李长之：《自然主义的中国文学论》，收录于《新文艺评论》，1922年，第27-38页。转引自 Bonnie S. McDougall, *The Introduction of Western Literary Theories into Modern China 1919—1925.* Tokyo, 1971, p. 164.

② 对易卜生浪漫主义一面的讨论，参见 Constantine Tung, *T'ien and the Romantic Ibsen.* In: *Modern Drama*, Vol. 9, No. 4, 1967, pp. 389-395.

内在意义，或许它无法教给读者什么，但通过它的美，读者能感受到幸福。

不过，多数中国批评家会同意周作人的看法："……著者应当用艺术的方法，表现他对于人生的情思，使读者能得艺术的享乐与人生的解释。"① 周作人熟稔西方文化，是五四评论家中行文相当清晰有力的一位。1920 年前后，他十分认同易卜生所阐释的个人主义，同时也钦佩易卜生对待生活的人道主义方式。但很快他便对个人在社会中所能发挥的能力失去信心。按照道家的隐逸理想，他退出了政治论战，专心致志地耕耘"自己的园地"。不过，他的退出主要是受到了本土文化的影响，而非出于对欧洲浪漫个人主义理念的追求。

胡适仍然坚持"现实主义文学能够改造社会"的主张。他认为易卜生是一位现实主义作家，因为他总是不自觉地刻画这个世界中的一切肮脏丑恶。他对肮脏龌龊的刻画让人们意识到社会的丑恶，继而使得根除这些消极内容成为可能。但是，在易卜生被接受的过程中，他在现实主义艺术里的一些精微之处，例如日常小事之间的联系、人物内心的冲突等，却被忽视了。相反，中国所关注的是如何将他笔下的角色改造成可用于宣传说教的象征符号或榜样。由于中国话剧的创作受到了易卜生的极大影响，因此这在话剧上体现得最为明显，同时也体现在小说里面对"中国娜拉"的刻画。

《玩偶之家》开场的情境便明确指出这部戏发生在一个普通的中产阶级家庭里：圣诞节即将来临，正在嬉戏的孩子，被吃掉的甜点，稀薄的阳光照进窗户等。第二幕来到了傍晚，娜拉跳着舞，心里想着这可能是她跳的最后一支舞。第三幕则发生在午夜。漆黑冰凉的夜晚就如同海水，快要把娜拉淹没。整场戏剧的氛围随着娜拉对"婚姻"理解的改

---

① 转引自 Leo Ou-fan Lee, *The Romantic Generation of Modern Chinese Writers*. Cambridge, Mass, 1973, p.20。李欧梵则引用了李何林编著的《近二十年中国文艺思潮论》，上海，第 89 页。

变而变化，最后以一片漆黑结束。通过光与暗，或者夏与冬的对比，来暗示氛围或情绪的变化，这也常见于中国的文学创作中。然而，当我们去追溯易卜生对中国的影响时，会发现他现实主义里那种内外共生的特征，并不如他笔下人物所代表的思想那样吸引人和影响人。胡适的"易卜生主义"是中国现代文学原型构建的重要一环，同时它也可以被称作是对旧社会礼教的反抗，以及对自由的求索。剧中坚强的女主人公也为写实的背景增添了一分浪漫主义的情怀。无论是在文学还是在政治论争中，她都作为问题的形式出现，供人探讨婚姻选择的权利、职业与婚姻的对立等，而这些问题都预设了个人的意志是和社会习俗相对立的。

这种热爱自由、叛逆的文学榜样必然和当时的历史事件密不可分。易卜生受到关注是因为他所描绘的是中国人迫在眉睫要解决的问题，并且他笔下的文学典范能被用来表达一种历史与文学与世界统一的感觉。然而，中国的娜拉最后变成了半个中国人，另一半则保留了原样。除了中国化以外，娜拉原本的形象也随着人们赋予她的象征意义而慢慢缩小。易卜生所创造的娜拉逐渐模糊、消融，一个中国式的拼贴形象高大起来。一方面，像胡适这样的社会批评家把"娜拉"困于他们所设定的环境里，另一方面，鲁迅、茅盾等作家和评论家又进一步对这位"娜拉"层层设限。胡适将"娜拉"放置在一个社会环境里，鲁迅要求她必须首先获得经济来源才能独立，而茅盾则将易卜生阐释成不切实际的资产阶级作家，其视野有限，因而无法描写出真正自由的女性。多数中国人都是通过别人的诠释接触到"娜拉"的。几乎没有人能够阅读瑞典语的原作。有些是通过其他西方语言的译本读到的易卜生，有些读到的是从其他西语的译本转译为中文的剧本，还有一些则是通过舞台演出来了解的。而更多的人很有可能是透过本土文学评论家的视角，认识了娜拉的形象和名字，但自己则从未读过剧本。

要详细考察易卜生及娜拉对中国创造性写作所产生的影响，会有些困难，因为五四时期有太多外来思潮汇集在一起，喷薄而出。在某种程度上，可以通过挑选出那些专门提到易卜生或娜拉的文艺作品，来完成这一任务。其他一些著作可能涉及相关元素，尤其是在描述女性解放的时候，如果它们的故事里有很多"娜拉"的痕迹，那么说作者受到了易卜生的影响也是合理的。此外就是那些以反抗社会礼教或争取个人自由为主题的艺术作品，这被中国批评家定义为易卜生主义的主题，因为它源于中国对易卜生的传播。由于在此期间，中国知识分子之间的互相影响十分普遍，这是一个站得住脚的假说。就此而言，还不能忘了一件事：中国的传播者不仅从易卜生的戏剧，而且是从西方批评家那里，获得了知识。

若我们以《玩偶之家》为例，很可能会发现易卜生对娜拉童年的描述，和中国文学作品里的一些人物很相像。中国女性像娜拉那样被父母约束和指导，甚至有过之而无不及，中国文学中的娜拉形象频繁地反映了这一现象。娜拉曾说过，她只不过是在重复牧师告诉她的话，这在中国被当作迷信阻碍个人自由的典型例子。易卜生的娜拉和中国的娜拉们都被刻画成受到家长威权的控制、丈夫的摆布和社会习俗的牵制的受害者，没有选择的自由。而社会习俗的集中体现就是父母包办婚姻，这祸害了所有年轻人。娜拉象征着对理想的追求，她作为一个人，对职业选择、对婚姻和教育自由的追寻，其实就是对身份的追寻。这些要素也出现在中国版的娜拉身上。由于易卜生从未暗示过娜拉的最终命运到底如何，因此这成为众多诠释出现分歧、政治观点得以悉数登场的地方。探求新的民族身份和新的个人身份，或许是五四运动后的几年中，最为迫切的命题。顾彬（Wolfgang Kubin）对此描述得极为贴切，他认为在中国，"自我只有不到 20 年的时间可以去寻找新的自己"。[①] 传统儒家的道德规范和社会秩序必须被取代。不幸的是，中国人民必须在很短的时间内找到两者的替代品。一旦共同的基础被移除，共识也就不复存在，而新的文学模式也常常恢复到原来的老生常谈，这或许也是因为中国人常常不经批判地就"拿来"外国的模式。

《玩偶之家》里有一些要素是中国人很少注意到的，如娜拉的陪衬者林丹太太。显然，她会被贬斥为逆来顺受的女儿和姐姐，但她暗示了娜拉或许也能成功地自谋生计。林丹太太从事簿记的职业已经多年，诚然，这不是一份激动人心的事业，但至少让她可以自食其力，无须再次出卖自己。另一个被忽略的细节是，易卜生并没有让娜拉在压力下结婚。或许，作为当之无愧的孝女，她接受了父亲给她挑选的丈夫，但易卜生从未提到她对婚姻的后悔。而这场婚姻失败的原因是海尔茂在关键时刻所表现出来的致命缺陷。娜拉心目中的婚姻是无比坚韧的，它能够蔑视社会地位、惯例、荣誉甚至生命本身。而从这些内容里，中国人只提炼出了对自由恋爱的要求，或者自主选择伴侣的权利，其中隐含着一层假定：如果有自由嫁娶的权利，就能保证婚姻幸福完美。娜拉眼中美好、高洁的爱情，在中国人看来仅仅是对某些传统镣铐的挣脱。他们一边说着要从桎梏中解放，一边又强调解放的人需要新契约的约束，例如新的社会秩序下的社会义务。他们所谓的新的社会秩序，和易卜生的思想几乎毫无关联。易卜生在谈到《玩偶之家》的创作时曾说：

> 世界上有两种道德法则、两种良知，一种是男子的，另一种截然不同的，则是女子的。他们不能理解对方；但在实际的生活中，

---

① Kubin, Wolfgang. *The Staging of the Interior: Ding Ling's Short Story A Man and a Woman.* In: *Women and Literature in China*, ed. by Anna Gerstlacher *et al.* Bochum, 1985, p. 275.

女子却是由男性法则来评判，仿佛她不是女子而是男子。[1]

易卜生的娜拉有自发感到愉悦的能力，怀揣着自己"美好"（wonderful）的梦想。但她性格中的这些丰富层次对中国读者毫无吸引力，尽管她作为生成模型可能受益于她在剧中所留下的迷人个性。娜拉缺乏的是一种社会意识，这种意识和伦理、法律规则以及社会责任相关。中国人所设想的新社会并不完全建立在女权道德之上，而是男女普遍接受的新道德与自由。娜拉对自己"美好"婚姻的暧昧想象，渐渐被重塑为政治构想。而许多人的政治构想和娜拉对婚姻的想象一样暧昧不明，但两者在社会层面上，都令人向往不已。中国的分歧在于，有的人认为政党应该为人民创造愿景，而有的人像易卜生那样，认为即便是政治愿景也应将选择自由和个人自由囊括在内。一些意在巩固娜拉理念的文章，大多强调胡适的一个主要观点，即娜拉摧毁了旧式的女性形象，同时打开了通往新未来的大门。换言之，娜拉既代表了旧秩序的崩坏，又代表了光明、崭新的未来愿景。

（一）早期的"中国娜拉"

中国最早表现易卜生主义的文学创作，是胡适的《终身大事》。[2]1919年，他在《新青年》发表了这出独幕剧。[3]剧本描写一位进步女青年想要嫁给自己喜欢和选择的对象。她的父亲显然是新式做派，但母亲却仍然因为算命先生说女儿和对象的"八字不合"而反对这门亲事，父亲也反

---

[1]　Meyer, 1974, p. 466.

[2]　关于娜拉对中国文学的影响，笔者在此前两篇文章中已经有所讨论，参见 Eide, *Ibsen's Nora and Chinese Interpretations of Female Emancipation*. In: *Modern Chinese Literature and its Social Context*, ed. Göran Malmqvist. Stockhom, 1977, pp. 140–151; Eide, *Optimistic and Disillusioned Noras on the Chinese Literary Scene 1919—1940* . In: *Women and Literature in China*, ed. Anna Gerstlacher et al. Bochum, 1985, pp. 193–222.

[3]　胡适：《终身大事》，载《新青年》第 6 卷第 3 期，1919 年 3 月，第 311–319 页。

对这门亲事，因为祠规规定同姓不能结婚。虽然他们的姓氏现在不同，但在两千多年前却是一家。女青年意识到，自己若不维护自己的意志、奋起抵抗，就必须屈服于旧的迷信风俗。她决定要对自己的命运负责。于是她决意要与过去分道扬镳，关了门，同她的爱人一起离开，走向了独立的生活。该剧十分简短，与其说是一出戏剧，不如说是一个模仿之作。胡适嘲讽了已经在《易卜生主义》中大力批判过的旧式迷信风俗。他也展现了一位表面上摩登又开明的知识分子父亲，其实也会和他不那么开明的妻子一样，受到传统迷信和偏见的束缚，尽管他声称自己不迷信，却又很在乎其他人的意见和看法。胡适的理想是现代人要敢于违抗民意，而在剧中则是一位女子冲破了旧社会的束缚并坚持了自己的主张。尽管娜拉出走后要独自面对不确定的未来，胡适的女主人公则是和自己心仪的未婚夫一起出走，但《终身大事》中的"解放"主题显然还是来源于《玩偶之家》。

作家郭沫若则对"浪漫的易卜生"产生了兴趣，并在 1923 年发表了《卓文君》一剧，描绘了他心目中的解放女性。这出戏发生在公元前 140 年的汉武帝时期，讲述了司马相如与卓文君之间的浪漫故事，营造了有木莲花、琴声、月光和诗歌的浪漫氛围，表现了新与旧、腐朽与纯洁的对抗。女主人公卓文君才 24 岁就成了寡妇，亡夫是一位目不识丁的富家子弟。她的公公是一位淫荡好色的儒家卫道士，想要占有自己的孀媳；她的父亲则爱财如命，但两位年长的男性表面上都捍卫着儒家伦理。卓文君则好赋诗抚琴，虽然她举止规矩孝顺，但已经感到人生无望。当她向侍婢抱怨父母替自己做主包办了婚姻时，侍婢回应道："自己的命运为什么自己不去开拓，要使为父母的，都成为蹂躏儿女的恶人？"① 文君常常听到琴声，并对这悠扬的音乐着迷。当她发现为她弹琴的年轻男子也写诗时，便立即坠入了爱河。男子不名一文，因此也没有希望迎娶

---

① 此处及以下的英文翻译均引自《卓文君》英译本（Guo Moruo, 1974）。

文君。她的卫道士父亲坚持主张女儿应终身守寡，只有一位非常富有的求婚者使他有所动摇——如果文君能嫁给有钱人，他就将放弃自己严格的儒家规矩。文君和司马相如决定一起私奔，却被人发现。紧接着就是一场风暴的来临，文君的对白呼应了娜拉最后对海尔茂说的话：

> 卓文君：我以前是以女儿和媳妇的资格对待你们，我现在是以人的资格来对待你们了。……
>
> 卓文君：我不相信男子可以重婚，女子便不能再嫁！我的行为我自己问心无愧。……
>
> 卓文君：便是我自己做人的责任！盲从你们老人，绝不是什么孝道！

这和娜拉关于"做人"的对白极其相似。虽然所用词汇相似，但一些具体的问题，诸如贞操、孝道和代沟——和娜拉形象相关的中国问题——则被郭沫若加进了"追求个人自由"的主题中。剧本最后的结局是开放式的，这也和《玩偶之家》一样。这个时期的郭沫若想要展现强大有力、果断坚决、意欲解放自己的女性。卓文君受到侍婢的鼓励，走上了解放的道路。当她每次流露出要屈从孝道的意愿时，侍婢就会鼓动她反抗。怒火中烧的卓文君竟然向父亲喊道：

> 我自认为我的行为是为天下后世提倡风教的。你们男子们制下的旧礼制，你们老人们维持着的旧礼制，是范围我们觉悟了的青年不得，范围我们觉悟了的女子不得！

最后，她和侍婢都愿拿起刀剑为自由战斗。魄力十足的侍婢先刺死了背信弃义的情人，随后自刎，留下文君独自应对残局。至此，一场闹剧又复归情节剧。文君心仪的爱人终止弹琴，一袭白袍徐徐走来。随后幕落，留给读者／观众一个开放的答案。大概男女主人公都已经做好了准备，为自己的人生负责，又或许刀光剑影会被音乐、诗歌所取代。在胡适和郭沫若的剧中，都是女性为了自由而战，并且两者对于赢得自由后会发生什么，都没有给出任何暗示。在胡适和郭沫若所创造的女主人公出现后，娜拉变成了反叛女性的原型。他们凸显了女主人公对传统家庭的抵抗，把娜拉转变成了其他女性所依赖的解放力量。

　　早期易卜生对女性作家的影响，可以从冰心创作的首部短篇小说窥见。这一影响更加隐晦，但故事的主题是关于有责任的自由，意味着在她创作时，胡适的易卜生主义很可能就潜伏于其脑海深处。1919 年，还是学生的冰心发表了作品《两个家庭》。[①] 她属于女性知识分子精英，之后又远赴美国深造。在国内时，她常与胡适及其身边人交往，并在自由主义刊物上发表了短篇小说。她的艺术是内省而静谧的，郭沫若的那种大动作的情节剧并不是她的风格。作为女性，她的作品体现了男女知识分子对"解放"的不同理解。

　　《两个家庭》对比了两位留学归来的中国男性知识分子的命运。他们精力满满地回国，憧憬着一展宏图，但一个人实现了人生抱负，另一个人却梦想幻灭。后者娶了一位没有读过书的官宦小姐。她生存于真空中，其所谓的摩登，不过是摆脱婆婆或其他家人的约束。她滥用自己的自由，疏于照管丈夫孩子，却喜欢去应酬开心、打打麻将。她的丈夫染上酗酒的恶习，健康和经济都每况愈下，终于病死。另一位留学生娶了受过良好教育的妻子，可以帮助他做翻译工作。夫妻俩为孩子都投入了不少时间。他们生活的环境，如住所和小花园，都散发着宜人的气息，和那位不幸的男子形成鲜明的对比。故事是通过一位年轻女学生的视角来讲述的，她不禁注意到两个家庭在环境上的不同。那位幸运的男子在

---

① 冰心：《两个家庭》，收录于《冰心小说选》，中国香港，1969 年，第 1–10 页。

参加了朋友的葬礼后，顺便拜访了叙述者的家，谈到逝者的命运。他们认为在某种程度上，不幸男子的期望过于远大，不幸福的婚姻也加速了他的堕落。他的遗孀应该已经回到了富裕的娘家，尚不至于如此落魄。然而，这位幸运的男子却说："靠弟兄总不如靠自己！"这位遗孀的问题在于没念过书，不知道如何处理无限制的自由。而幸运男子的妻子进过学堂，因而，她有能力利用学到的知识，不仅自己受益，也有利于她的孩子、丈夫，甚至是社会。冰心没有对社会下牵强的结论，她更重视个人的内在发展，但这个故事的主题明显是关于自由与责任的。

（二）中间阶段：失意的自由

虽然易卜生对以上三部作品的影响非常明显，但它们都没有明确提到易卜生的名字。1925 年，鲁迅写了一个沉痛而毫无讽刺的故事《伤逝》。[1] 这次，他回答了他自己在 1923 年提出的反问——娜拉离家出走后将会怎样。故事直接提及易卜生和娜拉，而且娜拉的命运构成了故事的潜在母题。一位年轻男子向女友劝说独立是最高利益，"破屋里便渐渐充满了我（即男子，注）的语声，谈家庭专制，谈打破旧习惯，谈男女平等，谈伊孛生，谈泰戈尔，谈雪莱"。[2] 女子也确信应该解放自己，和男子同居，但她并没有做好心理准备去面对社会强加于她的限制。结果，他们很难找到住所，女子被家人抛弃，男子也丢了工作。颠覆传统的行为必然需要坚韧的性格作为基础。之前，年轻女子对爱人告诉她的那些新思想都兴味索然，而现在她不再读现代小说，慢慢变成了一位管家婆，整天忙于养鸡和做饭。日常生活的琐碎让男子投入了图书馆的怀抱，以此逃避家里压抑的氛围。没了工作，他陷入了经济困境，观念也逐渐改变。从前的他对专制的旧习俗感到愤怒，一心想要独立；而现在，

---

① Lu Xun. *Regret for the past*. In: *Lu Xun. Selected Stories*, trans. by Gladys Yang and Yang Hsien-yi. Peking.1972, pp. 197–215.

② *Ibid.*, p. 198.

他渐渐感到没有正常的工作，没有钱买最基本的生活用品，也同样令他愤懑。他觉得，对女子的责任束缚了他，爱情变成了累赘：

> 回忆从前，这才觉得大半年来，只为了爱，——盲目的爱，——而将别的人生的要义全盘疏忽了。第一，便是生活。人必生活着，爱才有所附丽。①

如果这是 20 世纪 20 年代中国男青年的实在情况，可想而知有多少选择去违抗社会礼教的女青年更是如此。女主人公感到自己被周围的环境所驱逐：

> 她所磨练的思想和豁达无畏的言论，到底也还是一个空虚，而对于这空虚却并未自觉。她早已什么书也不看，已不知道人的生活的第一着是求生，向着这求生的道路，是必须携手同行，或奋身孤往的了……②

最终女子还是回了家，不久后便离世。故事的叙述者则是这位回忆过去的年轻男子。对于女子，解放的试验是惨痛的；对于男子，也是不尽如人意的。无论男女都受到道德习俗和社会要求的禁锢，但双方都还未做好独立的准备，也没做好在违抗习俗后被社会排斥的准备。当然，对于这位男子来说，结果并没有那样惨烈。但故事清楚地表明，倘若没有足够的知识和能提供经济来源的职业，那么所谓的独立，无论对于男性还是女性而言，都是毫无价值的。女子死了，男子必须活着，可他的理想都已化为灰烬，良心上也背负着一条人命。

---

① *Ibid.*, p. 207.

② *Ibid.*, p. 209.

　　易卜生在这里的影响是明确的，他不仅直接被提及，整个故事的立意也和他相关。鲁迅续写了易卜生的娜拉。他把男女主人公都置于中国社会，提供了一个写实的背景，并展现了实践不切实际的西方理论会给两位普通中国人带来什么样的后果。男主人公是怯懦的，女主人公则被爱情所迷惑，实际她在理智上根本没有做好独立的准备。这很可能就是1925年大部分中国青年知识分子的真实写照。

　　几乎在同一时期，易卜生对叶圣陶的短篇小说也产生了间接的影响。《春光不是她的了》提供了另一位男性作家的视角，从中可以一窥他们是如何看待自由与解放所带来的后果。[①] 女主角瑞芝在还是 16 岁的少女时，便嫁给了进之。瑞芝一直相信出嫁是女人的命运，犹如服兵役是男人的义务，因此她并没有反抗自己的包办婚姻。进之也觉得有妻子侍候着颇不差。他专心于自己的学业，她便精心照顾他的起居。结婚六年后，进之到在外地读书，只有放假才回家。瑞芝不时地从别人那里听说了一些渺茫的事情，例如男女可以做朋友、谈恋爱，个人有自由的权利（于她而言是毫无意义的概念），结了婚可以离婚。她很惊讶为什么这么多人都在谈论现代婚姻，在她看来，这样的结婚太容易，离婚也太容易。她的丈夫则试图解释，通过恋爱结婚是很难的。瑞芝还很奇怪，人们怎么会这样轻易就忽略离婚所带来的问题。一个离了婚的女人该怎么办？她觉得离婚是没有道理的，但她的丈夫争辩道，让不相爱的人结婚才没有道理。离了婚的男人女人都有机会去重建他们的人生。瑞芝陷入了沉默，但她并不觉得离婚女人的生活会如此容易。

　　四年的学业完成后，进之带着学位回家，也带回了一份婚姻的提议。他告诉瑞芝，因为他们的婚姻是父母安排的，没有恋爱的根基，所以也就无法维持下去。但他们毕竟结婚了十年，进之把她当作朋友，愿意以朋友的方式帮她学会用脑筋去思考：

---

　　① 叶圣陶：《春光不是她的了》，收录于《线下》，上海，1930 年，第 147–178 页。

现在我请你去念书，叫你学得一些自立的知识技艺。你要知道自立是最可贵的事情，自己料理自己的生活，比什么都快乐呢。[①]

瑞芝脑中一片空白，一点儿都不想要理解丈夫所兜售的"自立"是什么意思。自立、自由恋爱、离婚，这些词没一个动听。但她也只得接受丈夫的摆布，因为后者告诉她她没有其他路可选，并且她的叔父也发出了同样的论调。不久后，她就成了学堂里的一名学生。此时已是深秋，落叶飘零，瑞芝身心俱冷。她独自一人坐在教室里，感到自己被周围的环境所排斥。但她确然发现学校的女教师每天忙于工作和照料家庭，显得十分快活。她以前常觉得要请别人代念进之的信是件很羞愧的事。或许自立的确不那么坏，或许自己做妻子的那些年是白费了。思考着关于"自立"的意义，她又有了另外的疑问：她一面过着崭新而独立的生活，一面却接受着前夫的接济，她在学校念书是因为别人想她去念，这如何能自圆其说？依靠他们的资助，自己就像是个奴仆。在和一位教师讨论过后，她决定拒绝接受进之送来的钱。虽然她并没有人生的目标，但至少她感到自己有所自立。

故事再跳到六年后。瑞芝已经毕业且有了自己的职业。她每天早上按时出门上班，下午也按时下班回到她简陋的寓所。念书时所认识的朋友大多已经将她遗忘。第一次领薪水时，她十分振奋，感到自己已经独立，可以自己买衣服，做自己的主人。但这份新鲜感慢慢也就消散了。和有意思的读书时光相比，现在的生活是乏味的。工作重复单调，自己也没什么可期待的。一位好友邀请她参加自己的婚礼。瑞芝明白，好友结婚会让她更感孤独，所以她毫无参加婚礼的心情。但朋友的诚挚邀约让她不得不前往。婚礼春光明媚，大家说了很多关于浪漫和恋爱的话。

---

① 同上，第156页。

然而，婚礼越快乐，瑞芝就越感到自己是个局外人。她默默地回了家，也没有引起任何人的注意。她在镜中看到了自己的脸，在过去的日子里，她的命运也像自己的脸一样，发生了改变。她想到，从此以后，自己唯一的陪伴就是这镜中的自己了。虽然此刻春光如海，但这春光显然已经不是她的了。

这个故事描写了一批单纯的中国女性的命运。人们大谈自立，并把自立强加给她们，即便她们并不想要，同时也不知道"自立之后"能够如何。娜拉带来了人们对解放的呼吁，但这对于一些人而言是挑战，另一些人而言则是威胁。故事中的女主角通过教育被赋予了自立，但自立从来都不是她自己的内心渴望。叶圣陶笔下的娜拉主题，探讨了那些"被强迫出走的女性"会有什么样的命运并对此进行了写实的描画。鲁迅和叶圣陶的女主角比那些早年的"中国娜拉"更为生动立体，他们笔下的女主角无法为后来的女性书写充当生成模型。因为一旦"娜拉"有了美学的维度，就不再适合作为"解放"的原型。

发表于1928年的《莎菲女士的日记》，展现了女作家丁玲对女性解放问题的理解。前面提到，丁玲的人生及其创作都可以被那些想要解放并独立生活的女性当作榜样。同时，她的人生及创作为"解放娜拉会怎样"这一问题，同时提供了"乐观"与"幻灭"两种答案。在二十多岁时，她通常刻画那些争取独立和自由的女主人公，这以她们渴望自己挑选爱人为标志。也就是说，她们追求自由以把控自己的情感。在某种意义上，她们已经获得了独立，但她们不知道在独立后，该如何处置她们试图培养的自我。她们想要通过与男性自由交往，来实现自我。而这样的交往，总是由她们自己做主。

女主人公莎菲是一名学生，尽管她已经在社会限度内取得了一定程度的自由，但她渴求在朋友和恋爱关系中的自我肯定——独立还不足够，她还需要去爱一个人并作为"人"被接纳。她爱上了一个男人，虽然他的生活方式令她厌恶，但外表却令她心动。莎菲想让他献出爱情，却又表现得很被动。她从"能够掌控他人"到"或让自己远离他人"再到"突然变得连自己都控制不了"。不过，她充分了解自己的内心感情，明白自己所渴望的爱情是不会满足她的："幸福不是在有爱人，是在两人都无更大的欲望，商商量量平平和和地过日子。"① 当莎菲所心仪的男人表现出了对她的爱慕，她一下子就从自己的情感渴求中解脱了出来，并能轻松地拒绝他。她决定离开现在的住所，搬到另一个地方去。他对她的爱仅仅是生理上的求爱，而她想要作为"人"那样被爱，希望他能爱她所有的错误。通过拒绝生理的求爱而选择独立的人生，她解决了情感与理智的冲突。这样，她至少可以拥有人格的完整无暇。

丁玲早期笔下的女性大多有着较强烈的内心冲突，她们努力发展作为内在主体的自我（self），而并非只是呈现给外界的自我（ego）②。可以说，她们寻找着"美好"，却不甚明了"美好"意味着什么。娜拉那"美好"的梦已经破灭，所以她必须冲破牢笼，找到自己是否为人以及对自己的责任为何的答案。而丁玲笔下的女性已经摆脱了礼教的束缚，但还未摆脱自我的束缚。为了能在人际关系的基础之上正常生活，她们必须找到自己的身份。她们出走时，挣脱了社会礼教，获得了自由和独立。然而，除非能找到自己的身份，否则这于她们而言毫无意义。莎菲几乎是《海上夫人》中艾梨达的翻版，这并不是说两者都希望承担责任，而是两者都渴望能从她们不可理解的欲望中解脱。艾梨达极其渴求自己曾经爱过的那个男人，这个男人却是她既厌恶又渴望的未知数。当艾梨达拥有了沉溺于此的可能性后，这种无法控制的欲望就失去了它的力量。莎菲的欲求则更多地体现在性欲方面，但她也在知道自己的欲

① 丁玲（1979）：《莎菲女士的日记》，收录于《丁玲选集》，中国香港，1979 年，第 13 页（首次发表于《小说月报》1928 年 2 月，第 202—224 页）。

② 也有将 self 和 ego 分别译为"内我"和"外我"。

望能够得到满足后，便从欲望中解脱了出来。丁玲所创造的莎菲，在与道德规范决裂的这条路上走得太远。她没有成为像娜拉那样的生成模型，或许就是因为相较于社会奉献，她同"避世的自我"联系得更为紧密。

（三）最后阶段：自由与疑惑

1930 年，茅盾发表了小说《虹》。[①]该小说讲述女青年梅行素自1919 年五四运动兴起以来，至 1925 年五卅运动发生这一时期，所经历的一系列转变。同时，它为易卜生主义在左翼知识分子中的兴衰史也提供了一种文本阐释。1919 年前后对易卜生的强烈关注，尤其是对妇女解放的关注，到 1921 年后，便逐渐在社会主义或共产主义信奉者中褪去了光环。

女主人公梅女士最开始以"从容自知、一往无前"的面貌登场。她不止一次地将过去的大门一把关上。此刻，她正要出发前往上海。她是解放的、自由的女性，是自己命运的主人。自从五四以来，她就不曾回头，活在当下给予了她源源不断的新思想。接着，作者将读者带回到了1919 年，那时候梅女士还是女中学生，和娜拉一样，她的衣食住行都由父亲提供。不仅如此，父亲还安排她同表兄结婚，而她已经心有所属。她渐渐对于五四期间所讨论的问题有了政治觉醒，知道了《新青年》，了解到托尔斯泰曾写过关于女性的文学作品。在一个"三句话里总有两个'易卜生'"[②]的同学口中，她认识了易卜生。她对托尔斯泰和易卜生的认识还很模糊，但她觉得既然他们都是"新的"，毋庸置疑也代表了他们是"好的"。考虑到自己的父亲，她本已准备接受包办婚姻，但她的一个同学却用《玩偶之家》为例表示了对此的不赞成。在梅女士看来，

---

① 茅盾：《虹》，收录于《茅盾文集》（第二卷），北京，1958 年。
② 同上，第 30 页。

林丹太太比娜拉更值得钦佩。在新剧团的讨论中，她竭尽全力维护林丹太太的立场，因此被选中在学校演出中扮演林丹太太。梅女士把林丹太太视作自己处世的楷模，因为她是人生不受恋爱所支配的女性，而且林丹太太会为了他人而勇敢地牺牲自己的利益。相反，娜拉却完全摆脱不了自己的女性特征：

> 借这机会，梅女士对于《娜拉》一剧有了深彻的研究。她本来是崇拜娜拉的，但现在却觉得娜拉也很平常；发现了丈夫只将她当作"玩物"因而决心要舍去，这也算得是神奇么？……她全心灵地意识到自己是"女性"，虽然为了救人，还是不能将"性"作为交换条件。反之，林敦夫人却截然不同；她两次为了别人将"性"作为交换条件，毫不感到困难，她是忘记了自己是"女性"的女人！

林丹太太或许是理想的楷模，但梅女士自己却无法做到升华自我或牺牲自己。在和父亲所安排的对象结婚后不久，她便选择了离开。她曾想尽各种办法改造自己的丈夫，最后却都化为泡影。表面上看，她的离开是因为和娜拉一样，对理想的爱情有着憧憬，然而不幸的是，她所心仪的男人也不过只是一个无能的懦夫。于是，她关上了家中大门，开启追求事业的旅程。利己主义成为她的代言词，对于自己利用美貌引诱男人的做法，她心中也毫无愧疚。她显然已经忘却了之前对于娜拉的鄙夷不屑，对林丹太太自我牺牲精神的崇拜也早已烟消云散。在四川尝试了不同工作后，她再次启程来到上海。在这里，她长期以来形成的利己主义的自信瞬间消失。她变得犹豫不决，并渐渐意识到仅实现自身的独立还远远不够。最后，作者将她留在了上海罢工抗议的狼藉与血泊之中，让她理解到了人生还有更为重要的东西，如更高的目标和政治觉悟。

　　这是第一部全面刻画中国现代女性心理发展与转变的小说。它阐释了易卜生在民国初期的巨大影响，也暗含了左翼作家对其局限性所感到的不满。茅盾在 20 世纪 20 年代至 40 年代间所写的文章有不少都探讨了"娜拉"这一人物形象，它们清楚地展现了这种不满。在茅盾眼中，没有束缚同时也没有目标的娜拉是纯粹的利己主义者。娜拉可以释放争取自由的力量，但对于不只需要发展自由的人而言，娜拉并非楷模。倘若《虹》可被视作易卜生影响的文学证据，那么它或许也表明了在 1921—1922 年，人们对娜拉已经不再那么感兴趣。实际上，茅盾自己又在 1935 年和 1942 年重拾"娜拉"这一话题。在该小说中，娜拉于五四时期的影响力是显而易见的，而在小说的整个时间跨度中，娜拉精神其实也时隐时现。在小说开端，对自由的渴望还是一个积极进步的概念，是走向政治觉悟的必经之途。后来，这个概念被驳倒，因为作者认为如果它无法和其他东西相结合，最终只会走向利己主义。处于中国语境下的娜拉由此成为了一部女性成长史的主角。虽然《虹》在中国现代文学史上占据重要位置，但它对娜拉（或女性解放）的处理因过于遵循马克思主义观而落入了俗套，一心扑在了展现资产阶级社会的缺陷上。娜拉被茅盾改造成了具有某种人生态度的类型人物，在小说中作者也不断地、教条式地展现着这种态度的缺陷。而茅盾自己对娜拉的见解也自五四时期开始，在不断地改变着。因此，他笔下的梅女士既结合了娜拉式解放女性的形象，又蕴含了之后革命女性形象的雏形。

　　1935 年，冰心在短篇小说《西风》中描绘了女性在自我解放后的疑惑与孤独。故事主角秋心是一位中年女性知识分子，她在年轻时抛弃了婚姻，选择了独立和事业，却突然又要重新面对这一选择。在一次乘船旅行中，秋心遇到了那个她十年前曾拒绝过的男人——远。现在她有自己的事业，而远不仅有事业，还有妻子和孩子。他们在船上一起度过了两天，秋心意识到了自己的孤独，也意识到这个男人同时得到了两个世界的幸福：

> 她恨自己十年劳碌的生涯，使她见了自己拒绝过的远竟不住咽回将落的眼泪，"这是女人！"她自己诅咒着，"在决定了婚姻与事业之先，我原已理会到这一切的……，这不是远，是这一年以来的劳瘁，在休息中蠢动了起来，是海行，是明月，是这浪漫的环境，是我自己脆弱的心情……"①

在准备演讲题目——妇女所面临的两大问题：职业与婚姻——的时候，她发现自己思绪纷飞，生活的空虚不断浮现在她脑海中："昨天看去是走向远大快乐的光明之路，今天也许是引你走向幻灭与黑暗。"冷月下的海波让她忆起了自己逝去的青春和现在的孤独。她的生活一片冷寂贫瘠，而唯一的一丝安慰，是她自己做了选择。船到达终点后，远有家人在码头迎接，而秋心却独自一人。不想让人看出她的痛苦，秋心婉拒了去远家里做客的邀请，于是他们乘车离开，只留下她一人在西风凛冽的码头。

冰心所描绘的大概是很多中国知识女性所面临的现实情况。解放只是胜利的一半。虽然她们能够和男性一样卸掉婚姻的枷锁，然而一旦获得自由，留给她们的选择也就所剩无几。如果一名中国女性决心像娜拉那样追求独立，那么她会发现，同时拥有职业与幸福的家庭生活只是可望而不可即的。对于多数女性而言，选择了事业就意味着常年的孤独。

不过，待在家中也并非易事。无论社会改变与否，至少女性现在可以通过写作来表达日常生活的鸡毛蒜皮和支离破碎是如何给她们带来了漫无

---

① 此处及下一处的英文翻译均引自 Bing Xin. *Westwind*, trans. Samuel Ling. In: *Born of the Same Roots: Stories of Modern Chinese Women*, ed. Vivian Ling Hsu. Bloomington, 1981, p. 49, p. 52.

目的和颓然沮丧的感受。另一位同胡适及其文艺团体有着密切关系的女作家凌叔华，则用一种小步舞曲式的精准笔触书写了日常生活的惰性。她通常能以内省的态度将小孩与成人那些微小的抱负或破灭的希望写得淋漓尽致。《无聊》（1945）就描写了一位受过良好教育的女子如璧所经历的失意。[①] 她的时间被浪费在了生活琐事上，似乎永远也没有时间坐下来并集中精力做点什么。她想做翻译，但邻居总爱向她唠叨自己的孩子，打断她的思路。如璧自己没有孩子，即便这样她也找不出时间专心做事，在社会上也无立足之处。她觉得自己没什么可指望的，未来也没什么希望，却仍然拼了命地忙于应付无意义的事情。她不想变成庸庸碌碌、围着家事转的传统妇女，可又因为自己感到受社会的束缚，而找不到一个合适的现代职业。她审视自己的人生，模模糊糊地意识到自己曾经有过远大的抱负。现在，她虽有了自由，但也就仅有自由而已了。

　　显然，民国时期的知识分子对易卜生的接受是暧昧不清的。独立、解放、和过去彻底决裂等元素一直存在于 20 世纪二三十年代。其他元素如责任感，如放任的自由，则随着时代和政治氛围的变化而改变。有两部戏剧能很好地说明这一点：一部是发表于 1924 年的《复活的玫瑰》（根据一篇序言，该剧完成于 1924 年），另一部是写于 1938—1939 年间的《女性的解放》。两者都直接提及了易卜生，并对其剧作有所歪曲以迎合时代。

　　侯曜的作品《复活的玫瑰》创作于中国话剧的草创时期，是一部以问题为导向的戏剧。它采用了情节剧的形式和内容，大概因其在合适的时代提出了合适的问题和解决办法，所以风靡一时。该剧讨论了父辈的压迫和自由恋爱的问题。品学兼优的学生余晓星是易卜生剧《海上夫人》的书迷，他爱上了一名不幸已有婚约的女子林秀云。为母亲着想，秀云最终遵守了婚约，嫁给了一个她深恶痛绝的人。在大喜之日，她企图自

---

① 凌叔华：《无聊》，收录于《小哥儿俩》，1945 年，第 165–178 页。（出版社不详）

杀而未遂。在她夫家看来，这无疑是有辱家门之事。于是作为报复，他们拒绝退回婚书且将其撕毁，使得秀云变成被遗弃的女人（休妻）。在最后一幕，女主人公在父亲的坟前恸哭自己的命运。自被休以来，身边人都当她是毒蛇猛兽，避之不及。她只得投河自杀。幸运的是，在她跳河之际，初恋情人晓星恰巧路过，将其救起。晓星走上了正确的道路，做了一名乡村教师。他们之间最后的谈话如下：

> 秀云　晓星哥！你现在不必多说啦！唉！现在的社会，那里能够容真爱情存在！现在的社会，简直是罪恶的深坑！我想我死了之后，或者能够变作几块大石头，把这罪恶的深坑填去。待后来的姊妹们可以平平安安地走过，走到自由之路！
>
> 晓星　秀云妹！有志改造社会的人！固然要能为真理牺牲，但是牺牲要有牺牲的代价，你与其做填坑的石头，何不做引路的明灯；放出那爱的光明，引导那在黑暗里的人呢？[1]

　　在其中一篇序言里，作家的朋友曹刍提到了《海上夫人》和《玩偶之家》："易卜生写《傀儡家庭》和《海上夫人》两剧，女子和男子尚居平等地位，不过因某种习惯和势力的关系，致有一时的蒙蔽。一旦幡然觉悟，自可跑向自由之路，不受任何方面的限制！"[2]曹刍将娜拉和艾梨达两位人物结合在一起作为自己的论据，可见胡适的易卜生主义对他影响至深。此外，男主人公在乡下教书也值得注意。中国现代化的一大目标就是降低文盲率，扩大教育受众。这部戏在20世纪20年代至30年代初期曾被多次搬演；1927年被改编成电影。因此，它的影响不只限于

---

① 侯曜：《复活的玫瑰》，上海，1932年，第46页。
② 引自该剧的一篇序言，作者是曹刍，写于1922年10月。参见侯曜：《复活的玫瑰》，上海，1932年。

学术界，易卜生主义借此也传播到了新一代的学生群体当中。

　　1938—1939 年，周贻白以"易乔"的笔名创作了戏剧《女性的解放》①。它读起来更像是《玩偶之家》的翻译而不是改编，因此可以被看作是一种意译。当中不少重要的情节场面都有所增改。该剧将背景设置于 1938 年的抗战时期。在第二幕的化妆舞会上，女主人公安娜不想穿丈夫为她准备的虞姬服装，而想要穿一套军装出席。前文曾暗示她之前支持过抗日运动。在《玩偶之家》中，娜拉和律师间的谈话论及法律的弊病，而安娜和律师的对话则集中谈论了来自社会的轻蔑。此外，安娜还谈到自由之可贵，谈到她对国家应尽之义务，想要加入军队的冲动，以及她对自己的责任。最后夫妻分崩离析之际，安娜提出"如果自己还不是一个人"，那么她"要努力做一个人"，而她的丈夫则质问她是否还存有良知。安娜马上予以了驳斥，指责他对自己和国家都毫无良心。最后，她离开了丈夫，没有提到"美好的奇迹"（the wonderful），而是宣布自己要离开丈夫为祖国而奋斗。她还表示，如果每个人都尽力改造社会的抱负并为此承担后果，那么自由就会像成熟的果实一般落入人们的怀中。安娜已经不像是一名利己主义者，她要求丈夫想想自己的国家，多一些爱国的情感。随后，她关上了屋门。

　　这一版的"娜拉"最后加入了游击队，并且知道拥有自由之后自己要做什么。而这一版的《玩偶之家》则需要将"抗日战争"这一背景考虑在内。不过值得强调的是，该剧的娜拉也将"自由"和"人格"挂在嘴边，与此同时，作家还为她增添了"自由斗士"的一面。

---

　　①　易乔（周贻白）：《女性的解放》，上海，1946 年。

二、文学批评与易卜生

（一）西方对易卜生的评价

中国对易卜生的看法大多间接来自西方学者。易卜生在西方的传播过程中，英国戏剧评论家兼翻译家威廉·阿契尔（William Archer，1856—1924）和英国文学史家埃德蒙·葛斯（Edmund Gosse，1849—1928）影响最为深远。他们联手在盎格鲁-撒克逊世界"捧红"了易卜生。然而，中国学界只从他们二人身上接受了一些易卜生的生平资料，几乎没有吸纳什么学术观点。反而是作为文学评论家兼史学家的丹麦人格奥尔格·勃兰兑斯对中国产生了更大的影响。他对易卜生的评价洋洋洒洒且一针见血，很能打动中国学者。前面提到的萧伯纳也是如此，因而同样在中国受到青睐。其他对易卜生提出独到见解的批评家还包括美国无政府主义者爱玛·高德曼（Emma Goldman，又译埃玛·戈德曼，1869—1940）、马克思主义理论家格奥尔基·普列汉诺夫（Georgi Plekhanov，1856—1918）和斯洛文尼亚作家、英国诺丁汉大学现代文学教授扬科·拉夫林（Janko Lavrin，1887—1986）。他们对易卜生的批评被翻译成了中文并被中国论者所引用。因此，本章主要以他们为出发点，来阐述中国是如何吸收西方对易卜生的见解的。由于中国最关心的是易卜生现实主义戏剧产生了何种社会影响，因此本章将着重讨论西方对这些戏剧的评价。那些在中国被边缘化的评论家也会顺带提及，以便更好地同中国论者的观点作比较。

史诗剧《布兰德》（Brand，1866）被很多评论家视为易卜生创作生涯的分水岭。1918 年介绍易卜生的文章很少提到这部剧，但在 1928 年，有一部关于易卜生的论著用了大部分篇幅来分析这部戏剧的伟大。因此，《布兰德》在中国的研究是一个特例——在西方恐怕亦然，本章将会单独讨论。

　　斯堪的纳维亚半岛的易卜生鼓吹者勃兰兑斯告诉读者，易卜生很大程度上已经丧失了对人类的信心，他对《玩偶之家》海尔茂一角的刻画就是有力的证明。海尔茂是传统社会的典型代表人物，尽管易卜生作为艺术家仍然给予了海尔茂一些良好的特质，如诚实、正义、忠诚和节俭，这都让该剧拥有了更强大的艺术力和感染力，也让其对婚姻制度的抨击更有效力。勃兰兑斯认为，《玩偶之家》的首要主题是自我与社会的冲突，它一直占据着易卜生创作的核心位置。海尔茂代表了社会，娜拉则代表了自我。后者拒绝为了丈夫和孩子牺牲自己，因为她意识到这些义务会阻碍其个人的发展。勃兰兑斯相信，人们对自己负的责任才是最神圣的责任，因为"每个人的身体里都蛰伏着一个强大的灵魂"[1]，这个灵魂存在于人世而非天堂。此外，《玩偶之家》之所以在西方产生了如此巨大的影响，是因为它过滤了关于性别差异的主流观点。在勃兰兑斯看来，这些差异和性欲以及社会相关，构成女性解放的方方面面，囊括经济、道德和理性层面。一旦易卜生全身心投入和女性解放相关的问题上，他就成了这一事业最热忱的拥护者，因为它是"进步之战中最重要的战场之一"[2]。经过伟大艺术家的构想与创作，女性解放的主张便愈加掷地有声。

　　勃兰兑斯强调，相较于当时其他人的末日悲观情绪，易卜生的悲观主义更多的是对世界的担忧。易卜生的道德良心驱使他对周遭的腐坏作出反应，同时也让他笔下的人物充满了对未来的希望。就算是《群鬼》中的阿尔文太太，换作其他情况下，也还有获得幸福的可能。《群鬼》是一部关于婚姻的戏，亦是一部关于社会与个人的戏。在勃兰兑斯眼中，《群鬼》将重点从个人主义转移到个人与社会的相互关系上，使得作家

---

① Brandes, George. *Henrik Ibsen: A Critical Study.* Reprint. New York, 1977, p. 62.

② *Ibid.*, p. 77.

及其所提出的问题都更与现代接轨，是其艺术创作生涯中迈出的重要一步。但勃兰兑斯从不仅仅把易卜生当作社会批评家来看，因为他的作品以及它们对现代剧场的影响也相当重要。

在关于斯堪的纳维亚文学，尤其是关于易卜生的中文文章里，勃兰兑斯不断被提起。他的论述，如"新文学是对旧的、狭隘的、民族主义的文学的反叛，它最终能带来文化的复兴"的观点，以及他对思想的自由和人文艺术自由发展的研究，同年轻的中国知识分子颇为契合，因为后者正致力于推翻或重估自己的文学遗产①。

与易卜生同一时期的瑞典人奥古斯特·斯特林堡（August Strindberg，1849—1912）是另一位在中国颇负盛名的斯堪的纳维亚作家，但他的影响只限于其戏剧家的身份而非评论家。实际上，他对易卜生《玩偶之家》的讨论迥异于勃兰兑斯，而更接近于传统中国文人可能会持有的意见，因而在此有一定的参照作用②。斯特林堡认为海尔茂是一位非常正直的人，反而是娜拉配不上他。斯特林堡从阶级的角度来分析这部剧，宣称"解放"这一问题其实至多只和10%的人有关；对于其他90%的人而言，这不过个学术问题。他们既没有时间也没有意愿去思考如此理论性的问题，工人阶层或从事农业生产的女性无论如何已经获得了解放。在中国，不管是自由开明的青年还是有"厌女症"的传统儒士，似乎都没有认真关注过斯特林堡的观点。即便后来的共产主义批评家也是从意识形态的角度来评论该剧，但得出的结论却和斯特林堡大相径庭，因为他们并不认为娜拉对自由的追求是不必要的。这代表了妇女解放的一个必经阶段，并将在无产阶级大革命后被淘汰。

爱玛·高德曼是美国杰出的作家和无政府主义者，胡适未曾提到过她，但中国的无政府主义作家巴金却称她为自己"精神的母亲"。尽管

---

① 关于勃兰兑斯在中国的接受，参见 McDougall, 1971, pp. 77–79.
② Strindberg, August. *Giftas: Aektenskapshistorier.* Stockholm 1928, 1884, pp. 7–33.

还不清楚她是否影响了中国文人对易卜生的批评，但胡适在美国接触到易卜生作品并形成其评价之时，高德曼的易卜生主义理念正风行一时，代表了当时一种普遍的激进女性主义的倾向。她撰写过一篇关于易卜生戏剧社会意义的文章，后来巴金将其译为中文，并于 1928 年作为纪念易卜生的文章之一发表。其实，早在 1917 年，袁振英就翻译过高德曼的《婚姻与恋爱》（*Marriage and Love*）一文；1919 年，袁氏再次翻译了她的《近代戏剧论》（*The Modern Drama: A Powerful Dissemination of Radical Thought*）。两篇译文均发表于《新青年》，易卜生在其中都占据了主要篇幅。

高德曼完全赞同易卜生的观点，即国家政体是祸根。对于无政府主义者而言，这丝毫不奇怪。从未显露出任何无政府主义倾向的自由主义者胡适甚至都曾经支持过这一主张。高德曼认为《玩偶之家》给了社会致命的一击。她并不关注该剧所描写的个人情感，而将其视为对社会谎言和义务的反抗。娜拉就像一只被关在笼子里的金丝雀。她没有意识，可一旦觉醒，她将冲出笼门：

> 娜拉打开了女性的生命之门，并发出了革命的讯息：只有完美的自由和交流才能使男性与女性建立起真正的纽带，于是，两性得以在公开的、没有谎言和羞愧的环境中相逢，彻底挣脱义务的约束。[①]

由此，娜拉便成了自由和女性解放的催化剂：她代表了一个为新的曙光而奋斗的集体。高德曼所倡导的社会超越了现实，显然，要建立这样的新社会，首先必须经历一场革命——不仅是思想的革命，也是街头的革命。胡适和自由主义派便从这里和高德曼分道扬镳。后来，一部分共产主义者希望建立一个中央集权的社会，因此也和

---

① Goldman, Emma. *The Social Significance of Modern Drama*. Boston, 1914, p. 25.

她两歧遂分。但是，她针对《玩偶之家》和《群鬼》的分析——它们是关于社会的压制力量的戏剧——和中国的大多数批评家的诠释相仿。

绝大多数西方评论家都将《群鬼》视作《玩偶之家》的延续。因此，中国评论家基本上沿袭了这一根深蒂固的传统，更倾向于视易卜生为社会批评家而非革命性的艺术家。即便勃兰兑斯更注重易卜生的创造性艺术精神，但他也将易卜生看作是女性解放的拥护者，并将《群鬼》作为《玩偶之家》的对照，似乎完全忽视了易卜生说他不意在表达观点而意在艺术创作的剖白。不过，这只是勃兰兑斯的易卜生批评所包含的元素之一，况且他还尽力地将作品和作品的创作者区分开来。与之相反的是，中国的评论家往往将作家及其作品视为一个不可分割的整体。胡适极其强调易卜生的书信集，从而将易卜生本人变成了易卜生主义的基本组成部分，并且让作家成为其笔下人物论点的代言人。这一做法在胡适之后的批评家身上得到了延续。

对于左翼评论家而言，强调社会背景对文学创作的影响是自然而然的事。在他们看来，易卜生是一位小资产阶级作家，因为他生活在一个小资产阶级的社会里。随着苏联对中国政治和文化领域的影响逐渐加深，这样的论断也越来越常见。俄国批评家格奥尔基·普列汉诺夫在文学批评家瞿秋白翻译介绍下，进入了中国人的视野。1908 年，普列汉诺夫撰长文批评易卜生，断言易卜生的眼界有限，因为他住在一个小而孤立的国度，那里没有工人阶级。在普列汉诺夫看来，易卜生是一位危险的作家，他以模糊不清的态度表达了危险的看法，最终会被统治阶级拥入怀中。发表危险的看法从而便成了一种可以接受的做法，而看法本身遂成了无害无用之物，易卜生的攻击也就丧失了效力。

1927—1928 年，英国文学批评家扬科·拉夫林的文章散见于中国的期刊杂志上。在评论中，他强调了艺术家的个性、艺术作品的产生时代及其美学价值。他对《布兰德》的评价似乎启发了袁振英在这一时期的研究。拉夫林研究易卜生的方法其实可算作是较有代表性的新方法，因为他借助了精神分析的手段来进行文学研究。拉夫林那本关于易卜生的论著的副标题就是"一个精神分析研究"（A Psycho-Critical Study），他在书中表示希望将易卜生当作"现代意识的代表"来研究①。他的论点可以总结如下：对易卜生思想的过度关注阻碍了人们深入理解他的艺术。每一个现代的主义或风潮都宣称易卜生是其代表人物。因此，这些思想遮蔽了人们的视野，人们并不能真正看清他的艺术。虽然易卜生的艺术被思想所浸透，但这些思想：

> ……既不是他写作的目标，也不是最后的终点，只不过是写作的材料和手段。他将思想融于艺术之中，而非将艺术溶于思想。②

易卜生是理想主义者，但与此同时，他不禁会对他所看到的周遭一切产生怀疑。他的视野与认识仍然不足以抵御悲观主义和幻想破灭的围困。他不自觉地发现人类并不真心地忠于其所宣称热爱的思想观念。

作为艺术家，易卜生一般会在其作品开篇添加一段接近社会学方式的社会描写。譬如在《玩偶之家》的开头，他谈到了两种精神法则——一种适用于男性，另一种适用于女性。接着，易卜生对这些社会学概念做了个性化的处理，创造出了拥有自己内在哲学的立体人物：他们挣扎着，试图在自己的内在哲学与外在世界之间找到一种平衡。对易卜生而言，这种挣扎变得比目标的最终达成更加重要。他之所以聚焦于挣扎，或许是因为他越洞察社会的问题，就越感到沮丧失望。在《玩偶之家》里，易卜生还给予观众／读者一丝微弱闪烁的希望，但到了《群鬼》时

---

① Lavrin, Janko. *Ibsen and His Creation: A Psycho-Critical Study.* London, 1921, p. vii.
② Lavrin, Janko. 1921, p. 5.

期，所有的光亮都已经离人类远去。在《人民公敌》里，易卜生内心的矛盾则呈现得尤为明显。斯多克芒医生尽心竭力地为真理而战，与此同时又声称"一切真理都只有最多不过 20 年的有效期限"。

易卜生的自我矛盾有时候会带他走进死胡同。在《玩偶之家》和《群鬼》中，易卜生强烈抨击了社会制度以及无所不在的人生谎言；而在《野鸭》中，当人生谎言被揭破后，其笔下的人物彻底崩溃。易卜生止步于对人类自我保护屏障的拆毁，最终又回归个人意识的主题，这成为《布兰德》和《培尔•金特》的主导议题。以上就是拉夫林对易卜生戏剧的整体总结。

1928 年，易卜生作品的百年纪念版本在挪威发行，挪威历史学家兼评论家哈尔夫丹•柯特（Halvdan Koht，1873—1965）负责编辑易卜生的书信。他探讨了过去数十年间，人们对于《玩偶之家》的态度是如何演变的。柯特表示，总体而言《玩偶之家》被诠释为一种反抗：

> 《玩偶之家》以反抗和解放的姿态横空出世。它被看作激进主义的必演节目，受到保守派的攻击，同时也从那些想要建立一个新的自由社会的人口中收获了赞誉。[1]

不过，柯特接下来指出，经过一场对婚姻和女性地位的大辩论后，欧洲批评界的主要重点随即转移到了娜拉的内在危机上。这一重心的转移让该剧得以从社会政治辩论的领域脱身，评估标准也重新回到了艺术成就上。由此，该剧才成为了真正的艺术品，而这番重新诠释更让《玩偶之家》具备了别样的价值。

---

① Koht, Halvdan. *Et dukkehjem*. In: Bull, F.,H.Koht and D. A. Seip: *Ibsen's Drama: 18 av Hundreaarsutgavens Grunnleggende Innledninge*r. Oslo, 1972, p. 98.

（二）一位中国评论家：袁振英

1918 年，《新青年》发行"易卜生号"。中国评论家袁振英用文言文为这期撰写了易卜生的详细传记。胡适在序言里透露，原文本来很长，因为篇幅有限而做了删减。他还明确表示，袁振英不仅参考了埃德蒙·葛斯所作的易卜生传记，还读遍了易卜生的著作。周策纵指出，袁振英参加了 1918 年的无政府主义运动。[①] 并且，袁振英还翻译了爱玛·高德曼若干关于戏剧、婚姻和恋爱的文章，发表于 1917 年和 1919 年的《新青年》上。因此，他明显有无政府主义的倾向。袁振英之所以对易卜生产生兴趣，很可能是因为一些论者声称易卜生持有无政府主义观点。不过，无政府主义的观点在这篇传记中并没有得到明确的体现。在很长一段时间内，袁振英都在研究易卜生，并且由于他从 1918 年至 1928 年间持续保持着这一兴趣，所以有必要在此单独讨论。他从一开始对易卜生社会问题剧的关注，逐渐转移到对易卜生其他戏剧的研究，这在一定程度上反映了中国文学批评家的变化。袁振英的批评文章中有很小一部分关于他自己的叙述，从中可以看出，他熟稔西方文学传统。他在法国和德国均看过易卜生戏剧的演出。他在对易卜生的评价中不仅引用了英文文献，还引用了法文文献。我虽然无法找到袁振英的生平资料，但已知的是他掌握数门西方语言，访问过欧洲且在中国的大学任教。经过十年对易卜生的潜心研究，他一定能够游刃有余地充当易卜生在中西文化之间流转的使者角色。

发表于《新青年》的这篇传记一共有 14 页，分为三大节和一小节。三个大节分别是少年时代之易卜生、壮年时代之易卜生和晚年时代即 50 岁以后之易卜生，壮年时代又有一小节专门讨论《布兰德》与《培尔·金特》（1867）二剧。从各节篇幅来看，最让袁氏感兴趣的显然是在《布

---

① Chow Tse-tung.*The May Fourth Movement. Intellectual Revolution in Modern China.* Stanford, 1967, p.245.

兰德》与《培尔·金特》创作阶段的易卜生和其晚年时代。

在该文的第三节，袁振英集中讨论了易卜生最后二三十年的创作高峰期。袁氏相信在巴黎公社时期，易卜生的个人主义进入了"新纪元"。在经历了巴黎公社起义后，易卜生开始排斥狭隘的国家主义而提倡个人主义。这一思想转变的结果便是他必须抨击社会的顽固反抗势力。袁振英一方面强调易卜生对国家主义风潮的责难，另一方面表示易卜生进而采用白话文创作戏剧，代替了之前常用的韵文，以期达到改良文字和社会的效果。前一方面大约符合袁振英的无政府主义思想倾向，后一方面则有助于他打破旧有的传统。不过相当矛盾的是，袁振英是通过文言文来阐释白话文的有益影响的。

袁振英认为《玩偶之家》是为女性而作的宣言之剧，它深刻描绘了社会的腐朽不堪，因此女性必须奋力搏斗才能发展她们的人格、她们的自由意志和独立性。该剧阐释了家庭制度的恶浊，同时提出女性应该走出家门为自己的独立而抗争。在他看来，有一场戏极为重要，那就是娜拉表示愿意牺牲自己的名誉与生命以保护其丈夫，而海尔茂却从未想过为妻子牺牲自己的名誉的桥段。对于男性而言，"爱"不过是一句空洞的套话罢了。男性只是将女性视为玩偶而非"人类"，所以女性必须找到她们自己的人类，成为真正的人，并破除传统婚姻制度的桎梏。

从某种程度来说，袁振英在 1918 年对易卜生的诠释接近于胡适。他们都将社会戏剧理解成对社会顽疾的批判，强调个人主义以及从《玩偶之家》到《群鬼》再到《海上夫人》的创作脉络。袁振英坚持将易卜生戏剧中的社会信息转化成对儒家家庭体制的谴责并对此进行传播。不过，他对《布兰德》的批评在中国独具一格，因为中国评论家中只有他坚持不懈地研读该剧，不仅于 1918 年谈到它，又在 1928 年加以详述。

在 1918 年的文章里，袁振英明确将《布兰德》和易卜生的其他社会剧相关联，并指出：易卜生的作品都向我们表明了若要达成社会的转变，就必须拿出不可妥协的态度；要获得自由，就首先要为自由而战斗，仅仅是用善意去对待社会的问题，最后将一无所获。

在 1918 年至 1928 年的十年间，袁振英不断地对《易卜生传》进行修改，最终于 1928 年发行了修订版。1928 年版本的序言表明，自 1918 年《新青年》上的首稿以来，《易卜生传》已经总共修改并发表过四次。

1927 年，袁振英还写了一本关于易卜生社会主义哲学的论著《易卜生社会哲学》，纪念他的百年诞辰。该书既包含了对易卜生创作的全面研究，又涉及易卜生主义概念的相关探讨。当时中国的几所大学已经有和易卜生有关的课程和研究，其戏剧也是高校里的常演剧目。易卜生受到广泛的欢迎，主要在于其人生哲学的深刻。它包括消极的方面，即对于当下社会持有消极不满的情绪；同时也包括积极的方面，即对于未来的新社会抱有积极的期待。易卜生戏剧里所呈现的消极和积极方面的总和就构成了易卜生主义。

袁振英将易卜生的消极方面总结如下：

1. 宗教的信仰。在 20 世纪，宗教已经不合时宜，因为它只会让人意志消沉。对于需要理性态度的现代社会而言，宗教同样也不合时宜。

2. 政治家和资本家。对于易卜生来说，政治和宗教的消极作用并没有根本的区别。宗教和政治均压制独立的思想。此外，政治还会腐化那些获得了权力的人。通过《约翰·盖勃吕尔·博克曼》（*John Gabriel Borkman*，1896）一剧，易卜生展现了一位渴望争权夺利的人是如何腐败堕落的。在书信中，易卜生也频频提及政治和政客的破坏作用，严厉痛斥社会上的种种弊端。在袁振英看来，易卜生所写的书信和戏剧作品都证明了他反对资本主义、反对对工人的剥削且反对战争。《社会支柱》

则清楚阐述了易卜生反对资本主义的看法，以及他对工人生存状况的关心。

3. 腐败的报纸。报社已经是当时腐朽社会的走狗、喉舌，易卜生的戏剧如《人民公敌》和《罗斯莫庄》都对此有所阐释。作家指责传统报刊是为了给新的报纸杂志铺垫道路，因为只有新的报纸杂志才会具备真正的自由和正义。有了自由的刊物，才会有新的社会，因为自由的刊物有责任向其读者知会社会上所真正发生的一切。袁振英认为自由是"不能限制的，也不能由别人取得来的，也不用别人来保证的"。而自由和正义是一枚硬币的两面，它们都值得人为之奋斗。在袁振英看来，易卜生告诉我们如果言论自由被压制，那么思想自由也会受到遏制。

4. 传统婚姻和家庭。易卜生在多部戏剧作品中都触及这一主题。纵观历史，婚姻制度已经从相爱之人的结合沦落为男女间的互相毁灭。传统婚姻以物质条件的权衡为基础，因此男性自然而然能够剥削女性。在儒家伦理观念中，家庭是社会的基础，所以袁振英是通过易卜生的戏剧来驳斥儒家伦理学说。他甚至认为，婚姻无异于变相的卖淫制度，女性在当中受到严重的剥削。

5. 后嗣问题。若能朝着易卜生人道主义的新方向前行，世界或许可以变成一个更有益于我们后代的地方。教育就是其中的关键一环。易卜生的《玩偶之家》和《群鬼》均表明，当下的教育只会泯灭个人的活力。而另一部戏剧《爱的喜剧》（*Love's Comedy*，1862）则反映了金钱具有更强大的毁灭力量。那些努力想要创造新社会的人面临一大问题，就是这一代人已经到了无可救药的田地。所有的希望都寄予在下一代的身上。

总结了易卜生戏剧中的主要题旨后，袁振英更详细探讨了易卜生的道德哲学。无论是社会还是个人，都有被爱情补救的可能，爱情是可以改造社会的唯一力量。易卜生通过《社会支柱》的大团圆结局向我们展示了爱如何能够将罪恶的资本家改造成痛改前非、充满爱意的丈夫。爱与真理是易卜生的根本原则。每个人都应该学会分辨真理与诈伪，而不是自欺欺人、指黑为白：

> 他（指易卜生，译者注）传播"个人的我"，很像是告诉我们说："要改造社会，应该始自个人。"个人要完全克复自己的原始的人格，不要受社会的影响，特立独行，抛弃一切诈伪的制度，找寻真理和光明。恢复个人的能力，为社会的将来尽力。易卜生的确是社会的健将。社会的情感，要随着光明发育。白兰特（即布兰德，译者注）就是个人的伦理的健将。①

在该书的第二卷，袁振英归纳了"易卜生主义"一词的内涵。总的来说，任何的"主义"都会让人联想到宣传，而矛盾的是，这反而往往让艺术失去了它意欲达到的效果。但是易卜生的戏剧不是宣传，他的戏剧和其他优秀的艺术一样，揭露诈伪、表彰真理，并深刻影响了全世界。易卜生的独树一帜还体现在他将悲观主义、象征主义、自然主义和个人主义融于幽默之中。根植于他艺术中的幽默感实际上让他的戏剧显得更富有乐观精神。

袁振英还将易卜生置于文学语境中，同德国哲学家康德及尼采、挪威作家比昂松（Bjöornson，1832—1910）、俄国作家托尔斯泰等巨擘相比较，并给予了易卜生更多的肯定。他认为，无论是比昂松还是易卜生的作品，都和他们的祖国——挪威的命运紧密交织。托尔斯泰和易卜生则都是破坏偶像者和无政府主义者，但前者主要重平等，后者主要重个人。此外，易卜生只是一个问题提出者，而非解答者，他要人自己思考；而托尔斯泰不仅提出问题，还给出了答案。易卜生的著作无疑又受到尼采的影响，因为两者都是虚无主义者和奋斗的健将。不过，在女性解放

---

① 袁振英，《易卜生社会哲学》，上海，第41页。

等问题上，他们又有分歧。易卜生相信最强大的人往往是最孤独的，而尼采则想要创造超人。此外，易卜生主义明显含有潜在的矛盾，例如个人和社会的关系，袁振英认为其后期作品反映了他对人的善恶本性有了更深的理解。这让易卜生在晚年更倾向于康德的哲学，相信人类的最高成就是美。

接着，袁振英在书中谈到易卜生主义，并再次将"个人"作为易卜生主义的关键词，尤其是有反抗意志的个人。个人必须首先摆脱社会上一切陈腐的信条和愚陋的习俗，挣脱通过威权而代表了绝大多数庸众的专制政府。易卜生笔下的个人拥有主动反抗社会的意志，但他们从不为了一己私利争斗，而是为了人类福祉而战。这些个人不甘屈身俯就，也不会和无产阶级共同生活。他们是向社会宣战以重获新生的斗士。他们想要在自由和教育的基础上建立一个新的世界。然而，社会主义却意味着发展各个阶级，强调集体团结，这和独行的个人相互矛盾。易卜生笔下的人物内心爱恨交织，因为个人主义迫使他们在斗争中保持孤独。他们没有朋友，并且不断怀疑自己的使命，就像易卜生怀疑自己一样。

袁振英感到易卜生作品中的虚无主义是哲学形式的存在，而非艺术形式的存在。虚无主义来源于易卜生所感到的彻底失望，当他环顾四周，只看到奋力抗争的个人都被社会所打倒。尽管一切证据都表明个人之奋战注定是一场失败之战，但是，易卜生却意识到缴械投降才是最坏的结果。在袁振英看来，易卜生相信人类之上并非上帝，而是无所不能的爱情，因此他创造了不可企及、无法达到的理想，鼓励人们努力去爱。于是，易卜生在其戏剧中所常用的光明与美感，就被袁振英诠释为追求爱的象征。他将易卜生的悲观主义和虚无主义、当时欧洲流行的无政府主义倾向和席卷世界的社会主义思想，都引向对邪恶诈伪的反抗。当邪恶诈伪从世上消失，各种意识形态最终就会消灭自身所带的破坏性。

袁振英在全书结论处将易卜生描绘成一名清教徒式的革命家。如果能研究其所有的著作并联系其人生经历，那么读者将会受到作家那悲观的乐观主义的鼓舞，身心充满目标和奋斗的意志。

（三）《布兰德》作为特别的案例

《布兰德》的同名男主人公是一位牧师，在经过一番犹豫后决定在他出生的小山谷里定居。山谷周围都是陡峭的群山，阳光几乎无法照进山谷，而这里的村民就快要丧失对上帝的信心。布兰德希望能重振他们的信仰，于是多年来他牺牲自己的个人幸福，试图让村民重新燃起对宗教的热情。他孜孜不倦甚至孤注一掷（"All or Nothing"，袁振英译为"全或无"）地传教，逐渐引起了教区居民的不满和反对，最后竟然将他逐出山谷，赶去了冰山。在山上，布兰德藏身于一座"冰雪教堂"（ice church）。这座冰雪教堂大到能够容纳他的信仰，同时也冰冷到能够冷却他那颗热忱的传教之心。于是，他变成了一个几乎没有爱的人。最后，雪崩爆发，山谷被掩埋，冰雪教堂坍塌，布兰德亦被吞没。

勃兰兑斯认为，《布兰德》的根本思想是人要摆脱所有社会和物质的镣铐，因为它们把人束缚于世间。人必须做他自己，绝不向世界让步和妥协。这种人生哲学使得易卜生成为伟大的剧作家，但他的哲学只适合于舞台，而不适用于真实的人生。勃兰兑斯还指出，如果一个人尝试遵照易卜生的话去生活，只会导致自身的毁灭。他强调易卜生自己试图破除传统、打倒权威，并表示这样的文学应该成为反对陈规陋习的推动力量。

拉夫林则声称，易卜生的《布兰德》刻画了一位想要在信仰和人生之间达到平衡的人。可是布兰德失败了，因为他的双眼已被自己强烈的意志所遮蔽，并且他的心中不再充满爱。[①] 同时，该剧也应被视为易卜

---

① Lavrin, Janko. 1921.

生对人生永恒问题的一次探索。布兰德要为了"绝对命令"（categorical imperative）而牺牲自己的世界和幸福，这就是他"全或无"的人生信条。于是在拉夫林看来，易卜生和他笔下的人物们（不只是布兰德，还有《建筑大师》（*The Master Builder*）里的索尔尼斯，《约翰·盖勃吕尔·博克曼》里的男主人公，《我们死人再生时》里的雕塑家鲁贝克）合为一体，共同为了"绝对命令"而奋战。易卜生在创作中描绘了自己在生活中所面临的问题，因为他的写作工作也变成了自己的负担。他的创作剥夺了他所有的个人愉悦和幸福。但是，由于他感到一种必须创作的"命令"，因而无法选择幸福。所以，易卜生痴迷于人生的斗争，他和他所创作的人物一样，在斗争中牺牲了一切，却在抵达峰顶的一刻发现，峰顶除了一座空荡荒芜的"冰雪教堂"，别无他物。这一结论表明，拉夫林将易卜生的人生同他的作品相交织，断定他的艺术作品是其人生使命的注脚。

在中国，《布兰德》则引起了袁振英的强烈兴趣。他主张该剧表达了作家对自己国家软弱无能的愤怒。挪威最开始承诺会倾力帮助丹麦抵御外敌。然而，等到战事真正爆发，当丹麦请求挪威帮助他们抵御德国时，挪威却立刻退缩撤回。《布兰德》同时也抨击了社会的其他弊病以及宗教信仰。袁氏认为该剧既有现实主义，也有神秘主义的元素，而且它是易卜生第一部广受欢迎的戏剧。他用在论述《布兰德》的篇幅要远远多于《培尔·金特》，显而易见后者并没有前者那样地吸引他。

袁振英对《布兰德》的理解和诠释又回到了 1918 年的起点：社会的任何改革都必须从个人开始。通过强大个人的斗争意志，社会才有可能得到改造。而在袁振英眼中，布兰德就是这一理想的化身。因此，他关于《布兰德》的诠释在中国独树一帜：不仅是因为只有他显示出了对该剧的巨大兴趣，他所提出的诠释也有独到之处。

首先，布兰德是一个彻底牺牲的例子——体现于他"全或无"的人生信仰。一个清醒的人在意识到自己所作所为的情况下，就会选择消除邪恶。很不幸的是，自由意志并非人类的天赋，而必须通过培养来获得。布兰德宣扬，当人品性提高的时候，就会获得自由；反过来，自由又会产生正统的信条。袁振英和拉夫林一样，都认为布兰德与索尔尼斯是坚持原则的人，他们象征着易卜生想要传达给其读者/观众的价值观。作为有远见卓识的人，他们或是从顶峰摔下，或是被自己所设定的目标而压倒，最终都是粉身碎骨；但是，他们的死却升华了其他人。在袁振英看来，他们不是以利己主义者的身份而死，因为易卜生希望将他们的死看作为人类而死。他们的身体中有无所不能的爱，因此他们是为了崇高且善意的目的而死。《布兰德》一剧的结束语——"天主是爱"（deuscaritatis）则是作家真知灼见的证明。《布兰德》告诉人们，每个人都必须创造他们自己的自由并维护自由。

袁振英还提出，易卜生从来没有表示社会应该为了个人的利益而牺牲，他只想要每个个体都能对自己负责，从而改造社会。《布兰德》清楚说明了个人与社会之间的相互关系，并且用布兰德自己所说的一句话——"一座重建的屋宇必须要由新生的洗涤了污垢的灵魂来居住"[①]，来佐证这一观点。易卜生的台词让人想起"新瓶装旧酒"这句话。如果人的心灵不加以改造和洁净，即便修建了一座新的教堂或建立起一个新的社会也不会有什么效用。此外，要想培养自由的个人，"女性解放"亦是一个关键议题（前文已提及这是袁氏对易卜生之解读的一个重要方面）。但是，对于袁振英而言，易卜生个人主义的最有力代表就是布兰德，因为布兰德的意愿是高尚而无私的。他想要投身于当下社会最为核心的问题，并以此启蒙人类。布兰德将强大的个人主义与强大的道德准

---

　　① 袁振英在文中将此句译为"一种新建筑是一个改造的人生，是一种洗涤洁净的灵魂"。参见《易卜生底杰著：白兰特牧师底批评》，《泰东月刊》1928年第1卷第8期，第29页。——译者注

则相结合，这一结合会最终创造出幸福的社会。幸福不需要高贵的宫殿庙宇，而需要美好的性灵。崭新的幸福社会将通过社会主义而实现。袁氏承认，易卜生从未在戏剧中使用过"社会主义"这个词，但从其作品中可以得出上面这一显而易见的结论。他甚至引用了布兰德自己的一个幻想，来作为易卜生是社会主义者的证据。

由于勃兰兑斯自己是无神论者，他将布兰德视为反宗教的人物。而拉夫林则以美学的视角和精神分析的方法诠释《布兰德》。相较之下，袁振英超越了勃兰兑斯的偏见，更倾向于用美学感受力来理解易卜生。虽然袁振英试图证明易卜生是社会主义者，但这并不妨碍他成为少数几位跳出了意识形态框架来看待易卜生的中国评论家之一。

（四）文学批评与易卜生

就在袁振英的著作出版后不久，另一位中国评论家一非也写了一篇关于《布兰德》的长文《易卜生的"伯兰"》（1928 年是易卜生百年诞辰）。[①] 一非在文中表示，他迫不及待地要和同胞分享自己在法国阅读《布兰德》和观看其舞台演出后的感想。他指出，主人公布兰德以及全剧都表达了一种毫不退让、毫不调和的精神，而中国人身上却"只有退让调和的魔鬼"。一非也认为这种"全或无"的态度看似极端的自由主义，不仅不是利己主义，而且和卑劣的利己主义截然相反。布兰德的个人主义意味着他有"为了转变全人类而牺牲自我"的意志，因此，一非将这种个人主义称之为"牺牲主义"。而这就是他意在传达给同胞的要旨。中国人向来以调和与忍让为训，只想通过屈服和依赖求得生存，而不通过改变天生的惰性以更好地生存。中国必须像布兰德那样为人类而奋战。

尽管如此，在五四时期，中国对《布兰德》所产生的兴趣只维持了

---

① 一非：《易卜生的"伯兰"》，载《贡献》第 3 卷第 5 期，1928 年 7 月，第 2—20 页。

很短一段时间，对同时期的另一部剧作《培尔·金特》则几乎置若罔闻。直到 1978—1980 年间，中国又重新刮起了易卜生风，人们才对其艺术的其他方面给予了新的关注。1981 年，作家萧乾翻译了《培尔·金特》，紧接着北京就在 1982—1983 年对该剧进行了搬演。[①] 关于《培尔·金特》的文章随后如雨后春笋般的出现，《布兰德》则基本上无人问津。

（五）1928 年后的易卜生批评

易卜生在中国渐渐从政治先锋的形象转向了文人的形象，也就是说，在这一阶段其作品的文学价值与意识形态内容都受到了评论家的重视。但是，"文以载道"的传统衡量标准仍然对其他评价系统产生了一定的影响。易卜生成为中国人寻找自我的有力支撑，而对自我的寻找又构成了建立新身份认同的第一块基石。在摆脱了"集体中的一员"的旧有身份之后，中国人必须进一步找到新的身份认同。文学则可以帮助他们动摇并改变旧有的社会习俗。

直到 1940 年，一般的文学史在对五四以来的文学革命进行评价时，都还没有得出定论。大部分对中国现代文学的评述都会追溯传统文学的谱系。任何一位评论家在讨论当下文学的成就之前，都会先用绝大部分的篇幅回顾传统文学的历史。当他 / 她终于进入了当今文学的部分，也会不厌其烦地总结这一文学的历史背景，综述前人的观点，与此同时含蓄地透露一些他 / 她自己的看法。因此，虽然他们对易卜生的诠释逐渐在改变，但新观点的提出总是伴随连篇累牍的前人观点。甚至到了 1934 年，易卜生还仍然带着思想家而非剧作家的光环。

1928 年出版的著作《近代文学 ABC》就是极佳的例子。作者吴云认为，个人主义与科学的不断壮大源自人们对传统思想的质疑。这种个人

---

① Eide, Elisabeth. *Performances of Ibsen in China after 1949*. Paper presented at the Colloquium on Contemporary Chinese Drama and Theater, 1949—1984 at State Univ. of New York at Buffalo 15–19 Oct. Will be pub. by State Univ. of New York Press, 1984, ed. by C. Tung.

主义带有两种相对立的成分，即本能的"自然的生活"和后来的"伦理的生活"。因为社会愈加腐败，原始主义——结合了"自然的生活"与适者生存的哲学——和以科学精神为基础的个人主义，便得以发展。于是，吴云认为像尼采这样的哲学家就从对社会伦理道德的怀疑中发展出了他的"超人"思想，而《布兰德》就受到了尼采的巨大影响。《布兰德》一剧充满了个人主义的思想。但是，易卜生的个人主义的目标是要履行个人对人类的义务，并强调，除此之外人就没有其他更重要的义务了。吴云和前文提到的评论家如出一辙，把易卜生当作哲学家而非戏剧家。但是，吴云对《布兰德》的评价还是相对更加敏锐，因为他没有将该剧过度简单化。他将易卜生置于更为宽阔的语境，并且他选择了布兰德而非斯多克芒医生作为个人主义的倡导者。

1932 年，林晓初发表了《易卜生综论》一文，引用了勃兰兑斯、萧伯纳和拉夫林的观点。他对易卜生艺术创作的评价，脱离了一般认为易卜生是纯粹的社会现实主义剧作家的框架。易卜生在其戏剧里融合了智识讨论和艺术。他的伟大之处在于能够直击事物的中心，批判需要被批判的问题。林晓初看到易卜生从创作中期到后期，经历了从聚焦社会的现实主义到注重个人内心发展的转变。虽然易卜生的哲学基础是个人和个人主义，但他也充满了社会主义思想，意欲揭露小资产阶级的弊病。不过，对思想的展现只占易卜生作品中的次要地位，作家首先重视的还是对人性的真实刻画。

然后，林晓初就提出了带有鲜明儒家思想烙印的观点。虽然易卜生提倡纯粹的个人主义，但这仅仅是因为大多数人被昏君引入了歧途。如果领袖丧失了"理"，也就是说他已经腐坏不堪，那么以他为榜样一定也会对社会产生腐化作用。易卜生深刻描绘了腐败行为对社会支柱的影响，因此挪威至少还有易卜生来揭露社会的黑暗。而当下中国的恶势力（注：1932 年时的中国）也同样猖獗，迫切需要这样一位易卜生式的人物站出来。此外，易卜生不只着墨于个人与社会的外部斗争，他还看到了个人的内部发展，有关性欲、恋爱、婚姻的问题也一样重要。接着，林晓初偏离了一般中国批评家的做法，尝试用《小艾友夫》和《爱的喜剧》来说明易卜生是如何处理复杂的人际关系，以及三角关系中的冲突，并表示作家是以戏剧家兼哲学家的手法来处理这些主题。在他看来，易卜生对人性的洞见赋予其读者看问题的新眼光。《玩偶之家》就是一个很好的例子，它不仅是关于妇女解放的问题，也含有全人类的问题。剧中提出了许多问题，并让读者去质疑社会应该拥有何种法律，宗教到底该给社会带来什么好处，什么样的伦理道德才该影响社会。正因为易卜生所提出的问题具有普适性，全世界的读者就会感到这些问题不仅涉及挪威人，也牵涉他们本人。

评论家韩侍桁则从另一个角度阐述其观点。在文章《个人主义的文学及其他》[①] 中，韩侍桁重新提到五四时期早期一些作家曾坚持的理念——"为艺术的艺术"。艺术中的个人主义变成了一种主观印象，它既非客观思想，也非社会思想。自我不能与社会分离，因为自我是通过社会关系及其环境——如其他人的自我——来形成的。不过，作家们的洞察力和感受力比一般人更为敏锐。他/她的同情心很博大，神经也很敏感。因此，作家能集中表现所处现代社会的思潮，并成为其时代思潮的历史见证人。

1934 年，李瑚也在《亨利克·易卜生》一文中提出了同一论调：易卜生不仅是现实主义者或象征主义者，还是一位"文学上的英雄"（The hero as a man of letters），应该用这位作家的戏剧来了解其性格和思想。譬如《玩偶之家》一般被人当作写女性解放的戏剧，而实际上，它应该被看作关于人类、真理和虚伪的戏。李瑚引用了萧伯纳的观点，来证明娜拉意识到自己只是生活在虚伪的人生里，她的婚姻也是建立在谎言之

---

① 韩侍桁：《个人主义的文学及其他》，载《语丝》第 4 卷第 22 期，1928 年。

上。幡然醒悟后，她才做出了彻底离开海尔茂的决定。由于她意识到自己在为真理而抗争，她才成为了世界上最强有力的人。对于易卜生而言，真正地做一个人比获取男女平等更重要。

在这篇文章的第一部分，李瑚确立了自己的标准，并在第二部分再次运用这一标准来探讨《群鬼》一剧。在作者眼中，《群鬼》体现了易卜生佳构剧的最高水平。它不仅符合古典戏剧时间与场景的统一的要求，而且谋篇布局独具匠心，从一开场就抓住了观众／读者的注意力。《群鬼》紧凑的气氛很像《俄狄浦斯王》，慢慢地将过去的秘密呈现在观众／读者面前。因此，当最后的高潮来临时，一切都合情合理、水到渠成。李瑚是中国少数几位在文学说教功能的基础上能加入美学考量的评论家中的代表。

本章小结

在易卜生思想的传播过程中，现实主义是一个被反复强调的元素，但它不该被视作易卜生的首创。正如前文所提到的，中国文人普遍认为现实主义是最适合中国的文学理论。值得注意的是，中国的现实主义也常常夹杂着挥之不去的浪漫主义元素。后者在早期的话剧创作中表现得尤其突出：早期话剧倾向于借用情节剧的形式，这其实是剧作家们为吸引观众而做出的努力。其成分与传统戏曲颇为契合，而与易卜生主义却有一定差距。

中国文人把易卜生看作资本主义作家，在接受其观点主张的同时，也将之置于资本主义语境中。他们强调易卜生戏剧作品中那些和自由主义的资本主义社会相关联的元素，如自由（广义的自由和个人的自由）和解放。这些价值观长期以来都是中国知识精英所追求的目标，但他们没能让广大的群众真正接受这些价值观。在五四运动时期，中国作家本身也没有摆脱精英的身份。

在传播初期，易卜生思想的直接影响显而易见。胡适介绍了自己对易卜生主义的理解，把易卜生主义带进了戏剧领域和知识分子的争论当中。胡适的独幕剧《终身大事》创造了中国的第一个原型"娜拉"。这位"娜拉"既是一个个体，亦是有自己人生态度的女性。在其他作家的合力之下，对娜拉的诠释也有了更丰富的内涵，产生了新的效果。娜拉的形象在不断变化，各种想法也相继涌现。

娜拉在中国文艺界传播和接受的早期，中国的女性作家对于人类解放也提出了发人深省的见解。胡适和郭沫若所刻画的都是强而有力、能够掌握自己命运的女性，而冰心却展现了更深刻的洞察力：其作品反映了在解放与社会变革的影响下，普通男女所面临的种种问题。她给出的解决方案是重视教育，这也是传统自由派眼中改造社会的第一步。在前文提到的三部作品中，冰心的短篇小说最为生动立体。早在1919年，她就已经在作品中开始探讨女性解放后的相关问题。而其他男性作家笔下的"中国娜拉"则趋于扁平化，被刻画成自由意志的化身。如果说，在被接受和传播的审美客体的构建过程中，作家是极为关键的一环，那么男性和女性作家之间的差异则早在1920年就已呼之欲出。易卜生拓宽了中国人关于"人类"观念，但拓宽至何种程度则取决于其性别和政治信仰。作为人类解放的象征，娜拉同时引起了男性和女性的关注，但是不同个体对自我、人类、自由和解放等主题的理解都千差万别，这在早期白话文学作品中已经显而易见。

五四运动的成果之一是女性作家辈出。娜拉是偶像破坏精神的象征，这种精神要求打破儒家思想的枷锁并希望女性取得独立。因此，女性拿起了笔杆子，描述自由是如何影响了她们——影响了她们的人生、事业和生活等方面。她们把自己的感情和想法都汇入笔尖、书写成文，帮助同样在抗争路上的女性同胞。多数女性作家使用了小说的形式，她们的主旨往往迥异于男性作家，并且她们还会使用其他方法来表现这一主题。除了在氛围与风格上，女性作家的创作角度也和男性作家不同。男性作家似乎聚焦于宏观的层面，意在体现外部环境的势力是如何阻碍了解放的进程，而女性作家则集中于自由和自我的微观层面，以及自由与内心的关系。

娜拉在家庭中的角色是妻子、母亲和玩物——这都是中国女性再熟悉不过的。如果女性抛弃了传统文化赋予她的这些角色，那么她也就失去了立足之地。女性作家更关注内在自我，而鲁迅和叶圣陶等作家倾向于描绘女性是如何成为其家庭和朋友的受害者的。叶圣陶的作品反映了即便是开明的男性也会强迫女性放弃自己的意愿而接受"自由"，这其实是压迫的一种延续。

20世纪20年代中期到后期，白话文创作又兴起了短篇小说和中篇小说这样的新形式，并发展成为独立的艺术门类。鲁迅、叶圣陶和丁玲所创造的人物都非刻板平面的人物，他们对女主人公的描画为解放的愿景增添了新的维度。如果这几位作家在创作时真的是以"娜拉"为原型，那他们不但赋予了娜拉血肉之躯以及"中国人"的身份，还把20世纪二三十年代中国人所面临的现实摆在了她的面前。这些角色在社会的限制之下发展。而男性和女性视角下的"妇女解放"并不相同。丁玲更关注内在自我的发展，而非外部的种种限制因素。在一定程度上，男性作家茅盾在 1930 年创作小说《虹》的时候，显示出了他具备一种"女性化"的感受力来理解女性心理，尽管他花费了过多篇幅在马克思主义思想的阐述上以提升作品的可信度。而凌叔华和冰心则让我们得以体会解放后的"娜拉们"的日常生活状态。由于她们注重细节，描写较为克制，因而也更有说服力。她们聚焦于女性自我的发展，因而范围也较为狭窄。这大概是因为她们很难找到可借鉴的新生活模板。一位解放的中国男性可以轻易地在其新生活中给自己找到有意义的角色。回顾过去，他甚至可以很容易地就找到自己可以效仿的历史人物。然而，这样的女性榜样很少。娜拉（及其他）虽然为真正打破了牢笼的女性提供了模板，但易卜生却让她的命运悬而未决；从女性作家的作品来看，她们同样彷徨于过去和不可知的未来。冰心对这一新的发展感到好奇和怀疑，并不时地建议以教育作为走向新社会的第一步；凌叔华则展现了日常生活是如何削弱了女性的发展潜力，并刻画了女性内心的犹疑和踟蹰。她们虽然拥有了自由，但社会内部却并没有给她们提供角色转换的可能。凌叔华所描绘的内心生活是女性对外部环境的反应，并成了这一环境的受害者——自我要与社会一争高下。在对"美好的奇迹"充满向往之前，娜拉曾从她琐碎的家庭活动中感到快乐。而凌叔华笔下的女主人公虽然已经认清了这一真相，但她们仍然只能从事同样无意义的活动。面对五四运动早期所提出的问题——在家庭和家人之外，女性是否能够拥有自我？——凌叔华给出的答案可以说是消极甚至否定的。

丁玲笔下的女主人公则深陷于欲望与意志的分裂之中。莎菲让意志战胜了情感，从而解决了自己的问题。她克服了其他所有情绪，决定离开英俊而浅薄的新加坡大学生凌吉士。在可以出发追求新的人生以前，莎菲必须首先摆脱自己的性欲望。在和自己的情感斗争时，她想要把凌吉士从身边赶走；一旦战胜了自己的情感，她却选择了离开。然而，由于身体抱恙，她只是短暂地体会到了新的人生。和本章讨论的其他女主人公相比，莎菲更接近于风情女子而非娜拉。所以，她没能像娜拉那样成为后人的模范。丁玲的女主人公们所面临的困难在于，虽然她们看似获得了解放，但却只能在真空中做出抉择，因为之前从来没有女性有选择自由的可能，她们也就找不到可效仿的典范。所以，她们的抉择就显得相当偶然和随机。与此同时，她们也无法做出明智、负责的决定，因为并没有负责任的前人先例。相较之下，胡适可以侃侃而谈"什么是有责任的自由"。因为作为男性，他很清楚这意味着什么。而丁玲似乎却表示有责任的自由对于女性而言并无意义，因为女性连稳定的内在自我都还未争取到。

中国的文学观其实和西方一样百花齐放。但在对易卜生的理解与诠释上，却出奇地趋于一致，没有太多明显的差异。五四运动以后的中国评论家和他们的前辈一样，是为精英读者写作。他们事先假定读者群与自己有类似的教育及文化背景。正因如此，他们好像把西方作家当作自己熟知的中国知名作家。这或许可以解释为什么《玩偶之家》这类有多重意蕴的戏剧被转变、压缩为了一句女性解放的口号。即便是不能或者不想受到西方文学传统濡染的读者，也会非常有把握地发表他们对陌生作家的看法。

中国人再创了易卜生所创造的世界，并根据本土的实际情况做出改编。在某种程度上，这个再造的世界和西方视野下的易卜生世界相交叠。19世纪末、20世纪初，"把易卜生看作思想家"的观点在西方也相当盛行，但中国尤其执着地视易卜生为说教者。并且在这里，易卜生作品的文本本身并没有受到最高的重视。中国的评论似乎说明了读者反应论的一个主张，即文本是其读者和接受作用下的结果。但读者反应论的建立的前提是文本与读者之间的互动。而中国读者的反应并不能真正证实读者反应论，因为不少易卜生的评论者其实并没有读过文本。中国读者的互动很大程度上是他们与作为原型（或是口号）的"娜拉"之间的互动。严格来说，这是早期接受情况与新读者之间的互动，而新读者又不断地建构着易卜生被接受的基础。在读者反应理论里，文本不能和其接受史相分割；而在中国，人们有时会在没有文本的情况下来探讨文本的接受。

批评家在讨论易卜生时，总会强调他的生平。无论相关与否，生平细节都是中国文学批评中反复出现的重点。当评论者发现易卜生年少穷困潦倒，成长于荒凉贫瘠的国家的时候，他们会表现得格外欣慰。或许，发现挪威也和当时的中国一样落后能够缓解一些他们的情绪。当然，易卜生被介绍到中国是因为他的戏剧正符合五四运动的诉求。中国评论家通过阅读西方的批评文章，发现易卜生是一位激进的作家。而在中国的传播过程中，这种激进主义又得以加强。在"世界、作家、作品和读者的相互关系"中，"作家所身处的世界"和"作家在作品中所创造的世界"不同于"读者所再创造的世界"和"读者所身处的世界"。[①]但是在中国，它们的差异比在西方更加明显。只是"读者所再创造的世界"和"读者所身处的世界"基本上还较为一致。

中国对萧伯纳的接受可作为平行案例在此加以讨论。他同样被视为社会批评家兼戏剧家。他的戏剧作品几乎与易卜生在同一时期传入中国，并且他们的作品都被诠释为对社会的批评。在很大程度上，中国对萧伯纳的评价和对易卜生的评价如出一辙，人们很少注意到两位作家各自所处的时代和背景上的差异。1923年，茅盾为潘家洵翻译的《华伦夫人之

---

① Liu, James J. Y. *The Interlingual Critic*. Interpreting Chinese Poetry. Bloomington, 1982, p.16.

职业》作序，并在其中将两位作家放在一起讨论。他强调萧伯纳受到易
卜生的影响，并指出在研习了易卜生的创作后，后来萧伯纳发展出了他
自己独特的社会批评技巧。他写道：

> 易卜生是诊断病源不开方子的医生，萧伯纳是开方子的。他是
> 个热心的社会主义者。他所宣传的反屏主义（Fabian Socialism）是
> 一种国家社会主义，他是想借剧本以为宣传主义的工具的，所以他
> 的作品完全是"理智的"。①

对于易卜生和萧伯纳而言，其实都是"读者所再创造的世界"引起
了中国人的兴趣。

在小说领域，"娜拉"所在的语境一直在扩大和改变，在旧有想象
的基础上又增添了新的憧憬。但是在中国的批评界，易卜生笔下的人物
却没有改变不断被扁平化、模式化的命运，易卜生自己也始终被当作道
德说教的作家。易卜生在中国的接受十分符合中国的传统观念，即文学
应该担负起指导社会行为的责任。显而易见的是，在中国评论家自身的
背景和引介的新文学这一对立中，他们对自身背景的普遍假设决定了他
们将关注新文学的哪些方面。不过，当新的文学在介绍、传播进入另一
个国家时，其意识形态常常会成为主导因素。中国人在阅读易卜生的作
品时，并非意在寻找审美的元素，以同他们自己的审美理念相联系、比
较。由于他们是通过意识形态思想而接触到易卜生，因此对易卜生的理
解和诠释也注定会是如此。

---

① 萧伯纳著，潘家洵译：《华伦夫人之职业》，上海，1935年，第12页。

结语

没有一位中国评论家试图将易卜生作为审视中国文化传统的起点。易卜生总是扮演着反传统的角色，代表了能够改造中国的新思想。而他戏剧里的主题，如疾病的遗传，则被看作是对科学的戏剧化。过去两百多年以来，欧洲已将文学的审美价值提升到了重要的高度，凌驾于意识形态之上。而在中国，人们仍然维护着"文以载道"的传统。在五四时期，它不过是变成了不同的口号罢了。中国的青年知识分子宣扬"应该对西方文学进行钻研"的观点，但他们仍然坚定不移地相信文学应该表现社会和政治需求。这和传统儒学家的主张并无二致。回过头来看，年轻的叛逆者们所提出的观念明显和传统观念非常接近。

林毓生指出，中国的儒家传统过于铁板一块，所以五四青年不得不全盘否定或全盘接受它。他认为，中国的传统不允许胡适等批评家否定传统的一部分而接受另一部分，所以胡适"必须"全盘拒绝自己的文化：

> 然而胡适坚持全盘的反传统主义，并毫无保留地接受杜威早期的思想观念，这让他的渐进改良主义成了一种形式上的坚持……他坚持用渐进的方法来改良中国传统，但这并没有激发他在全盘攻击中国传统文化以前，对其做实质性的考察。①

---

① Lin Yii-sheng. *The Crisis of Chinese Consciousness. Radical Antitraditionalism in the May Fourth Era*. Taipei, 1984, pp. 153–154.

但我认为，中国传统的某些要素为胡适（以及其他人）评判西方文化，打下了一部分基础。他们有意识地去重新定义并重估他们的文化传统，有意识地挑选西方文化中那些值得思考的元素。在这一决策过程中，他们的中国文化背景构成了重要的一环。对易卜生的接受并不表示对中国文化的全盘接受，而是帮助他们摒弃传统中那些不利于进步的元素。即便在反传统精神最盛的五四运动时期，历史传统对改造当下所产生的影响仍然如影随形。

在某种意义上，西方的自由主义思想是对中国哲学传统的全盘否定。因此，胡适可以算是所有中国改革者中最为激进的一位。自由主义的两块基石——坚信个人本身拥有最终的价值，以及用公正执法来保护个人——彻底击碎了中国传统之下个人与社会关系的理念。中国缺少将个人与政府置于法律规范之下的体制，自由主义在中国的失败很可能与此有极大关系。

阿瑟·洛夫乔伊（A. O. Lovejoy）认为大多数理论和学说都是混合物，而非单一的观念：

> 通常它们不是拥护一种学说，而是拥护集中不同的且常常是相互冲突的学说。哲学学说为不同的个体或群体所主张，这些个体或群体思考这些名称的方法要么是曾经为他们自己所用过的方法，要么是曾经在历史学家的传统术语中用过的方法。而且，这些学说中的每一个好像都可以依次解析为更为简单的要素，这些要素常常很奇怪地结合在一起，而且是从许多不同动机和历史影响中派生出来。[1]

---

[1] Lovejoy, Arthur O. *The Great Chain of Being. A Study of the History of An Idea.* Cambridge Mass. and London, 1978, p. 6.

本书所探讨的个人主义、自由主义、女性主义与批评都属于这样的模式。当然，易卜生的思想只是五四时期涌入中国的众多思潮之一。他剧本里所包含的一整套复杂的观念在19世纪的欧洲得以广泛流传。在中国，这些观念被解析为更加简单的要素，与其他众多思想观念杂糅在了一起。但是，他的思想成了胡适人生哲学中至关重要的一个部分，对"独立个人"这一意义的确立也起着重要作用。通过胡适的阐释，易卜生主义也被胡适的追随者用来阐释和巩固自由主义理念。虽然在五四后期，他们没有再频繁提及易卜生，但在各种意识形态的限制下，他们仍然为学术自由而奋战，同胡适的易卜生主义保持了一致。

就女性主义而言，胡适笔下的解放女性在鲁迅的介入下，变得更加程式化。在"女性离家出走会怎样"的讨论中，"娜拉"充当了中国女性的生成模型。中国的早期女权主义者如秋瑾，在1918年以前常被视作自私而不庄重的女人。在"娜拉"形象问世后，秋瑾得到了重估。此后，丁玲等女性活动家将秋瑾视作她们为新未来奋斗道路上的一位先锋。

只要娜拉不被某一种意识形态解决方案困住，她就可以一直充当生成模型。20世纪20至30年代，娜拉是新女性神话中不变的元素之一。最后，她被改造成了游击队员，失去了生成更多变体的潜力。游击队员娜拉失去了作为娜拉的原型功能，回归而成另一种原型——"花木兰"。然而，在游击队的背景中，她不能再生成更多的娜拉，因为她已经获得了新的象征功能。

这个时期的中国文学批评家往往也都是作家。他们或多或少认真读过易卜生的著作。自由派作家将胡适"易卜生主义"里的内容当作他们的原始文本（或许还有易卜生的作品），而女权主义者则将胡适，更多的是将鲁迅当作"原作者"。但与此同时，批评家也的确是在易卜生原文的基础上进行评价。他们认为，易卜生对他们的创造力起到了装饰作用，进而主要变成了新的文学形象——独立女性——创作中的理论指导者和催化剂。

中国读者很少和文本相互作用，而往往和文本的传播有着互动。探求易卜生戏剧的意义，即它所传达的理念以及它该如何被运用于中国，比戏剧本身更加重要。浪漫的女性形象——徘徊于海边、忧郁地望向大海的女性——很可能借鉴了艾梨达的元素，是易卜生艺术的早期浪漫化变体。但相较之下，娜拉坚定不移地走出家门、走向光明未来或不确定的未来的原型，要比这种浪漫的诠释普遍得多。

易卜生所代表的是意识形态而非唯美主义，因此中国对其戏剧评判的标准是他的人物可以作为何种榜样或理想，来助力于制定开明的新政策。对阿尔文太太、斯多克芒医生和娜拉等人物的评判，并不是以他们的美学复杂性为出发点。他们被抽离出审美语境，并被诠释成原型人物。这意味着中国的"易卜生主义者"从这些人物身上所选取的特征，是能被归纳概括并理想化为刻板典型的。由此，这些人物变成近于普世的理想，和文学历史语境完全割裂。

这些理想化、原型化的"易卜生人物"，通过胡适等自由派作家获得了象征价值：他们被设想为生成模型，衍生出了无限的描绘或书写。根据胡适的观点，斯多克芒是易卜生的延伸。胡适锁定了斯多克芒身上的原型要素，从而扩大了"具有批判精神的个人"这一概念。胡适对斯多克芒医生的诠释并没有带来生成的效果。然而胡适和鲁迅对娜拉的诠释，让她获得了生成效果。这意味中国版本的娜拉，如秋瑾等人物，得到了认可。秋瑾变成了娜拉的象征符号（或表现形式）。在符号学的框架内，生成模型完全可以在其各种再现形式里保持超验的状态。这些再现形式无法被描述，它们是对娜拉的刻画，并且它们刻画的不是"娜拉"在舞台上的模样，而是她在中国被发现和再创造的模样。

中国人从未想过要从易卜生的作品里寻找和文学问题相关的美学解决办法。他们通过易卜生主义认识了易卜生，而易卜生主义决定了他们会从易卜生那里看到什么样的内容。中国批评家善于兼容并蓄，他们挑选了积极的元素，用于新社会的创建。此后，模式化的形象获得了正面的价值，成为反抗旧社会的解放力量。易卜生被转变成了易卜生主义。

在挪威，人们诠释易卜生时往往会插入作家生平与美学因素，并通过挪威或斯堪的纳维亚半岛历史上的事件来阐述剧本的细节。虽然挪威对易卜生的评价也会包含很多易卜生主义的要素，但通常来说，他的作品是被当成整体来评价的。历史剧是他艺术创作中十分重要的部分，和他写于创作生涯中期、被用于构建易卜生主义的那些戏剧一样重要。对早期易卜生创作的评价也并没有脱离后期那些象征剧所构建的语境。所以在他去世以后，挪威人也从未将"改革者"身份的易卜生高悬于美学评价之上。诚然，《社会支柱》被认为是现实主义戏剧，是对当下社会的讽刺，而《玩偶之家》一般被称作问题剧。在挪威，即便《玩偶之家》被认为是关于妇女解放的戏剧，而且关于"女性是否能够或应该抛夫弃子"的问题的确激发了广泛的讨论，但娜拉很快就从一种"典型"转变为了一个"人"。《群鬼》代表着极度的堕落，某些不把堕落和死亡当回事的作家甚至视欧士华为英雄，但这部戏很快也融入了易卜生戏剧的整体里。它们都是关于人的，而非关于社会问题的作品。

也许易卜生的世界知名度让挪威人很难提炼或只关注他艺术中的某一个方面。或许距离艺术家越远，就越容易从他的艺术中提炼出最适合本土社会情况的元素。在挪威，人们常常通过之前的历史来解读易卜生的作品。而在欧洲的其他国家，人们把其作品当作可以改变当下社会的利器，或用于解释不再适宜的社会状况。当易卜生后来从欧洲语境移植到中国后，只选取其作品中那些适合某种语境并有助于实现建立"全新中国"的元素，就变得更加简单了。因此，易卜生主义在挪威最多只构成了易卜生的一部分；而在中国，易卜生主义则成了易卜生的全部。

附录一

易卜生主义

胡适

"易卜生主义"！这个题目是不容易做的。我又不是专门研究易卜生的人，如何配做这篇文字？但是我们现在出一本"易卜生号"，大吹大擂的把易卜生介绍到中国来，似乎又不能不有一篇"易卜生主义"的文字。没奈何，我只好把我心目中的"易卜生主义"写出来，做一个"易卜生号"的引子。

一

易卜生最后所作的《我们死人再生时》（*When We Dead Awaken*）一本戏里面有一段话，很可表现出易卜生所作文学的根本方法。这本戏的主人翁是一个美术家，费了全副精神雕成一副像，名为"复活日"。这位美术家自己说他这副雕像的历史道：

> 我那时年纪还轻，不懂得世事。我以为这"复活日"应该是一个极精致、极美的少女像，不带着一毫人世的经验，平空地醒来，自然光明庄严，没有什么过恶可除。……但是我后来的几年，懂得些世事了，才知道这"复活日"不是这样简单的，原来是很复杂的。……我眼里所见的人情世故，都到我理想中来，我不能不把这

些现状包括进去。我只好把像的座子放大了，放宽了。

我在那座子上雕了一片曲折爆裂的地面。从那地的裂缝里，钻出来无数模糊不分明，人身兽面的男男女女。这都是我在世间亲自见过的男男女女。（二幕）①

这是"易卜生主义"的根本方法。那不带一毫人世罪恶的少女像，是指那盲目的理想派文学。那无数模糊不分明，人身兽面的男男女女，是指写实派的文学。易卜生早年和晚年的著作虽不能全说是写实主义，但我们看他极盛时期的著作，尽可以说，易卜生的文学，易卜生的人生观，只是一个写实主义。一八八二年，他有一封信给一个朋友，信中说道：

我做书的目的，要使读者人人心中都觉得他所读的全是实事。（《尺牍》第一五九号）②

人生的大病根在于不肯睁开眼睛来看世间的真实现状。明明是男盗女娼的社会，我们偏说是圣贤礼义之邦；明明是赃官污吏的政治，我们偏要歌功颂德；明明是不可救药的大病，我们偏要说一点病都没有！却不知道，若要病好，须先认有病；若要政治好，须先认现今的政治实在不好；若要改良社会，须先知道现今的社会实是男盗女娼的社会！易卜生的长处，只在他肯说老实话，只在他能把社会种种腐败龌龊的实在情形写出来，叫大家仔细看。他并不是爱说社会的坏处，他只是不得不说。一八八〇年，他对一个朋友说：

---

① 胡适所引用的易卜生剧本，笔者采用了 *The Works of Henrik Ibsen*（The Viking Edition），New York, 1911—1913, Vols. 1–16.

② 胡适所引用的易卜生通信《尺牍》，笔者采用了 *The Correspondence of Henrik Ibsen*, the translation ed. By Marry Morison. New York, 1905, p. 463 .

我无论作什么诗，编什么戏，我的目的只要我自己精神上的舒服清净。因为我们对于社会的罪恶，都脱不了干系的。（《尺牍》第一四八号）

因为我们对于社会的罪恶都脱不了干系，故不得不说老实话。

二

我们且看易卜生写近世的社会，说的是一些什么样的老实话。

第一，先说家庭。

易卜生所写的家庭，是极不堪的。家庭里面，有四种大恶德：一是自私自利；二是倚赖性，奴隶性；三是假道德，装腔作戏；四是懦怯没有胆子。做丈夫的便是自私自利的代表。他要快乐，要安逸，还要体面，所以他要娶一个妻子。正如《娜拉》戏中的郝尔茂，他觉得同他妻子有爱情是很好玩的。他叫他妻子做"小宝贝""小鸟儿""小松鼠儿""我的最亲爱的"等等肉麻名字。他给他妻子一点钱去买糖吃，买粉搽，买好衣服穿。他要他妻子穿得好看，打扮得标致。做妻子的完全是一个奴隶。她丈夫喜欢什么，她也该喜欢什么，她自己是不许有什么选择的。她的责任在于使丈夫欢喜。她自己不用有思想：她丈夫会替她思想。她自己不过是她丈夫的玩意儿，很像叫化子的猴子专替他变把戏引人开心的（所以《娜拉》又名《玩偶之家》）。丈夫要妻子守节，妻子却不能要丈夫守节，正如《群鬼》（Ghosts）戏里的阿尔文夫人受不过丈夫的气，跑到一个朋友家去；那位朋友是个牧师，很教训了她一顿，说她不守妇道。但是阿尔文夫人的丈夫在外面偷妇人，甚至淫乱他妻子的婢女；人家都毫不介意，那位牧师朋友也觉得这是男人常有的事，不足为奇！妻子对丈夫，什么都可以牺牲；丈夫对妻子，是不犯着牺牲什么的。《娜拉》戏内的娜拉因为要救她丈夫的生命，所以冒她父亲的名字，签了借据去借钱。后来事体闹穿了，她丈夫不但不肯娜拉分担冒名的干系，还要痛骂她带累他自己的名誉。后来和平了结了，没有危险了，她丈夫又装出大度的样子，说不追究她的错处了。他得意扬扬地说道："一个男人赦了他妻子的过犯是很畅快的事！"（《娜拉》三幕）

这种极不堪的情形，何以居然忍耐得住呢？第一，因为人都要顾面子，不得不装腔做势，做假道德遮着面孔。第二，因为大多数的人都是没有胆子的懦夫。因为要顾面子，故不肯闹翻；因为没有胆子，故不敢闹翻。那《娜拉》戏里的娜拉忽然看破家庭是一座做猴子戏的戏台，她自己是台上的猴子。她有胆子，又不肯装假面子，所以告别了掌班的，跳下了戏台，去干她自己的生活，那《群鬼》戏里的阿尔文夫人没有娜拉的胆子，又要顾面子，所以被她的牧师一劝，就劝回头了，还是回家去尽她的"天职"，守她的"妇道"。她丈夫仍旧做那处淫荡的行为。阿尔文夫人只好牺牲自己的人格，尽力把他羁縻在家。后来生下一个儿子，他母亲恐怕他在家学了他父亲的坏榜样，所以到了七岁便把他送到巴黎去。她一面要哄她丈夫在家，一面要在外边替她丈夫修名誉，一面要骗她儿子说她父亲是怎样一个正人君子。这种情形，过了十九个足年，她丈夫才死。死后，他妻子还要替他装面子，花了许多钱，造了一所孤儿院，作她亡夫的遗爱。孤儿院造成了，把她儿子唤回来参与孤儿院落成的庆典。谁知她儿子从胎里就得了他父亲的花柳病的遗毒，变成一种脑腐症，到家没几天，那孤儿院也被火烧了，她儿子的遗传病发作，脑子坏了，就成了疯人了。这是没有胆子，又要面子的结局。这就是腐败家庭的下场！

三

其次，且看易卜生的社会的三种大势力。那三种大势力：一是法律，二是宗教，三是道德。

第一，法律。法律的效能在于除暴去恶，禁民为非。但是法律有好处也有坏处。好处在于法律是无有偏私的；犯了什么法，就该得什么罪。坏处也在于此。法律是死板板的条文，不通人情世故；不知道一样的罪名却有几等几样的居心，有几等几样的境遇情形；同犯一罪的人却有几等几样的知识程度。法律只说某人犯了某法的某某篇某某章某某节，该得某某罪，全不管犯罪的人的知识不同，境遇不同，居心不同。《娜拉》戏里有两件冒名签字的事：一件是一个律师做的，一件是一个不懂法律的妇人做的。那律师犯这罪全由于自私自利，那妇人儿这罪全因为她要救她丈夫的性命。但是法律不问这些区别。请看两个"罪人"讨论这个问题：

（律师）郝夫人，你好像不知道你犯了什么罪，我老实对你说，我犯的那桩使我一生名誉扫地的事，和你所做的事恰恰相同，一毫也不多，一毫也不少。

（娜拉）你！难道你居然也敢冒险去救你的妻子的命吗？

（律师）法律不管人的居心如何。

（娜拉）如此说来，这种法律是笨极了。

（律师）不问他笨不笨，你总要受它的裁判。

（娜拉）我不相信。难道法律不许做女儿的想个法子免得她临死的父亲烦恼吗？难道法律不许做妻子的救她的丈夫的命吗？我不大懂得法律，但是我想总该有这种法律承认这些事的。你是一个律师，你难道不知道有这样的法律吗？柯先生，你真是一个不中用的律师了。（《娜拉》一幕）

最可怜的是世上真没有这种入情入理的法律！

第二，宗教。易卜生眼里的宗教久已失去了那种可以感化人的能力；久已变成毫无生气的仪节信条，只配口头念得烂熟，却不配使人奋发鼓舞了。《娜拉》戏里说：

（郝尔茂）你难道没有宗教吗？

（娜拉）我不很懂得究竟宗教是什么东西。我只知道我进教时那位牧师告诉我的一些话。他对我说宗教是这个，是那个，是这样，是那样。（三幕）

如今人的宗教，都是如此，你问他信什么教，他就把他的牧师或是他的先生告诉他的话背给你听。他会背耶稣的祈祷文，他会念阿弥陀佛，他会背一部《圣谕广训》。这就是宗教了！

宗教的本意，是为人而作的，正如耶稣说的，"礼拜是为人造的，不是人为礼拜造的。"不料后世的宗教处处与人类的天性相反，处处反乎人情。如群鬼戏中的牧师，逼着阿尔文夫人回家去受那荡子丈夫的待遇，去受那十九年极不堪的惨痛。那牧师说，宗教不许人求快乐；求快乐便是受了恶魔的魔力了。他说，宗教不许做妻子的批评丈夫的行为。他说，宗教教人无论如何总要守妇道，总须尽责任。那牧师口口声声所说是"是"的，阿尔文夫人心中总觉得都是"不是"的。后来阿尔文夫人仔细去研究那牧师的宗教，忽然大悟，原来那些教条都是假的，都是"机器造的"！（《群鬼》二幕）

但是这种机器造的宗教何以居然能这样兴旺呢？原来现在的宗教虽没有精神上的价值，却极有物质上的用场。宗教是可以利用的，是可以使人发财得意的。那《群鬼》戏里的木匠，本是一个极下流的酒鬼，卖妻卖女都肯干的。但是他见了那位道学的牧师，立刻就装出宗教家的样子，说宗教家的话，做宗教家的唱歌祈祷，把这位蠢牧师哄得滴溜溜的转（二幕）。那《罗斯马庄》（Rosmersholm）戏里面的主人翁罗斯马本是一个牧师，后来他的思想改变了，遂不信教了。他那时想加入本地的自由党，不料党中的领袖却不许罗斯马宣告他脱离教会的事。为什么呢？因为他们党里很少信教的人，故想借罗斯马的名誉来号召那些信教的人家。可见宗教的兴旺，并不是因为宗教真有兴旺的价值，不过是因为宗教有可以利用的好处罢了。

第三，道德。法律宗教既没有裁制社会的本领，我们且看"道德"可有这种本事。据易卜生看来，社会上所谓"道德"不过是许多陈腐的旧习惯。合于社会习惯的，便是道德；不合于社会习惯的，便是不道德。正如我们中国的老辈人看见少年男女实行自由结婚，便说是"不道德"。为什么呢？因为这事不合于"父母之命，媒妁之言"的社会习惯。但是这班老辈人自己讨过许多小老婆，却以为是很平常的事，没有什么不道德。为什么呢？因为习惯如此。又如中国人死了父母，发出讣书，人人都说"泣血稽颡"，"苫块昏迷"。其实他们何尝泣血？又何尝"寝苫枕块"？这种自欺欺人的事，人人都以为是"道德"，人人都不以为羞耻。为什么呢？因为社会的习惯如此，所以不道德的也觉得道德了。

这种不道德的道德，在社会上，造出一种诈伪不自然的伪君子。面子上都是仁义道德，骨子里都是男盗女娼。易卜生最恨这种人。他有一本戏，叫作《社会的栋梁》（*Pillars of Society*）。戏中的主人名叫褒匿，是一个极坏的伪君子：他犯了一桩奸情，却让他兄弟受这恶名，还要诬赖他兄弟偷了钱跑脱了。不但如此，他还雇了一只烂脱底的船送他兄弟出海，指望把他兄弟和一船的人都沉死在海底，可以灭口。

这样一个大奸，面子上却做得十分道德，社会上都尊敬他，称他做"全市第一个公民"，"公民的模范"，"社会的栋梁"！他谋害他兄弟的那一天，本城的公民，聚了几千人，排起队来，打着旗，奏着军乐，上他的门来表示社会的敬意，高声喊道，"褒匿万岁！社会的栋梁褒匿万岁！"

这就是道德！

四

其次，我们且看易卜生写个人与社论的关系。

易卜生的戏剧中，有一条极显而易见的学说，是说社会与个人互相损害；社会最爱专制，往往用强力摧折个人的个性，压制个人自由独立的精神；等到个人的个性都消灭了，等到自由独立的精神都完了，社会自身也没有生气了，也不会进步了。社会里有许多陈腐的习惯，老朽的思想，极不堪的迷信，个人生在社会中，不能不受这些势力的影响。有时有一两个独立的少年，不甘心受这种陈腐规矩的束缚，于是东冲西突想与社会作对。上文所说的褒匿，当少年时，也曾想和社会反抗。但是社会的权力很大，网罗很密；个人的能力有限，如何是社会的敌手？社会对个人道："你们顺我者生，逆我者死；顺我者有赏，逆我者有罚。"那些和社会反对的少年，一个一个的都受家庭的责备，遭朋友的怨恨，受社会的侮辱驱逐。再看那些奉承社会意旨的人，一个个的都升官发财，安富尊荣了。当此境地，不是顶天立地的好汉，决不能坚持到底。所以你褒匿那般人，做了几时的维新志士，不久也渐渐地受社会同化，仍旧回到旧社会去做"社会的栋梁"了。社会如同一个大火炉，什么金银铜铁锡，进了炉子，都要熔化。易卜生有一个戏叫《雁》（*The Wild Duck*）写一个人捉到一只雁，把它养在楼上半阁里，每天给它一桶水，让它在水里打滚游戏。那雁本是一个海阔天空逍遥自得的飞鸟，如今在半阁里关久了，也会生活，也会长得胖胖的，后来竟完全忘记了它从前那种海阔天空来去自由的乐处了！个人在社会里，就同这雁在人家半阁上一般，起初未必满意，久而久之，也就惯了，也渐渐地把黑暗世界当作安乐窝了。

社会对于那班服从社会命令，维持陈旧迷信，传播腐败思想的人，一个一个的都有重赏。有的发财了，有的升官了，有的享大名誉了。这些人有了钱，有了势，有了名誉，就像老虎长了翅膀，更可横行不忌了，更可借着"公益"的名义去骗人钱财，害人生命，做种种无法无天的行为。易卜生的《社会的栋梁》和《博曼克》（*John Gabriel Borkman*）两本戏的主人翁都是这种人物，他们钱赚得够了，然后掏出几个小钱来，开一个学堂，造一所孤儿院，立一个公共游戏场，"捐二十磅金去买面包给贫人吃"（《社会性栋梁》二幕中语）。于是社会格外恭维他们，打着旗子，奏着军乐，上他们家来，大喊"社会的栋梁万岁！"

那些不懂事又不安本分的理想家，处处和社会的风俗习惯反对，是该受重罚的。执行这种重罚的机关，便是"舆论"，便是大多数的"公论"。世间有一种最通行的迷信，叫作"服从多数的迷信"。人都以为多数人的公论总是不错的。易卜生绝对的不承认这种迷信。他说"多数党总在错的一边，少数党总在不错的一边"（《国民公敌》五幕）。一切维新革命，都是少数人发起的，都是大多数人所极力反对的。大多数人总是守旧麻木不仁的；只有极少数人，有时只有一个人，不满意于社会的现状，要想维新，要想革命。这种理想家是社会所最忌的。大多数人都骂他是"捣乱分子"，都恨他"扰乱治安"，都说他"大逆不道"；所以他们用大多数的专制威权去压制那"捣乱"的理想志士，不许他开口，不许他行动自由；把他关在监牢里，把他赶出境去，把他杀了，把他钉在十字架上活活地钉死，把他捆在柴草上活活地烧死。过了几十年几百年，那少数人的主张渐渐变成多数人的主张了，于是社会的多数人又把他们从前杀死钉死烧死的那些"捣乱分子"一个一个地重新推崇起来，替他们修墓，替他们作传，替他们立庙，替他们铸铜像。却不知道从前那种"新"思想，到了这时候，又早已成了"陈腐的"迷信！当他们替从前那些特立独行的人修墓铸铜像的时候，社会里早已发生了几个新派少数人，又要受他们杀死钉死烧死的刑罚了！所以说"多数党总是错的，少数党总是不错的"。

易卜生有一本戏叫作《国民公敌》，里面写的就是这个道理。这本戏的主人翁斯铎曼医生从前发现本地的水可以造成几处卫生浴池。本地的人听了他的话，觉得有利可图，便集了资本造了几处卫生浴池。后来四方的人闻了这浴池的名，纷纷来这里避暑养病。来的人多了，本地的商业市面便渐渐发达兴旺。斯铎曼医生便做了浴池的官医。后来洗浴的人之中，忽然发生一种流行病症；经这位医生仔细考察，知道这病症是从浴池的水里来的，他便装了一瓶水寄与大学的化学师请他化验。化验出来，继知道浴池的水管安得太低了，上流的污秽停积在浴池里，发生一种传染病的微生物，极有害于公众卫生。斯铎曼医生得了这种科学证据便做了一篇切切实实的报告书，请浴池的董事会把浴池的水管重行改造，以免妨碍卫生。不料改造浴池须要花费许多钱，又要把浴池闭歇一两年；浴池一闭歇，本地的商务便要受许多损失。所以本地的人全体用死力反对斯铎曼医生的提议。他们宁可听任那些来避暑养病的人受毒病死，却不情愿受这种金钱的损失，所以他们用大多数的专制威权压制这位说老实话的医生，不许他开口。他做了报告，本地的报馆都不肯登载。他要自己印刷，印刷局也不肯替他印。他要开会演说，全城的人都不把空屋借他做会场。后来好容易找到了一所会场，开了一个公民会议，会场上的人不但不听他的老实话，还把他赶下台去，由全体一致表决，宣告斯铎曼医生从此是国民的公敌。他逃出会场，把裤子都撕破了，还被众人赶到他家，用石头掷他，把窗户都打碎了。到了明天，本地政府革了他的官医；本地商民发了传单不许人请他看病；他的房东请他赶快搬出屋去；他的女儿在学堂教书，也被校长辞退了。这就是"特立独行"的好结果！这就是大多数惩罚少数"捣乱分子"的辣手段！

五

其次，我们且说易卜生的正义。易卜生的戏剧不大讨论政治问题，所以我们须要用他的《尺牍》（*Letters*,ed.byhisson,Sigurdlbsen,English Trans.1905）做参考的材料。[①]

易卜生真实完全是一个主张无政府主义的人。当普法之战（一八七〇至一八七一年）时，他的无政府主义最为激烈。一八七一年，他有信与一个朋友道：

> ……个人绝无做国民的需要。不但如此，国家简直是个人的大害。请看普鲁士的国力，不是牺牲了个人的个性去买来的吗？国民都成了酒馆里跑堂的了，自然个个是好兵了。再看犹太民族：岂不是最高贵的人类吗？无论受了何种野蛮的待遇，那犹太民族还能保存本来的面目。这都因为他们没有国家的原故。国家总得毁去。这种毁除国家的革命，我也情愿加入。毁去国家观念，单靠个人的情愿和精神上的团结做人类社会的基本，——若能做到这步田地，这可算得有价值的自由起点。那些国体的变迁，换来换去，都不过是弄把戏，——都不过是全无道理的胡闹。（《尺牍》第七九）

易卜生的纯粹无政府主义，后来渐渐地改变了。他亲自看见巴黎"市民政府"（Commune）的完全失败（一八七一），便把他主张无政府主义的热心灭了许多（《尺牍》第八一）。到了一八八四年，他写信给他的朋友说，他在本国若有机会，定要把国中无权的人民联合成一个大政党，主张极力推广选举权，提高妇女的地位，改良国家教育，要使脱除一切中古陋习（《尺牍》第一七八）。这就不是无政府的口气了。但是他自己到底不曾加入政党。他以为加入政党是很下流的事（《尺牍》第一五八）。他最恨那班政客，他以为"那班政客所力争的，全是表面上

---

① 此处，笔者仍然是援引了 Mary Morison 翻译的版本，因为奥斯陆大学图书馆没有 Sigurd Ibsen 的版本。

的权利，全是胡闹。最要紧的是人心的大革命"（《尺牍》第七七）①。

易卜生从来不主张狭义的国家主义，从来不是狭义的爱国者。一八八八年，他写信给一个朋友说道：

> 知识思想略为发达的人，对于旧式的国家观念，总不满意。我们不能以为有了我们所属的政治团体便足够了。据我看来，国家观念不久就要消灭了，将来定有一种观念起来代它。即以我个人而论，我已经过这种变化，我起初觉得我是那威国人，后来变成斯堪丁纳维亚人（那威与瑞典总名斯堪丁纳维亚）。我现在已成了条顿人了。（《尺牍》第二〇六）

这是一八八八年的话。我想易卜生晚年临死的时候（一九〇六），一定已进到世界主义的进步了。

六

我开篇便说过易卜生的人生观只是一个写实主义。易卜生把家庭社会的实在情形都写了出来，叫人看了动心，叫人看了觉得我们的家庭社会原来是如此黑暗腐败，叫人看了晓得家庭社会真正不得不维新革命——这就是"易卜生主义"。表面上看去，像是破坏的，其实完全是建设的。譬如医生诊了病，开的一个脉案，把病状详细写出，这难道是消极的破坏的手续吗？但是易卜生虽开了许多脉案，却不肯轻易开药方。他知道人类社会是极复杂的组织，有种种绝不相同的境地，有种种绝不相同的情形。社会的病，种类绝繁，决不是什么"包医百病"的药方所能治得

---

① 这句话并没有出现在"第七七"封信中。不过，"第七七"（p. 205）中有一段类似的话："他们只想要那种浮于表面，有利于他们自己的革命，比如政治上的革命，但这一切不过是胡闹。真正最要紧的是人类精神的革命。"（"They want only their own special revolutions in externals, in politics, etc. But all this is mere trifling. What is all-important is the revolution of the spirit of man."）

好的。因此他只好开个脉案，说出病情，让病人各人自己去寻医病的药方。

虽然如此，但是易卜生生平却也有一种完全积极的主张。他主张个人须要充分发达自己的天才性；须要充分发展自己的个性，他有一封信给他的朋友兰戴说道：

> 我所最期望于你的是一种真益纯粹的为我主义。要使你有时觉得天下只有关于我的事最要紧，其余的都算不得什么。……你要想有益于社会，最好的法子莫如把你自己这块材料铸造成器。……有的时候我真觉得全世界都像海上撞沉了船，最要紧的还是救出自己。

（《尺牍》第八四）

最可笑的是有些人明知世界"陆沉"，却要跟着"陆沉"，跟着堕落，不肯"救出自己"！却不知道社会是个人组成的，多救出一个人便是多备下一个再造新社会的分子。所以孟轲说"穷则独善其身"，这便是易卜生所说"救出自己"的意思。这种"为我主义"，其实是最有价值的利人主义。所以易卜生说，"你要想有益于社会：最好的法子莫如把你自己这块材料铸造成器。"《娜拉》戏里，写娜拉抛弃了丈夫儿女飘然而去，也只为要"救出自己"。那戏中说：

> （郝尔茂）……你就是这样抛弃你的最神圣的责任吗？
>
> （娜拉）还等我说吗？可不是你对于你的丈夫和你的儿女的责任吗？
>
> （娜）我还有别的责任同这些一样的神圣。
>
> （郝）没有的。你且说，那些责任是什么。
>
> （娜）是我对于我自己的责任。

（郝）最要紧的，你是一个妻子，又是一个母亲。

（娜）这种话我现在不相信了。我相信第一我是一个人正同你一样。——无论如何，我务必努力做一个人。（三幕）

一八八二年，易卜生有信给朋友道：

这样生活须使各人自己充分发展：——这是人类功业顶高的一层；这是我们大家都应该做的事。（《尺牍》第一六十四号）

社会最大的罪恶莫过于摧折个人的个性，不使他自由发展。那本《雁》戏所写的只是一件摧残个人才性的惨剧。那戏写一个人少年时本极有高尚的志气，后来被一个恶人害得破家荡产，不能度日；那恶人又把他自己通奸有孕的下等女子配给他做妻子，从此家累日重一日，他的志气便日低一日。到了后来，他堕落深了，竟变成了一个懒人懦夫，天天受那下贱妇人和两个无赖的恭维，他洋洋得意地觉得这种生活很可以终身的。所以那本戏借一个雁做比喻，那雁在半阁上关得久了，他从前那种高飞远举的志气全消灭了。居然把人家的半阁做他的极乐国了！

发展个人的个性须要有两个条件。第一，须使个人有自由意志。第二，须使个人担干系，负责任。娜拉戏中写郝尔茂的最大错处只在他把娜拉当作"玩意儿"看待，既不许她有自由意志，又不许她担负家庭的责任，所以娜拉竟没有发展她自己个性的机会。所以娜拉一旦觉悟，恨极她的丈夫，决意弃家远去，也正为这个原故。易卜生又有一本戏，叫作《海上夫人》（*The Lady from The Sea*），里面写一个女子哀梨妲少年时嫁给人家做后母，她丈夫和前妻的两个女儿看她年轻，不让她管家务，只叫她过安闲日子。哀梨妲在家觉得做这种不自由的妻子，不负责任的后母，是极没趣的事。因此她天天想跟人到海外去过那海阔天空的生活。

她丈夫越不许她自由，她偏越想自由。后来她丈夫知道留她不住，只得许她自由出去，她丈夫说道：

> （丈夫）……我现在立刻和你毁约，现在你可以有完全自由拣定你自己的路子。……现在你可以自己决定，你有完全的自由，你自己担干系。
>
> （哀梨妲）完全自由！还要自己担干系！还担干系咧！有这么一来，样样事都不同了。

哀梨妲有了自由又自己负责任了，忽然大变了，也不想那海上的生活了，决意不跟人走了（《海上夫人》第五幕）。这是为什么呢？因为世间只有奴隶的生活是不能自由选择的，是不用担干系的。个人若没有自由权，又不负责任，便和做奴隶一样，所以无论怎样好玩，无论怎样高兴，到底没有真正乐趣，到底不能发展个人的人格。所以哀梨妲说，有了完全自由，还要自己担干系，有这么一来，样样事都不同了。

家庭是如此，社会国家也是如此。自治的社会，共和的国家，只是要个人有自由选择这权，还要个人对于自己所行所为都负责任。若不如此，决不能造出自己独立的人格。社会国家没有自由独立的人格如同酒里少了酒曲，面包里少了酵，人身上少了脑筋，那种社会国家决没有改良进步的希望。

所以易卜生的一生目的只是要社会极力容忍，极力鼓励斯铎曼医生一流的人物（斯铎曼事见上文四节）；要想社会上生出无数永不知足，永不满意，敢说老实话攻击社会腐败情形的"国民公敌"；要想社会上有许多人都能像斯铎曼医生那样宣言道："世上最强有力的人就是那个孤立的人！"

社会国家是时刻变迁的，所以不能指定那一种方法是救世的良药：

十年前用补药，十年后或者须用泄药了；十年前用凉药，十年后或者须用热药了。况且各地的社会国家都不相同，适用于日本的药，未必完全适用于中国；适用于德国的药，未必适用于美国。只有康有为那种"圣人"，还想用他们的"戊戌政策"来救戊午的中国；只有辜鸿铭那班怪物，还想用二千年前的"尊王大义"来施行于二十世纪的中国。易卜生是聪明的人，他知道世上没有"包医百病"的仙方，也没有"施诸四海而皆准，推之百世而不悖"的真理。因此他对于社会的种种罪恶污秽，只开脉案，只说病状，却不肯下药。但他虽不肯下药，却到处告诉我们一个保卫社会健康的卫生良法。他仿佛说道："人的身体全靠血里面有无量数的白血球的白血轮时时刻刻与人身的病菌开战，把一切病菌扑灭干净，方才可使身体健全，精神充足。社会国家的健康也全靠社会中有许多永不知足，永不满意，时刻与罪恶分子宣战的白血轮，方才有改良进步的希望。我们若要保卫社会的健康，须要使社会里时时刻刻有斯铎曼医生一般的白血轮分子。但使社会常有这种白血轮精神，社会决没有不改良进步的道理。"一八八三年，易卜生写信给朋友道：

> 十年之后，社会的多数人大概也会到了斯铎曼医生开公民大会时的见地了。但是这十年之中，斯铎曼自己也刻刻向前进；所以到了十年之后，他的见地仍旧比社会的多数人还高十年。即以我个人而论，我觉得时时刻刻总有进境。我从前每作一本戏时的主张，召集都已渐渐变成了很多数人的主张。但是等到他们赶到那里时，我久已不在那里了。我又到别处去了。我希望我总是向前去了。（《尺牍》第一七二）

民国七年五月十六日作于北京

附录二

中国易卜生研究书目提要（1917—1949）

引言

我第一次尝试编纂中文的易卜生研究文章是出于硕士论文写作的需要。[①] 从那以后，我一直在不断扩充这份书目。在此期间，我得到了中国国家图书馆（北京）和上海图书馆的大力支持。1982 年，我以访问学者的身份在图书馆中度过了两个月，使得这份书目尽可能地完善。然而，肯定还有部分文章未得以收录其中。这是由于我无法一一查阅所有的现存资料，而非是我刻意做了主观性的筛选。

范围

本书目的范围限于 1917 年胡适首发《易卜生主义》一文至 1949 年中华人民共和国的成立。同时，本书目仅收录在中国发表的中文文章。

所有报纸、杂志和著作中的相关文章均有收录。

编排方式

本书目以年代为顺序依次编排，同年发表的文章则以字母的先后

[①]　Elisabeth Eide: *Hu Shi and Ibsen: Ibsen's Influence in China 1917—1921 as Seen through the Eyes of a Prominent Chinese Intellectual.* University of Oslo , 1973.

顺序排列。新闻报纸上有关同一议题的辩论则编于一个条目下，一方面是因为这些辩论包含匿名的文章，另一方面则因为这些辩论已经在本书中论及。

本书目也收录了从西方语言翻译成中文的文章，但省略提要。注有星标的条目不是第一手材料，即是在其他文献中提及的，原文献则在条目后面的括号里给予说明，这里我主要参考了河南的一本纸质索引文献，而非北京和上海所保存的原文手稿。

每个条目包含作者（如已知），文章标题以及标题的翻译（本书略，译者注），发表的刊物以及日期、页码和再版情况。文章所参考的西方著作，所频繁提起的重要西方评论家，以及和易卜生相比较的西方作家都一并列入。

每个条目都有文章内容的简短摘要。特别的角度或方法将予以说明，但不做个人评价。

书目提要

1918

1. 胡适：《易卜生主义》，《新青年》第 4 卷第 6 期（6 月），第 489-507 页。

2. 太玄（疑为茅盾笔名）：《文豪意普森传》，《学生》第 5 卷第 2 期，第 1-5 页。

该文介绍了易卜生的生平概况。显然这是对另一篇文章的总结，但文章名并未给出。

3. 袁振英：《易卜生传》，《新青年》第 4 卷第 6 期（6 月），第 606-619 页。

序言表明这篇文章参考了埃德蒙·葛斯撰写的传记。摘要详见第三章。

1919

4. 匿名:《易卜生之戏曲》,《晨报》(第 10 卷)1919 年 8 月 26-29 日第 7 版。

文章提到勃兰兑斯、尼采和托尔斯泰。《布兰德》受到了尼采哲学的启发。

在这篇关于易卜生的文章之前,《晨报》还刊载了一篇关于莫里斯·梅特林克(Maurice Maeterlinck)的评论。

本文指出,易卜生想要男性和女性为他们自己和后代而奋斗。易卜生采用了现实主义的手法来描绘当代社会。《社会支柱》和《海上夫人》两剧说明易卜生也有基调积极乐观的戏剧。

1921

5. 俞长源:《现代妇女问题剧的三大作家》,《妇女杂志》1921 年第 7 卷第 7 期,第 12-15 页。

该文参考了勃兰兑斯的批评。除易卜生外的其他两位作家是比昂松和斯特林堡。

和女性主义问题相关的戏剧主要包括《玩偶之家》《群鬼》《海上夫人》和《罗斯莫庄》。个人主义是女性解放的关键。女性必须拥有选择的权利,同时也要对她们自己的选择负责。

1922

6. ※ 郭豫育:《看了易卜生的〈国民公敌〉以后》,《觉悟》1922 年 7 月 22 日。(《中国文学论文索引》,河南师范大学中文系,1979 年,第 296 页)

7. 余上沅:《过去二十二戏剧名家及其代表杰作》,《晨报副刊》1922 年 10 月 31 日,第 1-2 页(涉及易卜生的《玩偶之家》)。

与该文同天见报的还有《建筑大师》中译本。

对《玩偶之家》作简单介绍。该剧前两幕表明易卜生的戏剧和法国戏剧密切相关，但在第三幕，易卜生戏剧的伟大之处得以彰显。

1923

8. 《晨报副刊》1923 年 5 月 11-18 日。一场关于北京女子高等师范大学表演《玩偶之家》（即下文中的《娜拉》）的争论。相关文章包括：

8a. 仁陀：《看了女高师两天演剧以后的杂谈》，5 月 11 日，第 3-4 页。

8b. 芳信：《看了娜拉后的零碎感想》，5 月 12 日，第 4 页，以及 5 月 13 日，第 4 页。

8c. 林如稷：《又一看了女高师两天演剧以后的杂谈》，5 月 16 日，第 3 页。

8d. 何一公：《女高师演的娜拉》，5 月 17 日，第 3-4 页，以及 5 月 18 日，第 5-6 页。

关于这场演出的争论结果大致是《玩偶之家》对于观众而言过于进步和前卫。很多观众中途就离开了剧场，因为他们并不理解娜拉，而娜拉的命运亦不值得他们关注和同情。以悲剧结尾的爱情并不符合中国的传统。在不少观众看来，娜拉最后离开丈夫举动是难以理解的，也不值得推荐。

9. 鲁迅：《娜拉走后怎样》，1923 年 12 月 26 日鲁迅在北京女高师发表的演讲，后发表于《妇女杂志》，1924 年第 10 卷第 8 期，第 1218-1222 页。后再版于鲁迅的杂文集《坟》（1907—1925）。

摘要详见第二章。

1924

10. 李寄野：《易卜生戏剧中的妇女问题》，《妇女杂志》第 10 卷第 12 期（12 月），第 1821-1823 页。

作者在文末附言此文多取材于霭理斯（Havelock Ellis）的 *The New Spirit*。

该文讨论了《玩偶之家》《群鬼》《野鸭》和《海上夫人》四部剧。《玩偶之家》更多的是关于婚姻，而非女性解放。《野鸭》是关于道德与贞洁的戏剧。男性可以在结婚前与其他女性发生关系，而女性却必须在婚前保持贞洁，婚后守寡。因此，该剧和当时的中国社会问题密切相关。

11. 缜生：《北京的警察厅真聪敏》，《晨报副刊》12 月 20 日，第 4 页。

这是一篇发表于《晨报副刊》的抗议书，起因是由吴瑞燕主演的《玩偶之家》被警察厅禁止。

1925

12. ※ 拉夫林（Janko Lavrin）著，焦菊隐译：《艺术家之易卜生》，《京报》6 月 18 日。（《中国文学论文索引》，河南师范大学中文系，1979 年，第 294 页。）

13. 茅盾：《谈谈玩偶之家》，《文学周报》，5 月 21 日，第 38-40 页。

该文和上海戏剧协社演出《玩偶之家》相关。导演是洪深，剧本使用了欧阳予倩的翻译且做了一定中国化。

文中提到了奥托·海勒（Otto Heller），描述了舞台演出的细节。

作为五四运动的精神激励者，易卜生可以和马克思相提并论。我们可以从易卜生的戏剧中得出一个结论：经历过真爱的人不会去伤害其他人的生命力。当娜拉发现她需要精神刺激以感受自身的鲜活，于是便离开了海尔茂。她对自我满足的需要比做贤妻良母的需要更为重要。

14. 心冷：《"傀儡之家庭"评》，《国闻周报》第 2 卷第 20 期
    5 月 31 日，第 30-35 页（附照片）。

这是一篇上海戏剧协社演出《玩偶之家》的剧评。

无论是在演员的表演还是在提出的社会问题上，这次演出都相当成功。像法律、宗教和女性问题等当下中国所亟待解决的问题，都在本剧中有讨论。

1927

15. 拉夫林（Janko Lavrin）著，焦菊隐译：《艺术家之易卜生》，
    《晨报副刊》2 月 16-17 日。（此文即条目 12 的重译版——译
    者注）

16. 濮舜卿：《易卜生与史德林堡之妇女观》，《妇女杂志》第 13
    卷第 9 期（9 月），第 19-24 页。

易卜生的《玩偶之家》以及他所呈现的男女所需遵循的不同道德和社会准则，都和女性解放相关。因而在此语境下，《群鬼》被认为是《玩偶之家》的姊妹篇。

17. 袁振英：《易卜生社会哲学》，上海：泰东图书局，共 194 页。

摘要参见第三章。

18. 张皇：《易卜生》，《世界日报副刊》11 月 13-14 日（连载于
    之后的几期，但我只看到两期，因此缺少相关信息）。

该文总结了易卜生的生平和作品，引用了岛村抱月和勃兰兑斯来证明易卜生的首要身份是社会批评家。

19. 郑振铎：《文学大纲》，上海：商务印书馆，共 902 页（关于
    易卜生的章节在第 435-442 页）。

作者调查了易卜生的生平和作品，他将易卜生和埃斯库罗斯、莎士

比亚、高乃依相提并论。易卜生的作品被分为四类，其中最根本的元素
是女性解放和个人主义。

1928

20. 有岛武郎著，鲁迅译：《伊孛生的工作态度》，《奔流》第 1
卷第 3 期，第 417-430 页。原文最早载于 1920 年 7 月《新潮》
（*Shincho*）杂志，译文则以《有岛武郎著作集》第十三辑为
底本。

21. 格奥尔格·勃兰兑斯（Georg Brandes）著，林语堂译：*Henrik
Ibsen*，《奔流》第 1 卷第 3 期，第 431-481 页。可能译自
Georg Brandes: *Henrik Ibsen. Mit Zwölf Briefen Henrik Ibsens.*
Leipzig，1906.

22. 匿名：《易卜生诞生百年纪念》，《大公报（天津）》3 月 26 日。
该文亦刊于《国闻周报》1928 年第 5 卷第 12 期，第 1-2 页。

该文简要总结了自胡适发表《易卜生主义》以来的十年间，易卜生
在中国的地位。文章还介绍了易卜生在欧洲的地位，讨论了其戏剧的哲
学。易卜生是一位伟大艺术家，因为他在剧作中提出了社会问题，也因
为其作品非常适合舞台演出。作家创造性的现实主义里也含有浪漫主义
的元素。

23. 蔼理斯（Ellis Havelock）著，郁达夫译：《易卜生论》，《奔
流》第 1 卷第 3 期，第 367-415 页。译者在文后增加了一段附
记。译自 Ellis: *The New Spirit*. London.

24. 爱玛·高德曼（Emma Goldman）著，李芾甘（巴金）译：《易
卜生底四大社会剧》，《一般》第 4 卷第 3 期，第 396-424 页。
该文是巴金 1928 年在巴黎留学时翻译的。译自 Goldman: *The
Social Significance of the Modern Drama*. Boston，1914.

25. 焦菊隐：《论易卜生》，《晨报副刊》3 月 20-28 日。

阿契尔和勃兰兑斯均在文中提及。

该文首先介绍了欧洲戏剧、挪威的背景以及易卜生的生平简介。然后以《布兰德》和《培尔·金特》为例，讨论了易卜生的个人主义。易卜生不仅是哲学家也是艺术家，他提供了讨论问题的可能性，但却避免给出解决方案。易卜生还是一位幽默家。他的社会批评是其艺术和美学价值的附属。中国一直沉迷于易卜生的社会批评家身份，但我们必须意识到易卜生戏剧艺术的其他方面。

26. 刘大杰：《易卜生研究》，上海：商务印刷馆，共 166 页。序言写于日本。

该书分为五章，分别是易卜生的生平、易卜生的作品、思想的概观与作品的影响、易卜生以前的欧洲剧坛和般生（即比昂松）的艺术与生涯。其中，第 128-137 页是关于另一位挪威剧作家比昂松的生平简介；第 138-161 页附有胡适的《易卜生主义》；第 162-166 页则附刘大杰译《真娜拉》。

勃兰兑斯的论著是该书的主要参考对象。此外，索福克勒斯、盖哈特·霍普特曼、斯特林堡都与易卜生相联系、比较。

作者首先介绍了易卜生的生平和作品，并提供每部作品的概要。然后探讨了易卜生的个人主义和他同尼采的联系。易卜生将欧洲发生的重要风潮转变为艺术，在个人主义、法律、宗教、女性解放思想的基础上发展戏剧冲突。欧洲的思想是易卜生戏剧及其哲学的源头。易卜生是 19 世纪最伟大的艺术家。

27. 鲁迅：《编校后记》，《奔流》第 1 卷第 3 期，第 613-616 页。这期《奔流》是易卜生专集，鲁迅在后记中讲述了中国特别关注易卜生的原因。

1918 年《新青年》出"易卜生号"是为了建设现代戏剧和提倡白话文，而该期《奔流》则是为了说明易卜生不仅是一位社会批评家，也是伟大的戏剧家。

28. R. Ellis Roberts 著，梅川译：*Henrik Ibsen*，《奔流》第 1 卷第 3 期，第 483-494 页。译自 Roberts: *The Bookman*，1928.

29. 一非：《易卜生的"伯兰"》，《贡献》第 3 卷第 5 期（7 月），第 2-20 页。

摘要参见第三章。

30. ※ 于复熙（音译，Yu Fu-hsi）：《玩偶之家百年纪》，中国台湾《联合报》1978 年 4 月 27 日。（Tam Kwok-kan. *Ibsen in China: Reception and Influence*. Ph.d thesis，Illinois，1984，p. 405.）

31. 余上沅：《伊卜生的艺术》，《新月》第 1 卷第 3 期，第 1-16 页。

该文参考了以下英文论著：William Archer: *Notes from Ibsen's Workshop*; Malevinsky: *The Science of Playwriting*; Brander Mathews: *The Principles of Playmaking*.

该文还提及埃德蒙•葛斯和戈登•克雷，并将易卜生同索福克勒斯、莎士比亚相比较。

易卜生是现代戏剧运动中的重要人物，他给了内容合适相当的美学形式。其作品的形式和内容相得益彰，但传统中国戏曲主要只关注形式。易卜生从概念中创造戏剧，并融入了各种人物命运，如娜拉、阿尔文太太等。易卜生笔下的人物只是普通一般人，发生在他们身上的一连串事件也合乎情理，能让观众信服。易卜生结合了唯美主义和社会现实主义。

32. 袁振英：《伯尔根底批评》，《泰东月刊》第 2 卷第 4 期（12 月），第 15-25 页。

《布兰德》和《培尔•金特》（即伯尔根）是易卜生戏剧创作的两大基石。培尔•金特是和布兰德相对的人物。前者的母亲教他说谎和逃避真相，因此，他宁愿给自己制造幻觉假象也不愿意面对现实。《培尔•

金特》实际上更接近于讽刺文，而不是理想化的诗剧。它是一部不乏瑕疵但饱含哲学的戏剧。

33. 袁振英：《易卜生百年祭》，《泰东月刊》第 2 卷第 2 期（10月），第 17-27 页。

该文其实是袁振英论著《易卜生社会哲学》的小结。摘要详见第三章。

34. ※ 袁振英：《易卜生底杰著：白兰特牧师底批评》，《泰东月刊》第 1 卷第 7、第 8 期。（袁振英在《伯尔根底批评》中表示自己还写了一篇关于《布兰德》的文章。）

35. 袁振英：《易卜生底女性主义》，《泰东月刊》第 2 卷第 3 期（11 月），第 17-20 页。

摘要参见第二章。

36. 张嘉铸：《伊卜生的思想》，《新月》第 1 卷第 3 期，第 42-58 页。

文中提及勃兰兑斯、萧伯纳、克罗齐和葛斯，并将易卜生和萧伯纳相比较。

该文介绍了《社会支柱》《玩偶之家》《群鬼》和《人民公敌》的内容，以此为切入点介绍易卜生的思想。对于易卜生而言，比妇女解放和个人主义更重要的是对真理和自由的追求。易卜生教导男男女女去获得自由、独立思考。我们应该研究易卜生，因为他的思想可能会成为一场改革运动的重要部分，并且，中国此刻也很少有个人能够站出来反对多数。

37. Lars Aas 著，梅川译：《伊孛生的事迹》，《奔流》第 1 卷第 3 期，第 347-366 页。译自 Aas: "The Story of Ibsen", in *The Bookman*, 1928.（《中国文学论文索引》第 294 页指出，该文亦刊于《当代》1928 年第 3 期。）

1929

38. 熊佛西：《论〈群鬼〉》，《天津益世报副刊》1929 年 12 月 24 日第 33 期。后收录于 1931 年出版的《佛西论剧》中，第 123-133 页。该文是为国立北平艺术学院戏剧系第九次公演而作。

古典戏剧以外在冲突和暴力（"拳打脚踢"）为主，而现代戏剧则注重人的内心冲突。阿尔文太太之所以是悲剧人物，是因为她不仅必须忍受痛苦，而且还牺牲了自己一生的幸福。《群鬼》其实并不是写梅毒之病，而是在揭露横行于社会的恶势力与腐化思想。这是 山遵循了古典"三一律"，却又十分前卫的心理剧。然而，易卜生唯一的缺点是对话过多，中国观众很容易对此感到困倦。所以，观看《群鬼》的观众要有耐心，要集中精力理解对话，而不要因为舞台上少于打斗而感到失望。

39. 熊佛西：《社会改造家的易卜生与戏剧家的易卜生》，《天津益世报副刊》1929 年 11 月 21 日第 12 期。后收录于 1931 年出版的《佛西论剧》中，第 115-121 页。

每个中国青年都受到易卜生的影响。壮年的易卜生在中国很有影响力，因为这个时期的他被看作社会改革家。然而晚年的易卜生却被忽略了，他晚年时的哲学与壮年时是冲突的。易卜生戏剧的特点是现实主义，他使用了通俗的语言来描写普通人的生活。通过"倒写法"，他将佳构剧变成了现代戏剧。不过，他的缺陷在于好说话，这会让中国观众疲倦催眠。

1930

40. 陈西滢：《易卜生的戏剧艺术》，《国立武汉大学文哲季刊》第 1 卷第 1 期，第 45-59 页。该文参考了威廉·阿契尔所英译的易卜生作品。除阿契尔外，陈西滢还提到葛斯、韦甘德（Hermann Weigand）、海勒、萧伯纳和蔼理斯等。

作者将易卜生的戏剧同《俄狄浦斯王》相比较。

易卜生是戏剧的革新者，他为自然主义戏剧的发展开辟了道路。1877 年以后，易卜生开始探索他独特的回溯手法。在其笔下，精神分析戏剧也得以成熟。《罗斯莫庄》和《野鸭》更关注人的心理，而非社会批评。《野鸭》虽然是悲剧却充满了幽默，它结合了现代戏剧中众多重要的元素，因此它是最伟大的现代剧作之一。

41. ※ 陈治策：《易卜生的群鬼》，《睿湖》第 2 期，第 31-49 页。（Tam Kwok-kan. *Ibsen in China: Reception and Influence*. Ph.d thesis，Illinois，1984，p. 377.）

42. 方璧（茅盾）：《西洋文学通论》，上海：世界书局，1930 年。关于易卜生的论述在第 197-200 页。

易卜生通过对哲学的强调，改变了戏剧历史。他不再视人类的命运为超自然之力所主宰，而将重心放在了个人的命运受到社会之力的迫害上。该文提及胡适的文章，而易卜生则被看作在 19 世纪发挥了革命性作用的作家。

43. ※ 秋水：《看了〈群鬼〉以后》，《天津益世报副刊》第 40 期第 1 版。（《中国文学论文索引》，河南师范大学中文系，1979 年，第 296 页。）

44. 武者：《娜拉与华茜丽莎》，《明天》第 3 卷第 1 期（6 月），第 1-11 页，以及第 2 期（？），第 13-25 页。（笔者不确定这篇文章是否全文刊于第 1 期，还是有续文在第 2 期）

女性解放是与资本主义息息相关的。胡适、鲁迅和袁振英让人们对娜拉产生了兴趣，因为他们所提出的问题是中国社会里已经出现的问题。易卜生之所以受到欢迎是因为他为社会中普遍流行的思想增添了艺术的维度。1918 年，胡适的《易卜生主义》引起了"娜拉热"，这是走向女性解放的第一步。第二步则是亚历山德拉·柯伦泰（Alexandra Kollontaj）及其笔下的女主人公华茜丽莎，她意识到自己必须和其他人联合起来才能夺得力量。

45. 袁振英：《易卜生传》，中国香港：受匡出版部，共 100 页。

摘要参见第三章。

1931

46. 拉夫林著，张梦麟：《易卜生与萧伯纳》，《现代学生》第 1
卷第 8 期，第 1-10 页，以及第 9 期，第 1-12 页。

47. 杨村彬：《从近代剧的始祖展开》，《晨报》8 月 30 日。

该文提供了易卜生的生平，以及作品列表。同时，将易卜生的历史
意义分为两个部分：他作为社会批评家的影响，和他作为艺术家的成功
之处——在戏剧中充分运用了回溯的手法。

48. ※ 郑瑛：《读了娜拉剧以后》，《益世报》11 月 21 日第
10 版。

1932

49. 林晓初：《易卜生戏剧综论》，《剧学月刊》第 1 卷第 10 期，
第 5-18 页，以及第 11 期，第 1-14 页。

该文提到拉夫林、勃兰兑斯、斯特林堡，在易卜生、尼采和萧伯纳
之间做了比较。

易卜生的人生很大程度上影响了他的写作。他是一位个人主义者，
致力于描绘人性。通过与中国当下社会的对比可知，易卜生的社会哲学
显然是和中国密切相关的。作者强调了易卜生对爱情、死亡、三角恋以
及生命的隐蔽之力的痴迷，后一主题则在《小艾友夫》中有详尽的阐述。
易卜生也是一位哲学家。

50. 马彦祥：《戏剧讲座》，上海：现代书局。易卜生一节在第
163-173 页。

该节参考了霭理斯的论著，比较了易卜生和克努特·汉姆生（Knut
Hamsun）。

易卜生代表了与 19 世纪佳构剧的决裂。虽然易卜生以社会剧闻名，但他最大的成就其实在于对笔下人物哲学观以及心理发展的刻画。易卜生拓宽了戏剧的内在潜力，而减少了外在冲突。他纯熟巧妙地利用最少的动作和对话来达到最大的效果，他的杰作《群鬼》就是最好的证明；此外，《群鬼》还"科学地"展现了宗教和风俗习惯的"鬼魂"是如何横行于社会。

1933

51. ※ 匿名：《易卜生语录》，《益世报（天津）》，2 月 17 日。
（信息来源于国家图书馆馆藏文献）

52. 黎君亮：《新文艺批评谈话》，北京：北平人文书店。"易卜生之特质"一章在第 115-123 页。

作者概述了 19 世纪欧洲文学的整体情况，具有影响力的知识分子大多有所提及。对托尔斯泰、尼采和勃兰兑斯的着墨较多。

易卜生独特的人生哲学让他相信，人必须培养批判性思维，不要相信传统道德所谓的价值。在他所有的剧作中，他将爱和女性之爱，以及社会不公置于放大镜下细细审查。《布兰德》和《人民公敌》集中彰显了易卜生的个人主义；《玩偶之家》主要描写了女性的爱和母性的自觉，强调爱的互助互惠是非常重要的。在《人民公敌》《社会支柱》和《约翰·盖勃吕尔·博克曼》等剧中，易卜生则向资本主义制度发难。

53. 黎君亮：《新文艺批评谈话》，北京：北平人文书店。"克罗采的易卜生论"一章在第 123-138 页。

该节介绍了克罗齐（Benedetto Croce，黎君亮译为克罗采）对易卜生的看法。基本上是对克罗齐《诗与非诗》（*Poetry and Non-Poetry*）中关于易卜生一节的节译。

54. ※ 中村吉藏著，白桦译：《亨利·易卜生：北欧的反抗儿的孤愤之一生》，《黄钟》第 1 卷第 39 期，第 15-20 页。（《中国文学论文索引》，河南师范大学中文系，1979 年，第 295 页。）

55. 余心：《欧洲近代戏剧》，上海：商务印书馆。关于易卜生的论述在"自然主义剧"一章，第 14-23 页。

作者将易卜生的人生和作品紧密地联系在一起，并总结了《玩偶之家》和《群鬼》的剧情。

1933—1934

56. 普列汉诺夫著，瞿秋白译：《易卜生的成功》，约发表于 1933—1934 年。此处引用《瞿秋白文集（第四卷）》，北京：人民文学出版社，1954 年，第 1079-1088 页。

1934

57. 《国闻周报》第 11 卷第 11-20 期。关于娜拉以及女性解放的争论。详见第二章。相关文章如下：

57a. 绢冰：《挪拉走后究竟怎样》，《国闻周报》第 11 卷第 11 期（3 月 19 日），第 1-6 页。

57b. 江寄萍：《〈娜拉走后究竟怎样〉读后》，《国闻周报》第 11 卷第 13 期（4 月 2 日），第 1-3 页。

57c. 文宛：《读〈娜拉走后究竟怎样〉后》，《国闻周报》第 11 卷第 14 期（4 月 9 日），第 1-2 页。

57d. 夏英喆：《理想中的娜拉》，《国闻周报》第 11 卷第 15 期（4 月 16 日），第 1-4 页。

57e. 于立忱：《娜拉脱离家庭的原因与走后怎样的问题》，《国闻周报》第 11 卷第 16 期（4 月 23 日），第 1-6 页。

57f. 高磊：《关于娜拉出走》，《国闻周报》第 11 卷第 18 期（5 月 7 日），第 1-2 页。

57g. 杨振声：《娜拉与洛斯墨》，《国闻周报》第 11 卷第 20 期（5 月 20、21 日），第 1-4 页。

58. 辉群：《女性与文学》，上海：启智书局。在第二章"文学里面的妇女问题"中，有"易卜生及其剧"一节讨论易卜生，第 19-27 页。

摘要参见第二章。

59. 李瑚：《亨利克·易卜生》，《励学》第 1 卷第 2 期，第 183-198 页。

该文参考了罗根·史密斯（L. P. Smith）的著作《阅读莎士比亚》（*On Reading Shakespeare*）和萧伯纳的《易卜生主义的精华》（*The Quintessence of Ibsenism*）。提及托马斯·卡莱尔（Thomas Carlyle）、叶芝（William Yeats）和索福克勒斯等作家。

易卜生是一位文学上的英雄。他首先是艺术家，其次才是社会批评家。《玩偶之家》既关乎真理，又关乎女性解放。《玩偶之家》《群鬼》《人民公敌》和《野鸭》等剧的精华在于表现了"最强有力的人便是世界上最孤独的人"。作者将《群鬼》和其他古典戏剧相比较，介绍了新古典主义时期"三一律"的技巧，以及易卜生独具匠心的心理描画，最后指出《群鬼》是易卜生最完美的作品。

1935

60. ※ 曹聚仁：《奇事中的奇事》，《申报》7 月 10 日，第 5 页。（Tam Kwok-kan. *Ibsen in China: Reception and Influence*. Ph.d thesis，Illinois，1984，p. 399.）

61. ※ 高庆丰：《斯干迪那维亚文学的介绍》，《文艺战线》第 3 卷第 31 期。（信息源自国家图书馆馆藏稿，但该文实际发表于

1934 年，书目此处整理误归于 1935 年。——译者注）

62. 灵武：《娜拉，更勇敢些！》，《戏周刊》第 27 期 2 月 26 日，第 1-8 页。

该文是对 1935 年 1 月 1-3 日磨风剧社在南京上演《玩偶之家》的剧评，呼吁大家响应"娜拉"扮演者王苹所发起的妇女解放运动。

63. 茅盾：《汉译西洋文学名著》，上海：亚细亚书店。第三十一章"易卜生的'娜拉'"，第 238-244 页。

作者将易卜生和霍普特曼相比较。

该章节简单介绍了易卜生的生平，略述《玩偶之家》的剧情，并提供了一些易卜生各剧作中译本的信息。

64. 《新民报》1935 年 2 月 3-8 日刊登了一系列关于磨风剧社于 1 月 1-3 日在南京上演《玩偶之家》的文章。这些文章还讨论了娜拉扮演者王苹被学校辞退的问题。

详见第二章。

1936

65. 徐公美：《戏剧短论》，上海：光华书局。第 55-242 页附有周建侯译宫森麻太郎所著《近代剧大观》中的易卜生传略和剧作梗概部分。（此处年代有误。该书实际上出版于 1926 年——译者注）

1937

66. 袁昌英：《山居散墨》，上海：商务印书馆。《易卜生的〈野鸭〉》一文在第 99-116 页。

该文参考了韦甘德的《现代易卜生》（*The Modern Ibsen*）、布兰德·马修斯的《戏剧故事》（*The Story of Drama*）、C. K. 芒罗（C. K. Munro）的《看戏》（*Watching Plays*）和海勒的《易卜生》（*Ibsen*）。

该文不仅提供了《野鸭》的故事梗概，还透彻分析了该剧的结构。袁昌英通过图表来阐释易卜生是如何为观众/读者创造期待的感觉和紧张的局面，又是如何呈现幽默的元素的。要完全欣赏《野鸭》，必须采用一种特殊的视角；所以很多人都未能完全理解该剧的幽默之处。《野鸭》是易卜生创作的顶峰，说明了人并不是他/她自己的主宰者，环境会影响、干涉人的欲望。

1938

67. 茅盾：《从〈娜拉〉说起》，《珠江日报》4 月 29 日。引自：茅盾《文艺论文集》1942 年，第 71-73 页。

"娜拉"对中国女性主义运动的发展有着巨大的影响，其程度之甚，以至于五四运动后的一段时期甚至可以被称作"娜拉时期"。但是，娜拉所激发的运动过于软绵，现在必须由更强大、更有魄力的女性取代，才能应付一个更艰难的、全新的中国社会。

1943

68. 唐密：《第三阶段的易卜生》，《民族文学》第 1 卷第 4 期（12 月），第 36-39 页。

文中提及萧伯纳、斯特林堡、勃兰兑斯、尼采和比昂松。

该文认为，易卜生的影响既有意识形态上的，也有美学上的。在中国，易卜生创作生涯的第二阶段，即作为社会批评家的阶段，是最为人知的，因为他完美结合了形式与内容，从而打动了大众。在第三阶段，易卜生是孤独而失望的，不为世人所理解。但是，在这一阶段，他体现了个人为坚持自己的信仰所能达到的极限。易卜生向世人展现了一个伟大的人是多么的孤独寂寞，但是，即便是在寂寞之中，他也仍然能看到一丝希望的曙光。

1944

69. 徐百益：《易卜生的〈人民公敌〉》，《家庭（上海）》第 11 卷第 4 期，第 7-16 页。

从年代上来看，《人民公敌》发表在《群鬼》之后，它也是《群鬼》引起社会不满后，作家的有感而作。中国亟需斯多克芒医生这样的人，但却有太多阿斯拉克森，太少的斯多克芒。

1948

70. 洪深：《论者谓易卜生非思想家》，《文讯》第 9 卷第 1 期，第 14-16 页。

该文参考以下西方论著：巴雷特·克拉克（Barret Clarke）的《现代戏剧研究》（*A Study of Modern Drama*）、理查德·莫尔顿（Richard G Moulton）的《文学的近代研究》（*The Modern Study of Literature*）、约瑟夫·科恩（Joseph Cohen）的《哲学与文学》（*Philosophy and Literature*）、莫提默·艾德勒（Mortimer J. Adler）的《如何阅读一本书》（*How to Read a Book*）、斯坦尼斯拉夫斯基（Constantin Stanislavsky）的《演员自我修养》（*An Actor Prepares*），以及詹姆斯·法雷尔（James Farrel）的《文学与道德》（*Literature and Morality*）。

洪深引用上述作家的论述以表明艺术家总是在自己的作品中反映其思想。即便在近代科学的影响下，戏剧中的思想似乎已经过时，但思想是艺术作品得以形成的基础，体现了作家的创作语境。因此，我们必须注意到，易卜生对现代戏剧的形式和内容起到了巨大影响。他的思想，无论我们接受与否，都在其作品中得到了反映。

71. 田禽：《易卜生底青年时代》，《文潮月刊》第 6 卷第 1 期，第 2229-2244 页。

文中提及勃兰兑斯、威克斯蒂德和葛斯。

易卜生启发、激励了现代剧作家的创作。易卜生创作的特质是偶像破坏的叛逆精神，以及对人与人相爱的希望。中国读者应该记住，在评价一位作家之前，必须了解他的所有作品。易卜生作品的另一重要元素是培养人的人格。易卜生首先激起了人们对人格发展的渴望，此后，无论在中国还是西方，这一理念都受到了相当重视。

72. 田禽：《易卜生的中年和晚年》，《文潮月刊》第 6 卷第 2 期，第 2309-2317 页。

文中比较了易卜生和萧伯纳、霍普特曼和斯特林堡。

易卜生表露出了他内心的冲突：他从来不敢信任群众或在群众中生活；但他却用了自己一生的精力，试图为人们的人生观和社会观带来一丝改变。

易卜生对于挪威而言非常重要，因为他为新文学的萌芽和兴起起到了重要作用。对于西方世界，他也具有重要意义，因为他为新戏剧的建设添砖加瓦。这对于中国来说也很重要，但遗憾的是，易卜生在中国并没有得到充足的阐释机会，因为他只有部分作品被翻译成了中文。

73. 托普苏•詹生（Topsoe-Jensen, H. G.）著，赵景深译：《易卜生论》，《文潮月刊》第 4 卷第 5 期（3 月），第 1625-1628 页。

74. 熊佛西：《论易卜生》，《文潮月刊》第 4 卷第 5 期（3 月），第 1629-1630 页。

该文是为上海市立剧校上演《群鬼》而作。

易卜生对现代戏剧产生了不可磨灭的影响。不过，其戏剧的缺陷就是对话过于滔滔不绝，容易使人疲倦，因此在中国上演难以成功。

1949

75. ※ 萧乾：《皮尔•金特——一部清算个人主义的诗剧》，《大公报（香港）》8 月 15 日，第 5 版。（信息由萧乾本人提供）

补遗

1922

76. 宫森麻太郎著，周建侯译：《〈近代剧大观〉之易卜生名剧之一〈傀儡家庭〉》，《戏剧》第 2 卷第 1 期，第 39-43 页，以及第 2 期，第 27-41 页。（笔者只查到《戏剧》第 2 卷第 2 期而未找到第 1 期。由于第 2 期续文，因此断定该文第 1 期的标题和译者应与第 2 期同）（第 1 期具体页码由译者补齐，译者注）

77. 宫森麻太郎著，龚漱沧译：《〈近代剧大观〉之易卜生名剧之二〈群鬼〉》，《戏剧》第 2 卷第 1 期，第 45-51 页，以及第 2 期，第 43-55 页。（注释同上）

1934

78. 文干：《从易卜生的"娜拉"说到中国妇女运动》，《女子月刊》第 2 卷第 10 期（10 月），第 2946-2950 页。

娜拉为中国的妇女运动充当了模范。作者用五四运动以后的中国对比 19 世纪末、20 世纪初的欧洲，因而指出那些离开家庭的"中国娜拉"必须具备勇气和反抗意识，才能取得成功。这个社会不可能帮助妇女，因为（当时的）中国是资本支持和男性主导的社会。"中国娜拉"在出走之后，应该走入群众当中。第一批出走的娜拉或许不会成功，但她们会为后来的女性铺垫道路。这样一来，女性最终会得到解放。

该文亦提到一部名为《出走后的娜拉》的中国戏剧。

参考文献

中文文献

爱玛·高德曼著,震瀛(袁振英)译(1917):《结婚与恋爱》,载《新青年》第 3 卷第 5 期(7 月),第 52-60 页。

爱玛·高德曼著,震瀛(袁振英)译(1919):《近代戏剧论》,载《新青年》第 6 卷第 2 期(2 月),第 98-114 页。

冰心(1969):《两个家庭》,收录于《冰心小说选》,中国香港,第 1-10 页。

冰心(1949):《西风》,收录于《冬儿姑娘》,上海,第 26-39 页。

陈独秀(1916):《宪法与孔教》,载《新青年》第 2 卷第 3 期(11 月),第 1-5 页。

丁玲(1942):《三八节有感》,载《解放日报》。

丁玲(1979):《莎菲女士的日记》,收录于《丁玲选集》,中国香港,第 2-44 页。(首次发表于《小说月报》1928 年 2 月,第 202-224 页。)

丁文江(1932):《中国政治的出路》,载《独立评论》第 11 期,第 2-6 页。

傅斯年(1919a):《人生问题发端》,载《新潮》第 1 卷第 1 期(1 月),第 5-17 页。

傅斯年(1919b):《〈新潮〉之回顾与前瞻》,载《新潮》第 2 卷第 1 期(10 月),第 199-205 页。

高磊(1934):《关于娜拉出走》,《国闻周报》第 11 卷第 18 期(5 月 7 日),第 1-2 页。

郭沫若（年份不详）：《卓文君》，收录于《中国新文学大系（第九卷）》，中国香港，第272-294页。（首次发表于《创造季刊》，1923年。）

郭沫若（1959）：《"娜拉"的答案》，收录于《沫若文集》，北京，第12卷，第202-224页。

郭湛波（1936）：《近五十年中国思想史》，北京，第431页。

侯曜（1932）：《复活的玫瑰》，上海，第145页。

胡适（1918a）：《美国的妇人》，载《新青年》第5卷第3期（9月），第213-24页。

胡适（1918b）：《易卜生主义》，载《新青年》第4卷第6期（6月），第489-507页。

胡适（1919a）：《不朽——我的宗教》，载《新青年》第6卷第2期（2月），第96-105页。

胡适（1919c）：《李超传》，载《新潮》第2卷第2期（12月），第266-275页。

胡适（1919d）：《新生活》，载《新生活杂志》第1期（8月24日）。

胡适（1919e）：《新思潮的意义》，载《新青年》第7卷第1期（12月），第5-12页。

胡适（1919f）：《终身大事》，载《新青年》第6卷第3期（3月），第311-319页。

胡适（1920）：《非个人主义的新生活》，载《新潮》第2卷第3期（2月），第467-477页。

胡适（1929）：《我们走那条路》，载《新月》第2卷第10期（12月），第1-15页。

胡适（1932）：《〈独立评论〉引言》，载《独立评论》第1期，第1页。

胡适（1935a）：《个人自由与社会进步》，载《独立评论》第150期（5月12日），第1-4页。

胡适（1935b）：《为学生运动进一言》，《独立评论》第 182 期（12 月 22 日），第 3-6 页。

胡适（1935c）：《再论学生运动》，《独立评论》第 183 期（12 月 29 日），第 1-3 页。

胡适（1971a）：《爱国运动与求学》，收录于《胡适文存（第三卷）》，中国台北，第 720-725 页。［首次发表于《现代评论》第 2 卷第 39 期（9 月 5 日）］

胡适（1971b）：《贞操问题》，收录于《胡适文存（第一卷）》，中国台北，第 665-684 页。［首次发表于《新青年》第 5 卷第 1 期（7 月）］

胡适（1971c）：《介绍我自己的思想》，收录于《胡适文存（第四卷）》，中国台北，第 607-624 页。

胡适（1971d）：《多研究些问题，少谈些主义》，收录于《胡适文存（第一卷）》，中国台北，第 342-379 页。［首次发表于《每周评论》第 31 期（7 月 20 日）］

胡适（1973）：《留学日记》，中国台北，共四卷。

辉群（1934）：《女性与文学》，上海，共 102 页。

江寄萍（1934）：《"娜拉走后究竟怎样"读后》，《国闻周报》第 11 卷第 13 期（4 月 2 日），第 1-3 页。

锴冰（1934）：《挪拉走后究竟怎样》，《国闻周报》第 11 卷第 11 期（3 月 19 日），第 1-6 页。

李瑚（1934）：《亨利克·易卜生》，《励学》第 1 卷第 2 期，第 183-198 页。

李长之（1922）：《自然主义的中国文学论》，收录于《新文艺评论》，第 27-38 页。

梁实秋（1928）：《文学与革命》，载《新月》第 1 卷第 4 期（6 月），第 1-11 页。

梁实秋（1975）：《忆新月》，收录于《自选集（第一卷）》，中国台北。

林晓初（1932）：《易卜生戏剧综论》，《剧学月刊》第 1 卷第 10 期，第 5–18 页，以及第 11 期，第 1–14 页。

凌叔华（1945）：《无聊》，收录于《小哥儿俩》，第 165–178 页。（出版社不详）

鲁迅（1919）：《随感录》，载《新青年》第 6 卷第 2 期（2 月），第 212–213 页。

鲁迅（1981a）：《摩罗诗力说》，收录于《鲁迅全集（第一卷）》，北京，第 63–115 页。

鲁迅（1981b）：《文化偏至论》，收录于《鲁迅全集（第一卷）》，北京，第 44–62 页。

鲁迅（1981c）：《娜拉走后怎样》，收录于《鲁迅全集（第一卷）》，北京，第 158–165 页。

罗家伦（1919a）：《妇女解放》，载《新潮》第 2 卷第 1 期（10 月），第 1–21 页。

罗家伦（1919b）：《近代西洋思想自由的进化》，载《新潮》第 2 卷第 1 期（11 月），第 231–239 页。

罗隆基（1929）：《专家政治》，载《新月》第 2 卷第 2 期（3 月），第 15–21 页。

茅盾（1935）：《戏剧家的萧伯纳》，收录于《华伦夫人之职业》，萧伯纳著，潘家洵译，上海，第 1–14 页。（该序写于 1923 年 3 月 11 日）

茅盾（1942）：《从〈娜拉〉说起》，《珠江日报》1938 年 4 月 29 日。引自：茅盾《文艺论文集》1942 年，第 71–73 页。

茅盾（1958）：《虹》，收录于《茅盾文集（第二卷）》，北京，共 275 页。

萧伯纳著，潘家洵译（1935）：《华伦夫人之职业》，上海。

韩侍桁（1928）：《个人主义的文学及其他》，载《语丝》第 4 卷第 22 期，第 459–464 页。

文宛（1934）：《读"娜拉走后究竟怎样"后》，《国闻周报》第 11 卷第 14 期
（4 月 9 日），第 1–2 页。

吴云（1928）：《近代文学 ABC》，上海。

吴康（1921）：《从思想改造到社会改造》，载《新潮》第 3 卷第 1 期（9 月），
第 30–57 页。

吴虞（1917）：《礼论》，载《新青年》第 3 卷第 3 期（5 月），第 10–17 页。

夏英喆（1934）：《理想中的娜拉》，载《国闻周报》第 11 卷第 15 期（4 月 16
日），第 1–4 页。

徐志摩（1928）：《新月的态度》，载《新月》第 1 卷第 1 期（3 月），第 3–
10 页。

杨振声（1934）：《娜拉与洛斯墨》，《国闻周报》第 11 卷第 20 期（5 月），
第 1–4 页。

叶圣陶（1919）：《女子人格问题》，载《新潮》第 1 卷第 2 期（2 月），第
107–114 页。

叶圣陶（1930）：《春光不是她的了》，收录于《线下》，上海，第 147–78 页。

一非（1928）：《易卜生的"伯兰"》，载《贡献》第 3 卷第 5 期（7 月），第
2–20 页。

易乔（周贻白，1946）：《女性的解放》，上海，共 123 页。

于立忱（1934）：《娜拉脱离家庭的原因与走后怎样的问题》，载《国闻周报》
第 11 卷第 16 期（4 月 23 日），第 1–6 页。

袁振英（1918）：《易卜生传》，载《新青年》第 4 卷第 6 期（6 月），第 606–
619 页。

袁振英（1927）：《易卜生社会哲学》，上海，共 194 页。

袁振英（1928a）：《易卜生底女性主义》，载《泰东月刊》第 2 卷第 3 期（11
月），第 17–20 页。

袁振英（1928b）：《易卜生传》，中国香港，共 100 页。

朱熹（a）：《近思录集注》，茅星来编，"四库善本丛书"（第一版），中国台北，2：13b。

朱熹（b）：《鲁斋全书》，"近世汉籍丛刊"（第二版），京都，1975 年，5：15a—b。

朱熹（c）：《晦庵先生朱文公文集》（《朱子大全》），74：17b。

朱熹（d）：《晦庵先生朱文公文集》（《朱子大全》），74：19b。

英文文献

Bing Xin（1981）. 'Westwind', trans. by Samuel Ling. In: Born of the same Roots: Stories of Modern Chinese Women, ed. by Vivian Ling Hsu. Bloomington, pp. 45-56.[Translation of 'Xi feng', Bing Xin（1949）].

Born of the same Roots: Stories of Modern Chinese Women（1981）, ed. by Vivian Ling Hsu. Bloomington. p. 308 .

Brandes, Georg（1977）. Henrik Ibsen: A Critical Study. Reprint. New York.p. 171 .

Chang, Eileen（1943）. 'On the Screen'. In: The XXth Century, vol. 4（Oct.）, p. 278.

China's Response to the West: A Documentary Survey 1833—1923（1967）, by Ssu-yu Teng et al. New York. p. 296 .

Chow Tse-tung（1967）.The May Fourth Movement. Intellectual Revolution in Modern China. Stanford. p. 486 .

De Bary, Wm. Theodore（1983）. The Liberal Tradition in China. Hong Kong. p. 122 .

Dewey, John（1939）.Freedom and Culture. New York. p. 176 .

Dewey, John（1960）. 'Philosophy of freedom'. In: Dewey, John: John Dewey on Experience, Nature, and Freedom, ed. by Richard J. Bernstein. New York.

Eber, Irene（1968）. 'Hu Shih and Chinese History: The Problem of Cheng-li kuo-ku'. In: Monumenta Serica XXVII, pp. 169-207.

Eide, Elisabeth（1977）.'Ibsen's Nora and Chinese Interpretations of Female Emancipation'. In: Modern Chinese Literature and its Social context, ed. by Göran Malmqvist. Stockholm, pp. 140-151.

Eide, Elisabeth（1983）. 'Huaju Performances of Ibsen in China' In: Acta Orientalia, vol. 44, pp. 95-112.

Eide, Elisabeth（1984）. 'Performances of Ibsen in China after 1949'. Paper presented at the Colloquium on Contemporary Chinese Drama and Theater, 1949—1984 at State Univ. of New York at Buffalo 15-19 Oct. Will be pub. by State Univ. of New York Press, ed. by C. Tung.

Eide, Elisabeth（1985）. 'Optimistic and Disillusioned Noras on the Chinese Literary Scene 1919—1940'.In: Women and Literature in China, ed. by Anna Gerstlacher et al. Bochum. pp. 193-222.

Fairbank, John K.（1957）. 'East Asian News of Modern History'. In: American Historical Review, vol. 62, no. 3（April）, pp. 527-536.

Galik, Marian（1971）. 'Nietzsche in China（1918—1925）'. In: Nachrichten der Gesellschaft fur Natur und Völkerkunde Ostasiens, Hamburg, vol. 110, pp. 5-48.

Goldman, Emma（1914）. The Social Significance of Modern Drama. Boston. p. 315 .

Gosse, Edmund（1912）. Henrik Ibsen. New York, pp.1-216.（The Works of Henrik Ibsen. vol. 16.）

Grieder, Jerome（1970）. Hu Shih and the Chinese Renaissance: Liberalism in Chinese Revolution 1919—1937. Cambridge, Mass. p. 420 .

Grieder, Jerome（1983）. Intellectuals and the State in Modern China: A Narrative History. New York. p. 395 .

Guo Moruo（1974）. 'Cho Wen-chun'. In: Straw Sandals, ed. by Harold Isaacs. Cambridge, Mass., pp. 45-67.

Henrik Jbsen: FestskriftiAnledningafhans70de Födselsdag（1898）, Udg. af Samtiden, red. af Gerhard Gran. Bergen. p. 304 .

Hu Shi（1919b）. 'Intellectuals in China 1919'. In: The Chinese Social and Political Science Review, 4 Dec., pp. 345-355.

Hu Shi（1924）. 'A Chinese Declaration of the Rights of Women'. In: The Chinese Social and Political Science Review, vol. 8, no. 2, pp. 100-109.

Hu Shi（1969）. China's Own Critics: A Selection of Essays, by Hu Shi, Lin Yutang, etc.. New York. p. 166.（Reprint of the 1st ed., Shanghai 1931）

Ibsen, Henrik（1905）. The Correspondence of Henrik Ibsen. the trans. ed. by Mary Morison. London. p. 463 .

Ibsen, Henrik（1911）. Brand. Trans. and introd. by C. H. Herford. New York.（the Viking Edition, vol. 3）.

Ibsen.（1937）, ed. by Angel Flores. New York. p. 95 .

Israel, John（1966）. Student Nationalism in China 1927—1937. Stanford. p. 253 .

Kjaer, Nils（1898）. 'Henrik Ibsen'. In: Henrik Ibsen: Festskrifti Anledning af hans 70de Fodselsdag. Udg. Af Samtiden. Red, af Gerhard Gran. pp. 47-54.

Koht, Halvdan（1972）.'Et dukkehjem'. In: Bull, F.,H.Koht and D. A. Seip: Ibsen's Drama: 18 av Hundreaarsutgavens Grunnleggende Innledninger. Oslo, pp. 86-99.

Kubin, Wolfgang（1985）. 'The Staging of the Interior: Ding Ling's Short Story A Man and A Woman'. In: Women and Literature in China, ed. by Anna Gerstlacher et al. Bochum, pp. 275-291

Lavrin, Janko（1921）. Ibsen and his Creation: A Psycho-Critical Study. London. p. 145 .

Lavrin, Janko（1950）. Ibsen: An Approach. London. p. 139 .

Lee, Leo Ou-fan（1973）. The Romantic Generation of Modern Chinese Writers. Cambridge, Mass. p. 365 .

Lin Yii-sheng（1984）. The Crisis of Chinese Consciousness. Radical Antitraditionalism in the May Fourth Era. Taipei. p. 201.

Liu, James J Y.（1982）. The Interlingual Critic. Interpreting Chinese poetry. Bloomington. p. 132 .

Lovejoy, Arthur O.（1978）. The Great Chain of Being. A Study of the History of an Idea. Cambridge Mass. and London. p. 382 .

Lu Xun（1972）. 'Regret for the past'. In: Lu Xun. Selected Stories, trans. by Gladys Yang and Yang Hsien-yi. Peking. pp. 197-215.

Lu Xun（1980）. 'What Happens after Nora Leaves Home'. In: Lu Xun. Selected Workss, trans. by Gladys Yang and Yang Hsien-yi. Peking. Vol. 1, pp. 85-92.[Trans. of 'Nola zouhouzenyang'. Lu Xun（1981c）]

Mcdougall, Bonnie S.（1971）. The Introduction of Western Literary Theories into Modern China 1919—1925. Tokyo. p. 368.

Mengzi（1966）. Book VIIa, Sect. 9, 'Tsin sin', by Mencius. In: The Four Books, trans. by James Legge. New York. pp. 429-1014.

Meyer, Michael（1974）. Ibsen: A Biography, abridged by the author. Harmondsworth. p. 907 .

Modern Chinese Literature and its Social Context（1975）, ed. By Göran Malmqvist. Stockholm. p. 217 .

Nilsson, Nils Aake（1958）. Ibsen in Russland. Stockholm. p. 253 .

Oei, Lee Tjiek（1974）. Hu Shih's Philosophy of Man as Influenced by John Dewey's Instrumentalism. Ph. D: Thesis, New York. p. 296 .

Plekhanov, George V. (1937). 'Ibsen, Petty Bourgeois Revolutionist'. In: Ibsen (1937), ed. by Angel Flores. New York, pp. 35-92.

Pollard, David (1973). A Chinese Look at Literature: The Literary Values of Chou Tso-jen in Relation to Tradition. London. p. 183.

Schneider, Laurence A. (1971). Ku Chieh-kang and China's New History. Los Angeles. p. 337.

Self and Society in Ming Thought. (1970). By Wm. de Bary and the Conference on Ming Thought. New York. p. 550.

Shaw, George Bernard (1979). Shaw and Ibsen: Bernard Shaw's The Quintessence of Ibsenism and Related Writings, ed. with an introd. essay by J.L. Wisenthal, Toronto. p. 268.

Snow, Edgar (1970). Red China Today: The Other Side of the River. Harmondsworth. p. 749.

Spence, Jonathan D. (1982). The Gate of Heavenly Peace: The Chinese and Their Revolution 1895—1980. Harmondsworth. p. 516.

Straw, Sandals (1974), ed. by Harold Isaacs. Cambridge, Mass. p. 444.

Strindberg, August (1884). Giftas: Aektenskapshistorier. Stockholm 1928, p. 422.

Tung, Constantine (1967). 'Tien Han and the Romantic Ibsen' In: Modern Drama, vol. 9, no.4, (Feb.), p.389.

Wang, Yi-chi (1966). Chinese Intellectuals and the West 1872—1949. Chapel Hill. p. 557.

Witke, Roxane (1970). Transformation of Attitudes towards Women during the May Fourth Era of Modern China. Ph. D. Thesis, Univ. of California. Berkeley. p. 338.

Witke, Roxane (1973). 'Mao Tse-tung, Women and Suicide'. In: Women in China, ed. by Marilyn B. Young. Ann Arbor, pp.7-31.

Wolf, Margery（1975）. 'Women and Suicide in China'. In: Women in Chinese Society, ed.by M Wolf and R. Witke. Stanford, pp. 111-141.

Women and Literature in China（1985）, ed. by Anna Gerstlacher et al., Bochum. 523 pp.

Women in China: Studies in Social Change and Feminism（1973）, ed. by Marilyn B. Young. Ann Arbor, p. 259.

Women in Chinese Society（1975）, ed. by Margery Wolf and Roxane Witke. Stanford, p. 315 .

[Zhongguo de yiri]（1983） One day in China: May 21, 1936. Trans. ed, and introd. by Sherman Cochran and Anare C.K. Hsieh… New Haven 1983. p.290 .（Trans. from the Chinese Zhongguo de yiri, ed. by Mao Dun, Shanghai, 1936.）

本书系北京外国语大学"双一流"建设重大标志性项目"中国戏曲海外传播：文献、翻译、研究"（项目编号：2020SYLZDXM036）的研究成果。